Sidney Sheldon

Der Regenmörder

Das Staatsgeheimnis

Sidney Sheldon

Der Regenmörder
Das Staatsgeheimnis

Zwei Romane in einem Band

NAUMANN & GÖBEL

Sidney Sheldon: Der Regenmörder/Das Staatsgeheimnis
Sonderausgabe der Naumann & Göbel Verlagsgesellschaft mbH
in der VEMAG Verlags- und Medien Aktiengesellschaft, Köln

Übersetzung: W. M. Riegel

Übersetzung: W. M. Riegel
Gesamtherstellung: Naumann & Göbel Verlagsgesellschaft mbH
Printed in Germany

ISBN 3-625-20378-2

Der Regenmörder

1. Kapitel

Ein Würger trieb sein Unwesen in den Straßen von London. Bis jetzt hatte er sechs Frauen ermordet. Die Polizei war verbittert und die Stadt in Aufruhr.

Für die Londoner Zeitungen aber war das natürlich ein gefundenes Fressen und Anlaß für schreiende Schlagzeilen:

Wann wird der Würger das nächste Mal zuschlagen?
London im Würgegriff des Schreckens
Was tut die Polizei für die Sicherheit der Frauen?

Hunderte Telefonanrufe gingen bei Scotland Yard ein. Alle wollten wissen, was die Polizei zu tun gedenke, um den Mörder zu fangen. Die Leute waren in Panik.

»In meinem Hinterhof macht sich ein Einbrecher zu schaffen.«

»Ich glaube, da ist einer, der nachts zu meinem Schlafzimmerfenster hereinschaut.«

»Mein Nachbar sieht aus wie ein Mörder. Könnte er der Würger sein?«

»Soll ich mir einen Wachhund zulegen?«

Inspector West von Scotland Yard leitete die Ermittlungen. Es war der schwierigste aller seiner bisherigen Fälle. Es gab keinerlei Hinweise auf den Mörder. Absolut keine.

Seine Sekretärin sagte: »Inspector, der Polizeipräsident ist am Telefon für Sie!«

Der Polizeipräsident hatte den Inspector inzwischen ein halbes Dutzend Mal angerufen, und West hatte ihm jedesmal zu erklären versucht, daß er alles Menschenmögliche tue. Er hatte die Fingerabdruckexperten an den Tatort geschickt, aber der Mörder hatte keine Fingerabdrücke hinterlassen. Er hatte die Polizeihunde eingesetzt, um eine Spur des Mörders aufzunehmen, aber es war zwecklos gewesen. Er hatte sich in der Hoffnung, von ihnen brauchbare Hinweise auf den Täter zu bekommen, die Polizeispitzel kommen lassen, aber diese hatten nichts Brauchbares mitteilen können.

Der Mörder war wie ein Phantom, das seine Opfer tötete und dann spurlos verschwand.

Inspector West griff zum Telefonhörer und meldete sich,

»Guten Morgen, Herr Polizeipräsident.«

»Wie steht es?« forschte der Polizeipräsident. »Sie müssen irgend etwas unternehmen! Haben Sie eine Ahnung, unter welchem Druck ich hier stehe? Die Zeitungen treiben mich zum Wahnsinn und lassen uns wie Idioten aussehen. Sogar die Königin pesönlich hat mich heute morgen angerufen. Haben Sie mich verstanden? Die Königin persönlich! Sie will wissen, was wir tun, um diesem Verrückten das Handwerk zu legen!«

»Wir tun alles Menschenmö …«

»Das genügt eben nicht! Ich will Resultate sehen! Die Frauen fürchten sich, auf die Straße zu gehen. Niemand weiß, wann und wo dieser Würger das nächste Mal zuschlagen wird. Haben Sie denn gar keine Spur?«

»Wenn ich nur eine hätte! Aber dieser Mörder schlägt einfach immer nur zu, ohne System und Spuren. Er tötet und verschwindet wieder.«

Es trat eine lange Pause ein.

Dann sagte der Inspector: »Dürfte ich Sie um einen Gefallen bitten, Herr Polizeipräsident?«

»Sicher. Alles, was der Lösung dieses Falles dient.«

»Da ist ein junger Polizeisergeant, von dem ich gehört habe. Er hat schon eine ganze Menge Fälle gelöst. Den möchte ich haben.«

»Wie heißt er denn?«

»Sergeant Sekio Yamada. Könnten Sie das veranlassen?«

»Schon geschehen. Sergeant Yamada meldet sich in einer Stunde bei Ihnen.«

Genau nach einer Stunde saß Sekio Yamada im Büro bei Inspector West. Er war ein noch junger Mann, sah sehr gut aus und war überaus höflich.

Yamadas Vater besaß eine kleine Elektronikfirma und hatte eine Filiale in London eröffnet. Er hatte gehofft, sein Sohn werde die Firma einmal übernehmen. Aber dieser war schon als Junge an der Verbrechensbekämpfung interessiert gewesen.

»Ich will den Menschen helfen.«

Er hatte heftige Auseinandersetzungen deswegen mit seinem Vater gehabt, aber es war zwecklos gewesen. Sekio konnte ziemlich hartnäckig sein, wenn er sich einmal etwas in den Kopf gesetzt hatte. Er war bei der Polizei angenommen worden und hatte inzwischen schon ein halbes Dutzend Fälle aufgeklärt.

Seine Familie war nun sehr stolz auf ihn. Seine Mutter machte sich allerdings auch Sorgen. »Ist denn deine Arbeit nicht sehr gefährlich?« fragte sie ihn.

»Ich passe schon auf mich auf, Mutter, keine Angst« antwortete Sekio darauf. Aber Tatsache war, sein Beruf war wirklich sehr gefährlich. Nach alter Tradition waren die

Polizisten in England unbewaffnet gewesen. Nur hatte in den letzten Jahren die Gewalttätigkeit stark zugenommen, und jetzt waren die Polizisten deshalb nicht nur mit Pistolen ausgerüstet, sondern sogar mit automatischen Waffen. Nachdem immer wieder Polizisten im Dienst ihr Leben verloren, hatte der Polizeipräsident verfügt, daß die Polizei bewaffnet wurde.

Sekio wollte seine Mutter allerdings nicht beunruhigen und erklärte ihr deshalb stereotyp: »Nein, nein, was ich tue, ist nicht gefährlich.«

Aber er hatte schon einen Juwelendieb dingfest gemacht, der der Polizei entkommen war, einen Drogenschmuggler und einen Mörder. Bei der ganzen Polizei genoß er bereits hohes Ansehen.

Jetzt fand er sich dem Leiter von Scotland Yard, Inspector West, gegenüber. Er war ein wenig nervös. Er hatte großen Respekt vor dem Mann, vor dem er saß.

»Sie kennen den Würger-Fall ja wohl, wie?«

»Ja, Sir.« *Ganz London weiß vom Würger.*

»Wir brauchen Sie dazu.«

»Ja, Sir?«

»Sie haben große Erfolge vorzuweisen.«

»Vielen Dank.«

»Unser Problem ist, daß wir keinerlei Hinweise oder Spuren haben.«

Der Inspector stand auf und ging hin und her. »Ich weiß nicht, wieviel Sie über Serienmörder wissen, also über Mörder, die einen Mord nach dem anderen begehen.«

»Ein wenig weiß ich schon darüber, Sir.«

»Dann wissen Sie auch, daß sie normalerweise einem bestimmten Schema folgen. Beispielsweise tötet ein Serienmörder nur Prostituierte oder nur kleine Mädchen oder nur Frauen seines eigenen Alters und so weiter. Er folgt eben einem Schema, einem Muster.«

»Ja, Sir.«

»Unser Problem in diesem Fall besteht darin, daß kein solches Schema erkennbar ist. Einige der getöteten Frauen waren alt, andere jung, einige verheiratet, andere ledig. Eine war Klavierlehrerin, eine andere Hausfrau und eine dritte Model. Sie verstehen, was ich meine? Überhaupt kein einheitliches Verhaltensmuster. Er schlägt einfach nur zu, völlig systemlos.«

Sekio Yamada zeigte Stirnfalten. »Entschuldigen Sie, Sir, aber so stimmt das nicht.«

»Wie bitte?«

»Es gibt *immer* ein Verhaltensmuster. Wir müssen es nur entdecken.«

Inspector West sah ihn regungslos an. »Und Sie glauben, Sie können es finden?«

»Das weiß ich nicht, Sir. Aber ich würde es auf jeden Fall gerne versuchen.«

»Gut, junger Mann. Meine Sekretärin gibt Ihnen eine Liste aller Opfer. Sie können mit Ihren Ermittlungen sofort beginnen.«

Sergeant Sekio Yamada stand auf. »Ja, Sir. Vielen Dank für den Auftrag und Ihr Vertrauen.«

»Zwei Dinge müssen Sie wissen«, sagte der Inspector.

»Sir?«

»Alle Opfer hatten etwas auf dem Rücken.«

»Was genau war das?«

»Wir sind uns nicht ganz sicher, was es ist. Sieht aus wie eine Verletzung. Wie eine Art Kratzer oder so.«

»Könnte es von einer Injektionsnadel oder dergleichen stammen?«

»Nein, nein. Die Haut ist nicht verletzt. Und dann das zweite.«

»Sir?«

»Der Würger tötet nur, wenn es regnet.«

Einige Meilen entfernt ging zur selben Zeit ein Mann auf einen Zeitungskiosk am Sloane Square zu und besah sich die neueste Schlagzeile:

ACHTEN SIE AUF DEN WETTERBERICHT!
WÜRGER SCHLÄGT NUR BEI REGEN ZU

Der Mann lächelte. Das stimmte. Es lag ihm daran, seine Opfer zu erwürgen und ihr Gesicht dann himmelwärts zu drehen, damit Gottes Regen ihre Sünden abwusch.

Alle Frauen waren Sünderinnen. Gott wollte, daß sie getötet wurden. Er tat Gottes Werk und befreite die Welt vom Übel. Er konnte nicht verstehen, warum ihn die Polizei suchte und verfolgte; warum sie ihn bestrafen wollte. Eigentlich sollte sie ihn doch dafür belohnen, daß er diese bösen Frauen aus der Welt schaffte!

Der Mörder hieß Alan Simpson. Als kleinen Jungen hatte man ihn immer allein gelassen. Sein Vater arbeitete schwer in einer Seifenfabrik außerhalb Londons und war tagsüber nicht da. Seine Mutter sollte eigentlich zu Hause sein und sich um ihn kümmern, aber immer, wenn er von der Schule nach Hause gekommen war, fand er die Wohnung leer. Seine Mutter war jung und schön gewesen, und er vergötterte sie. Nur etwas mehr Beachtung hätte er sich von ihr gewünscht.

»Wirst du da sein, Mama, wenn ich aus der Schule komme?«

»Aber natürlich, Schatz.«

Und er glaubte ihr.

Doch tatsächlich war sie nie da. »Du hast gesagt, du bist da.«

»Ja, ich weiß. Aber es ist etwas Wichtiges dazwischen gekommen.«

Ständig kam etwas Wichtiges dazwischen.

»Aber dafür mache ich dir heute abend etwas ganz Gutes, mein Liebling.«

Darauf hatte er sich dann gefreut. Nur war sie auch abends nicht da. Immer ging sie schon frühmorgens weg und kam zu spät, um noch rechtzeitig Abendessen zu machen, so daß sein Vater und er sich ein paar Konservendosen öffnen und wärmen mußten. Als er ein wenig älter war, bereitete er dann selbst das Abendessen zu.

Er fragte sich, was denn seine Mutter den ganzen Tag über so Wichtiges zu tun hatte. Sie arbeitete ja nicht, und er, als kleiner Junge, konnte sich nicht vorstellen, wozu sie sonst die ganze Zeit weg sein konnte.

Aber als er zwölf Jahre alt war, trieb ihn die Neugierde, es herauszufinden.

Er versteckte sich eines Tages, statt zur Schule zu gehen, auf der anderen Straßenseite vor ihrem Wohnhaus und wartete. Es dauerte nicht lange, da kam seine Mutter heraus und hatte ihr hübschestes Kleid an. Sie ging die Straße entlang, als hätte sie es furchtbar eilig, und er folgte ihr in sicherem Abstand, damit sie ihn nicht entdecken konnte.

Es begann zu regnen, während seine Mutter zwei Häuserblocks weiterging, wo er sie dann in einem Haus verschwinden sah. *Wo geht sie denn da hin?* fragte er sich. Er konnte sich nicht denken, was sie da zu tun hatte. Er kannte alle ihre Nachbarn, aber von denen wohnte keiner in diesem Haus dort.

Er blieb vor dem Haus stehen und beobachtete.

Im zweiten Stock sah er an einem Fenster einen Mann, und auf einmal erschien neben ihm seine Mutter. Er starrte ungläubig, als der Mann sie in die Arme nahm und sie sich küßten.

»Mama!« schrie er voller Zorn.

Also das war es, was seine Mutter die ganze Zeit tat! Statt sich um ihn zu kümmern und ihn zu versorgen, betrog sie ihren Mann mit einem anderen! Und nicht nur seinen Vater, sondern auch ihn, ihren Sohn, betrog sie damit! Sie war eine Hure!

An diesem Tag war Alan Simpson zu der Ansicht gelangt, alle Frauen seien Huren, und daß sie dafür bestraft, nämlich getötet werden müßten.

Er verschwieg seiner Mutter, daß er ihr Geheimnis entdeckt hatte. Aber von diesem Tag an haßte er sie. Er wartete, bis er alt genug war, um das Elternhaus verlassen zu können, trieb sich dann herum und arbeitete alles Mögliche. Weil er die Schule nicht abgeschlossen hatte, fehlte ihm nun eine richtige Erziehung und Ausbildung, und so konnte er auch keine guten Stellungen finden. Er war Page in einem Hotel, Träger in einem Kaufhaus und Verkäufer in einem Schuhgeschäft.

Weil er gut aussah und ganz ordentliche Manieren besaß, ging es ihm gar nicht so schlecht. Vor allem schöpfte niemand auch nur den geringsten Verdacht, daß so ein tödlicher Haß auf Frauen in ihm brannte.

Seine brillante Idee kam ihm, als er in einem Lebensmittelgeschäft arbeitete, bei der Beobachtung der Frauen, die dort für das Abendessen einkauften. Er dachte bei sich: *Sie kochen Abendessen sowohl für ihre Ehemänner als auch für ihre Liebhaber und tun so, als seien sie gute Ehefrauen und Geliebte, aber die ganze Zeit betrügen sie nur jeden. Und deshalb sollten sie getötet werden.* Nur die Angst, erwischt zu werden, hielt ihn vorerst davon ab, selbst etwas in diesem Sinne zu unternehmen.

Noch während er dies dachte, entdeckte er, als er nach draußen sah, daß es zu regnen begann. Viele dieser Frauen hasteten ohne Regenschirm nach draußen mit ihren Einkaufstaschen, und genau da kam Alan Simpson seine Eingebung.

Er wußte mit einem Schlag, wie er sie töten konnte, ohne entdeckt zu werden.

2. Kapitel

Sergeant Sekio Yamada wußte – er wußte es einfach! –, daß es in dem Vorgehen des Würgers irgendein Verhaltensmuster geben mußte. Wie suchte er seine Opfer aus? Wie näherte er sich ihnen, um sie töten zu können, ohne daß sie um Hilfe riefen? Es war ihm klar, daß er systematisch vorgehen und ganz von vorne beginnen mußte.

Das erste Opfer war eine Hausfrau gewesen. Sekio ging zu ihrer Wohnung. Ihr Ehemann machte ihm auf. Er sah aus, als habe er seit Tagen nicht geschlafen. Er ließ ihn eintreten.

»Was wollen Sie?«

Sekio zeigte ihm seine Polizeimarke. »Ich bin Sergeant Sekio Yamada von der Polizei. Wenn Sie ein paar Minuten Zeit hätten?«

»Es ist wegen des Mordes an meiner Frau, nicht? Also kommen Sie herein.« Er führte ihn in das Wohnzimmer.

»Ich wüßte niemanden, der einen Grund gehabt hätte, sie zu ermorden. Sie war eine wunderbare Frau ohne Feinde.«

»Einen muß sie. wohl gehabt haben«, stellte Sekio fest.

»Das muß ein Wahnsinniger gewesen sein.«

»Möglich«, räumte Sekio ein. »Aber wir müssen alle Aspekte genau erforschen. Hat sie mit irgend jemandem Streit gehabt in letzter Zeit?«

»Nein.«

»Hat sie irgendwelche ungewöhnlichen Telefonanrufe oder Briefe bekommen?«

»Nein.«

»Und soviel Sie wissen, ist sie auch von niemandem ausdrücklich bedroht worden?«

»Das kann ich mir nicht denken. Sie war überall sehr beliebt.«

»Sind Sie und Ihre Frau mit den Nachbarn gut ausgekommen?«

Den Ehemann machten diese Fragen immer ungehaltener. Sekio merkte es und wollte ihn nicht noch weiter bedrängen. Hier bekam er keine neuen Auskünfte, das war klar. Vielleicht hatte der Mann ja auch recht, und die Frau war einfach nur zufällig einem wütenden Wahnsinnigen in die Hände gefallen.

Sekio begab sich zur Wohnung des zweiten Opfers. Das war eine Lehrerin gewesen, die bei ihren Eltern gelebt hatte. Auch diese waren keine Hilfe.

»Sie war allgemein beliebt«, sagten auch sie ihm.

»Warum sollte jemand sie ermorden wollen?«

Genau das wollte Sekio herausfinden. »Sie hatte keine Feinde?«

»Nein.«

Er beschloß, sich auch in der Schule, wo sie Lehrerin gewesen war, zu erkundigen, und redete mit dem Rektor.

»Ich ermittle den Mord an Miß Templeton«, sagte er.

»Eine schreckliche Geschichte.«

»Haben Sie irgendeine Vermutung, daß irgendwer ein Motiv gehabt haben könnte, sie zu ermorden?«

Der Rektor zögerte, sagte aber dann: »Nein.«

Sekio blieb dieses kurze Zögern nicht verborgen. »Sie wollten offenbar noch etwas anderes sagen?«

Der Rektor war leicht verlegen. »Das sollte ich vielleicht lieber nicht.«

»Alles, was Sie wissen, könnte hilfreich sein.«

»Nun ja, die Wahrheit ist. Miß Templeton hatte Probleme mit ihrem Freund. Sie wollte Schluß machen mit ihm, aber er … na ja, er machte Schwierigkeiten.«

»Wenn Sie sagen, Schwierigkeiten, was meinen Sie damit genau?«

»Nun, er hat sie geschlagen.«

»Aha. War er der gewalttätige Typ?«

»Das könnte man sagen, ja. Ein unangenehmer Mensch.«

»Vielen Dank für Ihre Mühe.«

Sekio ging noch einmal zu Miß Templetons Eltern.

»Ich würde gerne etwas von Ihnen über den Freund Ihrer Tochter hören.«

»Er hieß Ralph Andrews. Aber er war nicht mehr ihr Freund. Sie hatte Schluß gemacht mit ihm.«

»Aber anscheinend akzeptierte er das nicht?«

»Ja, das stimmt wohl.«

»Dann möchte ich Ihnen eine konkrete Frage stellen, Mrs. Templeton. Halten Sie Ralph Andrews für imstande, einen Mord zu begehen?«

Nach einer langen Pause sagte Mrs. Templeton schließlich: »Ja.«

Ralph Andrews war Mechaniker. Yamada fand ihn bei der Arbeit in der Werkstatt in der Mount Street. Er war groß und breitschultrig und hatte muskelbepackte Arme.

»Mr. Andrews?«

»Ja?«

Yamada wies sich aus. »Ich möchte mit Ihnen über den Mord an Miß Templeton reden.«

»Sie hat den Tod verdient«, sagte Andrews. »Zuerst hat sie versprochen, mich zu heiraten, und mich dann sitzengelassen.«

»Haben Sie sie deshalb umgebracht?«

»Wieso ich?«

»Waren Sie es denn nicht?«

»Natürlich nicht. Es war ein anderer. Vermutlich noch einer, den sie sitzenließ.«

»Hatte sie denn andere Freunde?«

»Kann man sich denken! Aber Sie sind der Kriminaler, finden Sie es doch heraus!«

Sekio Yamada gefiel die Art nicht, wie der Mann sich benahm. Seinem Gefühl nach war er durchaus eines Mordes fähig.

»Mr. Andrews, wo waren Sie vor fünf Tagen in der Nacht, als Miß Templeton ermordet wurde?«

»Ich habe Karten gespielt«, sagte Andrews. »Eigentlich war ich mit ihr verabredet, aber sie kam nicht, und da habe ich dann mit meinen Freunden Karten gespielt.«

»Zu wie vielen wart ihr denn?«

»Sechs, mit mir.«

»Wenn Sie mir ihre Namen nennen möchten.«

»Warum nicht!«

Sekio Yamada schrieb sich alles auf, aber er hatte das Gefühl, daß es pure Zeitverschwendung war. Nie im Leben konnte Andrews gleich fünf Zeugen dazu bringen, für ihn zu lügen. Also mußte eigentlich stimmen, was er aussagte.

Er hatte recht damit. Alle fünf erklärten übereinstimmend, daß sie an jenem Abend mit Andrews zusammengewesen waren. Er konnte nichts mit dem Mord zu tun haben.

Sekio war wieder ganz am Anfang. Er überprüfte, ob die verschiedenen Opfer einander vielleicht gekannt hatten, aber das war nicht der Fall. Er überprüfte außerdem, ob es etwa sonstige Verbindungen zwischen ihnen gab, wie etwa: derselbe Friseur oder derselbe Arzt. Aber auch das ergab nichts. Er konnte keinerlei Gemeinsamkeiten oder Verbindungen zwischen den Mordopfern entdecken.

Als er ins Büro zurückkam, warteten Reporter auf ihn.

»Wir haben gehört. Sie sind mit dem Fall beauftragt worden«, sagte einer von ihnen, ein gewisser Billy Cash, der für seine Lästigkeit bekannt war. »Was unternehmen Sie, um den Würger zu fassen?«

»Es arbeiten eine ganze Anzahl Kollegen an diesem Fall«, sagte Yamada, »und wir tun das Menschenmögliche.«

»Sind Sie nicht sehr jung für einen so großen Fall?«

»Was hat das Alter damit zu tun?« sagte er ungehalten. Er redete nicht gern mit Reportern. Dieser Fall hatte ohnehin schon viel zuviel öffentliche Aufmerksamkeit erregt. Er ging in sein Büro und schickte nach Detective Blake.

»Ab sofort«, sagte er zu Blake, als der da war, »übernehmen Sie den Umgang mit der Presse. Ich will mit denen nicht reden.«

»Ist gut. Die Burschen können ziemlich aufdringlich sein, das stimmt.«

»Das interessiert mich nicht, ich will nur, daß die Frauen in der Stadt nicht noch mehr beunruhigt werden. Es ist schon schlimm genug.« Er schlug mit der Faust auf den Schreibtisch. »Ich will diesen Wahnsinnigen fangen.«

»Für einen Wahnsinnigen ist er allerdings ziemlich intelligent«, sagte Detective Blake. »Wir wissen schließlich noch immer nichts von ihm. reicht, wer er ist, und nicht, warum er mordet.«

»Wir werden bereits ein Menge über ihn wissen«, sagte Yamada, »wenn wir erst herausgefunden haben, warum er nur mordet, wenn es regnet.«

Es war für Sekio Yamada schon schwer verständlich, warum irgend jemand überhaupt Menschen tötete, und erst recht, aus welchem Grund jemand völlig unschuldige Frauen umbrachte.

Er selbst stammte aus einer glücklichen Familie. Er hatte drei Schwestern und liebevolle Eltern. Sie waren zuerst nach Amerika gegangen, wo Sekio sehr gerne gelebt hatte, bevor sie nach England zogen.

Er hatte damals alles über England gelesen, was er nur finden konnte, um über das neue Land, in das sie kamen, informiert zu sein. Engländer und Amerikaner waren recht verschieden. Bis in das 18. Jahrhundert hatte Amerika England gehört, das damals fast die ganze Welt beherrschte; Australien, Indien und Amerika waren alles englische Kolonien.

Aber in Amerika hatten sich Menschen angesiedelt, die ihre eigene Heimat verlassen hatten, um dort Freiheit zu finden. Die Amerikaner waren sehr selbstbewußt.

König George, der damals in England herrschte, hatte jedoch dafür wenig Verständnis. Er war in Geldnot und beschloß dem abzuhelfen, indem er eine Teesteuer einführte. Wenn die Amerikaner nun Tee aus England bekamen, sollten sie dafür diese Teesteuer bezahlen.

Als sie davon erfuhren, waren sie empört. Als dann ein Schiff mit Tee im Hafen von Boston eintraf, warfen sie die Teeballen, statt dafür die neue Steuer zu bezahlen, wütend ins Meer. Das nannte man später die Bostoner Tea-Party, und es war der Anfang der amerikanischen Revolution, der Unabhängigkeitsbewegung.

König George war außer sich. Er schickte sofort seine Truppen nach Amerika, um diese Aufrührer Mores zu lehren. Aber es kam ganz anders. Die Amerikaner besiegten trotz ihrer ungenügenden Waffen die britischen Rotröcke und erklärten ihre Unabhängigkeit von England. Damit hatte England eine seiner reichsten Kolonien verloren. Und alles wegen einer Teesteuer!

Sekio Yamada hatte diese Geschichte von jeher faszinierend gefunden. Er bemerkte immer stärker, welche großen Unterschiede zwischen Engländern und Amerikanern es gab. Die Amerikaner erschienen ihm offener und freundlicher. Dagegen kamen einem die Engländer mufflig und zurückhaltend vor – bevor man sie genauer kannte.

Selbst die Sprache war anders, stellte er fest. Was in Amerika ein *elevator* war, ein Aufzug, hieß in England *lift.* Die Motorhaube wurde in England *bonnet* genannt, in Amerika aber *hood.* Wenn in Amerika ein Theaterstück *bombte,* war das ein Durchfall mit Pauken und Trompeten, in England aber ein Riesenerfolg. Die Amerikaner aßen *potato chips*, Kartoffelchips, aber in England sagten sie dazu *crisps.* In England war ein Lieferwagen ein *van,* aber in Amerika ein *truck,* und ein amerikanischer Apotheker oder Drogist – *druggist* – hieß in England *chemist.* Und so gab es noch eine Menge Verschiedenheiten.

Aber so sehr Sekio Amerika gemocht hatte, England mochte er genauso gern. In England gefiel ihm lediglich das Wetter nicht. In Amerika hatten sie schöne warme Sommer erlebt, wo die Sonne den ganzen Juni, Juli und

August schien. Aber in England war es die meiste Zeit im Sommer kühl und regnerisch.

Das Wort *regnerisch* erinnerte ihn wieder an den Würger. *Hatte dieser Mann je in seinem Leben Liebe erlebt? War er vielleicht als Kind geschlagen worden? Haßte er seine Mutter? Es muß Frauen gegeben haben, dachte Sekio, die ihm Schreckliches antaten, und deshalb rächt er sich jetzt dafür.*

Er setzte sich in seinem Stuhl zurück und dachte über den Mörder nach. Niemand hatte sein Gesicht gesehen, es gab keinerlei Beschreibung von ihm. Er hatte seine Opfer einfach angefallen, getötet und war wieder verschwunden, wie vom Erdboden verschluckt. Nicht die kleinste Spur hinterließ er, nichts. *Kein Wunder, daß die Zeitungen Zeter und Mordio schreien,* dachte er. Bisher war dieser Mann wirklich sehr raffiniert gewesen.

An der Wand hinter ihm in dem Büro, das ihm zugeteilt worden war, befand sich ein Stadtplan. Mit Stecknadeln waren die Tatorte angezeigt.

»Sehen Sie sich das mal an«, sagte er zu Detective Blake. »Fällt Ihnen da etwas auf?«

Blake sah genau hin. »Die Stecknadeln bilden einen Kreis in Whitechapel.«

Whitechapel war eine eher verrufene Londoner Gegend mit heruntergekommenen Häusern und schäbigen Wohnungen.

Vielleicht wohnt der Täter in dieser Gegend, und vielleicht kannte er seine Opfer, dachte Sekio Yamada und beschloß einen Ortstermin als Augenschein. Vielleicht ergab sich dort ein Hinweis oder eine Spur.

Er fuhr in einem neutralen Dienstwagen in den Straßen von Whitechapel herum und versuchte, sich mit der Gegend vertraut zu machen. War dies wirklich das Viertel, wo der Würger lebte, oder kam er nur her, um sich hier wahllos seine Opfer zu suchen?

Zusammen mit Detective Blake erkundete er die Straßen samt ihren Lebensmittel- und Möbelgeschäften, Blumenläden und Eisenwarenhandlungen.

»Wonach suchen wir eigentlich?« fragte Blake.

Genau dies war natürlich das Problem. »Nach nichts und allem«, sagte Yamada. Vielleicht ergab sich in der näheren Umgebung der Tatorte irgendein Hinweis. Doch nirgends gab es das geringste zu entdecken, was aufschlußreich oder verdächtig gewesen wäre. Der Mörder stand auch nicht auf der Straße und rief: »Hier!«

Wie sollte man einen anonymen, gesichtslosen Mann in einer Millionenstadt finden?

Es braucht einfach ein Quentchen Glück, dachte Sergeant Yamada. *Vielleicht wird er unvorsichtig und macht mal einen Fehler.*

Tatsache allerdings war, daß sich der Würger bis jetzt noch jeder Fahndungsannäherung entzogen hatte.

Detective Blake sagte: »Vielleicht hat er ja schon genug vom Morden und ist fort, und es gibt keine weiteren Morde von ihm.«

Aber gerade da begann es zu regnen.

Und der Mörder schickte sich zu einer neuen Tat an.

3. Kapitel

Alan Simpson spürte den weichen Regen, und Freude stieg in ihm auf. Gott gab ihm zu verstehen, daß es Zeit war, die Welt von einer weiteren bösen Frau zu befreien.

Er ging durch den Regen und eilte an den Ort, wo er seine Opfer immer fand. Die Zeitungen schrieben, es gäbe keinerlei Verbindungen zwischen seinen Opfern! Wo es doch natürlich eine gab! Sie würden es nie herausfinden.

Der Mayfair-Supermarkt befand sich im Herzen von Whitechapel. Genau dort suchte er sich alle seine Opfer aus.

Er ging in das Geschäft hinein, schlenderte langsam durch die Gänge und beobachtete die einkaufenden Frauen. Sie waren alle Huren, alle. Taten so, als seien sie treue Ehefrauen und besorgten die Sachen, um Essen für ihre nichtsahnenden Ehemänner und Liebhaber zuzubereiten! Aber ihm konnten sie alle nichts vormachen. Er wußte, was sie waren. Und eine von ihnen mußte heute abend sterben.

Er musterte sie der Reihe nach, welche er aussuchen sollte. Da war eine ältere grauhaarige Frau, die im Gemüse herumsuchte. Und dann sah er, wonach er suchte. Sie mochte über dreißig sein, von mittlerer Größe und mit einer Brille. Sie hatte einen enganliegenden Rock an mit einer Bluse. *Du bist es,* dachte er. *In ein paar Minuten bist du tot.*

Sie hieß Nancy Collins, war Krankenschwester und arbeitete in einem Krankenhaus nur ein paar Häuserblocks von ihrer Wohnung. Meistens arbeitete sie die Nachtschichten, aber heute hatte sie frei und war mit ihrem Verlobten verabredet. Dieser war ein Reisevertreter, also meistens unterwegs, weshalb sie sich nicht so oft sehen konnten, wie sie eigentlich wollten. Um so mehr freute sich Nancy auf den heutigen Abend mit ihm.

Sie wollte ein gutes Essen zubereiten, alles, was er gern mochte. Hackbraten, Kartoffelpüree, Salat, und zum Nachtisch hatte sie einen Schokoladenkuchen gekauft. Es würde bestimmt ein sehr schöner Abend werden, wenn sie dann noch zusammen auf dem Sofa saßen und Musik hörten.

Als sie ihre Einkäufe erledigt hatte, ging sie hinaus mit den Einkaufstüten im Arm, und da sah sie, daß es inzwischen regnete. *So ein Mist!* dachte sie. *Hoffentlich weicht mir nicht alles auf.* Sie hatte keinen Regenmantel mitgenommen, und bis zu ihrer Wohnung waren es vier Häuserblocks.

Aber es half nichts, auch wenn sie naß wurde. Als sie hastig losging, war plötzlich ein freundlich aussehender junger Mann an ihrer Seite. Mit einem Regenschirm.

Er lächelte sie an und sagte höflich: »Guten Abend. Sie werden ja ganz naß. Darf ich Ihnen meinen Regenschirm anbieten?« Und er hielt ihn über ihren Kopf.

»Das ist aber sehr nett von Ihnen«, sagte Nancy. Da sollte noch jemand sagen, es gäbe keine Kavaliere mehr.

»Haben Sie es sehr weit?«

»Vier Häuserblocks«, sagte Nancy.

»Ich begleite Sie gerne nach Hause«, sagte er. »Ich versäume nichts.«

Sein freundliches Angebot rührte sie. Es regnete inzwischen noch stärker.

»Wirklich sehr lieb von Ihnen«, sagte sie.

»Wäre doch arg, wenn Ihr hübsches Kleid ruiniert würde.«

Ein wirklich charmanter junger Mann, dachte Nancy. »Ich bin Nancy Collins«, sagte sie.

»Alan Simpson.« Es machte nichts aus, ihr seinen Namen zu sagen, weil sie ohnehin nicht mehr lange genug lebte, um ihn irgend jemandem zu sagen.

Sie gingen los. Die Straßen waren wegen des starken Regens inzwischen fast leer.

»Wohnen Sie hier in der Gegend?« fragte Nancy.

»Nicht weit weg«, antwortete er.

Sie waren an einer Ecke angekommen.

»Da runter«, sagte Nancy.

Sie bogen in die Straße ein, die sie gezeigt hatte, und diese war sogar völlig menschenleer. Nichts deutete allerdings darauf hin, daß hier gleich ein brutaler Mord stattfinden würde.

Alan Simpson sagte: »Soll ich Ihnen nicht Ihre Tüten tragen?«

»O danke, aber ich komme schon zurecht. Ich bin das gewöhnt.«

»Was machen Sie denn so beruflich?«

»Ich bin Krankenschwester.«

»Aha. Dann arbeiten Sie wohl in dem Krankenhaus hier ganz in der Nähe, wie?«

»Ja. Und Sie, was sind Sie?«

Er lächelte. »Ich bin Leichenbestatter.«

Sie sah ihn überrascht an. »Leichenbestatter?«

»Ja. Da sind wir praktisch in der gleichen Branche, nicht? Beide haben wir es mit dem Tod zu tun.«

Es war ein eigenartiger Ton darin, wie er das sagte, fand Nancy Collins. Sie spürte eine gewisse Beklemmung in sich aufsteigen. War es ein Fehler gewesen, sich von diesem Fremden begleiten zu lassen? Er sah zwar ganz harmlos aus, aber … Sie ging unwillkürlich ein wenig schneller. Er beeilte sich, Schritt zu halten, damit sie unter seinem Regenschirm blieb.

Sie hatte zunächst vorgehabt, ihn als Dank für seine Hilfe zu einer Tasse Tee einzuladen. Aber jetzt fand sie das keine so gute Idee mehr. Schließlich war ihr der Mann völlig unbekannt. Sie wußte doch nichts über ihn.

Sie waren inzwischen zwei der vier Häuserblocks weit gegangen. Sie war nicht mehr weit von ihrem Wohnhaus entfernt.

»Diese Straßen hier sind aber ziemlich dunkel«, sagte der Mann, und das stimmte auch. Hier schossen die Halbwüchsigen mit Vorliebe aus Spaß die Straßenlampen kaputt. Nancy Collins hatte sich schon oft bei der Stadt darüber beschwert, aber geschehen war nichts.

Es regnete jetzt noch stärker, und der aufkommende Wind peitschte den Regen zusätzlich.

Gott sei Dank nur noch eine oder zwei Minuten, dachte sie, *dann bin ich zu Hause.*

Ihr Begleiter schien Schwierigkeiten mit dem Regenschirm zu haben. Er blieb stehen und war so einen Augenblick hinter ihr. Und auf einmal spürte sie einen heftigen Stich im Rücken. Der Schmerz war so stark, daß sie aufschrie und ihre Einkaufstüten fallen ließ. Der Mann hatte ihr den Stich mit der Spitze seines Regenschirms versetzt.

»Was tun Sie denn da …?«

Er hatte inzwischen einen Strick herausgezogen, den er ihr um den Hals schlang.

»Weg!« schrie sie auf, aber weit und breit war niemand, der sie hätte hören können. Der Strick um ihren Hals zog sich zu und würgte sie. Sie versuchte sich zu wehren, aber der Würger war zu stark. Sie sah ihn jetzt grinsen, wie er den Strick um ihren Hals immer weiter zuzog, während ihr die Sinne zu schwinden begannen. Er beobachtete, wie das Leben aus ihren Augen wich. Dann ließ er sie zu Boden sinken.

Er drehte sorgfältig ihr Gesicht nach oben in den Regen, damit dieser ihre Sünden fortwaschen konnte.

Er steckte den Würgestrick wieder ein und tat dann etwas sehr Merkwürdiges. Er hob die Einkaufstüten auf und packte alles, was herausgefallen war, sorgfältig wieder hinein, ehe er mit ihnen davonging.

Er hielt den Regenschirm eng über sich, damit er nicht naß wurde. Zehn Minuten später war er in seiner Wohnung und stellte die Einkaufstüten auf die Küchenanrichte.

Alles war wie immer sorgfältig geplant gewesen. Nach jedem Mord nahm er die Einkaufstüten seiner Opfer mit. Auf diese Weise bekam die Polizei keine Hinweise darauf, wo seine Opfer hergekommen waren. *Gar keine Frage,* dachte er lächelnd, so *schlau wie die Polizei war er allemal!*

Er begann, die Lebensmittel aus den Einkaufstüten auszupacken. Es machte ihm Spaß, festzustellen, was diese Frauen alles hatten kochen wollen. Diesmal waren es ein Hackbraten, Kartoffeln, Salat und Schokoladenkuchen. Er liebte Schokoladenkuchen.

Und er begann, das Abendessen für sich selbst zuzubereiten.

Nancy Collins wurde von einem vom Büro nach Hause eilenden Mann gefunden. Als er sah, daß sie schon tot war, lief er sofort zum nächsten Telefon. Er war so aufgeregt, daß er kaum etwas herausbrachte.

»Ist da die Polizei? Ich möchte … einen Mord melden. Ich glaube jedenfalls es ist einer. Sie ist tot.«

»Wer ist tot?«

»Diese Frau da. Diese Leiche, die da auf der Straße liegt. Beeilen Sie sich!«

»Beruhigen Sie sich erst mal, und sagen Sie mir, wo das ist.«

Sergeant Sekio Yamada traf nach einer Viertelstunde mit dem Polizeiauto ein. Er veranlaßte als erstes eine Absperrung um den Tatort. Dann sah er sich sorgsam um und suchte nach Spuren. Aber er fand nicht die kleinste.

Er entdeckte die Würgemale um den Hals der Toten. »Sie ist erwürgt worden«, sagte er. »Aber der Strick, mit dem es geschah, fehlt.«

Kurz darauf kam der Wagen des Leichenbeschauers und transportierte die tote Frau ab. Es schien am Tatort für Sekio Yamada nichts mehr zu tun zu geben. Er sah sich noch ein letztes Mal um. Und da entdeckte er eine Tomate, die auf der Straße lag. Er hob sie auf und untersuchte sie genau, als könne sie ihm etwas erzählen.

»Ist das etwa eine Spur?« fragte Detective Blake.

Yamada war sich nicht sicher. Hatte diese Tomate vielleicht der toten Frau gehört? Oder hatte sie sonst jemand einfach auf der Straße fallen lassen oder verloren? Aber was hätte die Frau mit einer einzigen Tomate getan? Wer ging denn im stärksten Regen hinaus und kaufte eine einzige Tomate? Das ergab alles keinen Sinn.

Noch während er darüber nachdachte, hörte er Autos heranbrausen und blickte auf. Die Meute der Fernsehreporter und Fernsehteams mit Kameras und Mikrophonen kam herbei. *Woher konnten sie das mit diesem Mord nur so schnell wissen?*

Und schon prasselten die Fragen auf ihn ein.

»Ist dies wieder ein Mord des Würgers?«

»Wie hieß das Opfer?«

»Haben Sie schon Spuren?«

»Möchten Sie nicht endlich eingestehen, daß der Würger zu clever für Sie ist?«

Diese letzte Bemerkung schleuderte ihm wieder einmal dieser Billy Cash entgegen, der für das Revolverblatt *The London Chronicle* schrieb. Billy Cash war Spezialist für Berichte darüber, wie mangelhaft die Polizei arbeitete. Er war klein und häßlich und trug einen abgewetzten, grauen Anzug.

Sekio Yamada beherrschte sich mühsam. »Die Öffentlichkeit kann sich darauf verlassen«, erklärte er ruhig und sachlich, »daß wir alles Menschenmögliche tun, um den Täter zu fassen.«

»Mit anderen Worten, Sie wissen gar nichts«, rief Billy Cash.

Yamada sagte nichts von der Tomate. Immerhin wußte ja auch er noch nicht, ob sie wirklich ein Hinweis und eine Spur war.

Er sah eine Fernsehkamera auf sich gerichtet. »Sergeant, was genau unternimmt die Polizei, um die Frauen dieser Stadt vor weiteren Morden zu beschützen?«

Das war eine Fangfrage. Er konnte weder riskieren zu viel noch zu wenig zu sagen. Wenn er versprach, daß es keine Gefahr für die Frauen mehr gab, und es geschah doch ein weiterer Würgermord, dann fielen sie erst recht über ihn her. Und wenn er einräumte, daß keine Sicherheit für die Frauen von London existierte, dann löste er damit womöglich eine Panik aus.

»Ich bin nicht befugt, darüber zu sprechen, was wir konkret unternehmen«, sagte er deshalb lieber, »weil dies natürlich unter Umständen dem Täter Hinweise geben könnte.«

»Wollen Sie damit andeuten, daß Sie erwarten, ihn schon bald zu fangen?« fragte Billy Cash wieder.

»Ziehen Sie Ihre eigenen Schlüsse, meine Damen und Herren!« sagte Yamada, stieg in sein Polizeiauto und fuhr zusammen mit Detective Blake davon.

Sekio Yamada war sehr unglücklich darüber, wie die ganze Angelegenheit verlief. Er bedauerte die arme Frau, die soeben ermordet worden war, und wollte nichts, als den Täter möglichst rasch zu finden und damit den Wahnsinnigen zu stoppen, der die Straßen unsicher machte und sich nach Belieben Opfer suchte und sie tötete.

Wie kommt er an seine Opfer? überlegte er. *Wo findet er sie? Wie kommt er so nahe an sie heran, um sie töten zu können, ohne daß sie schreien und weglaufen? Sehr merkwürdig! Trug er vielleicht irgendeine Uniform, so daß er kein Mißtrauen erregte? Oder wohnte er hier in der Gegend und kannte seine Opfer?*

Aber er hatte keine Antworten auf all die Fragen.

»Ist der Autopsiebericht fertig?« Er hatte eine Weile ungeduldig auf diesen Bericht gewartet.

»Schon da, Sergeant! Aber es steht nichts Neues darin. Er ist genau wie die anderen.«

Und das stimmte.

Im Vergleich zu den Berichten über die anderen Opfer, die er schon gelesen hatte, stand nichts Neues darin. Auch diese letzten Opfer waren erdrosselt worden, eindeutig feststellbar an den von einem Strick am Hals herrührenden Strangulationsmalen. Auch hier war die gleiche Besonderheit wie bei allen anderen Opfern festgestellt worden: Etwas auf dem Rücken, wie es alle Autopsieberichte vermerkten. Eine Art Stichmal. Aber die Haut war nicht verletzt. Also mußte wohl etwas durch die Kleidung des Opfers gedrungen sein. Was es auch war, es konnte unmöglich den Tod der Opfer verursacht haben.

»Das ist sehr merkwürdig«, sagte er. »Wieso haben das alle Opfer auf gleiche Weise am Rücken? Und wodurch ist es verursacht?«

Aber er wußte keine Antwort auf diese Frage.

Und der andere Umstand, der ihn beschäftigte und nicht losließ, war, warum alle diese Morde im Regen geschahen.

Man hatte schon von Irren gehört, die immer nur bei Vollmond mordeten. Der Mond hatte angeblich Einfluß auf die Sinne des Menschen.

Aber was hatte es mit dem Regen auf sich? Was hatte ein Mann für einen Grund, seine Untaten ausschließlich nur dann zu begehen, wenn es regnete?

Sergeant Yamada schlief schlecht in dieser Nacht.

Als er am nächsten Morgen erwachte, schlug er als erstes die Morgenzeitung auf und sah nach dem Wetterbericht.

Und seine Laune sank, als er ihn las.

HEUTE WOLKIG,
ABENDS VORAUSSICHTLICH SCHAUERTÄTIGKEIT.

War vielleicht zu erwarten, daß der Mörder auch heute wieder zuschlug?

4. Kapitel

Akiko Kanomori ahnte nicht, daß sie das nächste Opfer des Würgers werden sollte. Sie war vierundzwanzig Jahre alt, sehr schön und Bildhauerin. Man wußte, daß sie eines Tages sehr berühmt werden würde.

Ihre Arbeit wurde von der Kritik gepriesen. Im Moment gab es bereits eine Ausstellung von ihr in einer Kunstgalerie.

»Sie sind eine sehr talentierte Künstlerin«, sagte der Galeriebesitzer zu ihr. »Eines Tages werden Sie eine bedeutende Bildhauerin sein.«

»Oh, vielen Dank«, hatte Akiko Kanomori daraufhin errötend gesagt. Ihre Arbeit bedeutete ihr alles. Sie wollte aber auch gerne heiraten und Kinder haben, nur war ihr bisher noch kein Mann begegnet, den sie genug liebte, um ihn heiraten zu wollen. Heiratsanträge hatte sie schon mehrere bekommen, aber alle abgelehnt.

»Worauf wartest du denn?« fragte ihr Vater.

»Auf den Richtigen«, sagte sie.

Auch ihre Mutter bedrängte sie. »Jetzt hast du schon so viele Anträge bekommen, Akiko. Einen Bankier hättest du heiraten können, einen Arzt, oder –«

»Aber ich habe keinen davon wirklich geliebt, Mutter!«

»Ja, weil du nur deine Statuen liebst!«

In gewisser Weise stimmte das sogar. Akiko liebte es, schöne Skulpturen zu schaffen. Für sie war das fast wie die Erschaffung von Leben.

Aber ihr Vater beharrte darauf, daß sie lieber einen Mann aus Fleisch und Blut haben sollte.

Ihre Eltern wurden ihr in dieser Hinsicht so lästig, daß sich Akiko schließlich entschloß, zu Hause auszuziehen und allein zu leben. Sie fand eine kleine Wohnung in Whitechapel.

Für sie war es ideal, weil sie dort außer einem kleinen Wohnzimmer und einem Schlafzimmer auch einen großen zusätzlichen Raum hatte, den sie als Atelier benutzen konnte. Weil ihre Arbeiten auch bereits sehr gefragt waren, hatte sie reichlich zu tun.

»Ich kann alles verkaufen, was Sie machen«, sagte ihr Kunsthändler. »Können Sie nicht etwas schneller arbeiten?«

Aber da sagte Akiko: »Nein. Wenn ich schneller arbeiten würde, wären meine Statuen nicht mehr so gut. Ich muß das beste liefern, das mir möglich ist.«

»Natürlich, Sie haben ja recht«, entschuldigte sich der Kunsthändler. »Übrigens wünscht sich einer meiner besten Kunden eine Figur für seinen Garten. Es soll die Liebesgöttin Venus sein. Können Sie das machen?«

»Ja. Ich fange gleich damit an.«

Akiko hatte an dieser Statue zu arbeiten begonnen, wurde darüber aber ganz ruhelos. War es vielleicht eine Vorahnung? Ein Gefühl, daß ihr etwas Schreckliches zustoßen würde?

Wie auch immer, sie sah sich jedenfalls außerstande, zu arbeiten. *Mir fällt die Decke auf den Kopf*, dachte sie, *ich muß raus unter die Leute.* Sie sah aus dem Fenster. Am Himmel waren Wolken, aber nach Regen sah es nicht aus.

Ich werde ein wenig bummeln, dachte sie. Sie verließ ihre Wohnung. Draußen auf der Straße begegnete sie ihrer Nachbarin Mrs. Goodman.

»Guten Morgen«, sagte Mrs. Goodman. »Was treibt Sie denn heraus? Normalerweise arbeiten Sie doch den ganzen Tag in Ihrem Atelier?«

»Ja, ja«, sagte Akiko. »Aber irgendwie bin ich so unruhig.«

»Wohin geht es denn?«

Das war eine ganz gute Frage. Es gab so vieles in London, was man aufsuchen konnte. Als Akiko neu in London angekommen war, hatte sie wochenlang erst einmal die Stadt erkundet und zusammen mit ihren Freunden auch die verschiedenen Restaurants ausprobiert:

»Magst du italienisches Essen?«

»O ja, sehr«, sagte Akiko.

»Na gut, dann gehen wir zu Cecconi.«

Und das Essen dort war großartig.

»Magst du die indische Küche? Dann gehen wir mal in die Brasserie Bombay.«

Dort war das Essen scharr gewürzt, aber köstlich. Auch bei Le Gavroche hatten sie gegessen und bei Wheeler's.

Aber natürlich gab es in London mehr zu tun, als in Restaurants zu essen. Sie sah den Buckingham-Palast und schaute dem malerischen Wachwechsel der berittenen Garde zu.

Und sie besuchte den Tower von London und die Westminster-Abtei.

Das war jedoch längst nicht alles Interessante, was man von London wissen und kennen mußte.

»Warst du schon im Britischen Museum?«

»Nein.«

»Dann zeige ich es dir mal in meiner Mittagspause«, sagte eine Freundin.

»Ich freue mich sehr darauf.«

Aber als sie dann in dem Museum war, begriff sie rasch, daß es völlig unsinnig war, anzunehmen, man könne es in einer einzigen Mittagsstunde schnell einmal im Durchrennen besichtigen. Man brauchte vielmehr eine ganze Woche dazu, ach was, einen Monat, zwei Monate!

Die wunderbarsten Dinge aus alten Zeiten befanden sich dort, und die ganze Geschichte Londons schien darin versammelt zu sein.

An Kunst war sie natürlich noch interessierter. Deshalb wollte sie auch unbedingt die Tate-Galerie besichtigen und das Victoria-and-Albert-Museum, zu dem die Engländer selbst kurz nur V & A sagten.

Es gab ein riesiges Kaufhaus namens Harrod's, etwas ganz Unglaubliches. Als Akiko später einmal versuchte, es jemandem zu beschreiben, und man sie fragte, wie groß es denn sei, sagte sie nur: »Das zieht sich ewig hin.« In diesem großen Kaufhaus konnte man praktisch alles kaufen, was es nur zu kaufen gibt: Kleider und Möbel, Schallplatten und Bücher, Gemüse und Bestattungen, Klaviere und Bonbons. Man kam aus dem Staunen und Entzücken gar nicht mehr heraus.

Auch das England außerhalb der Städte fand Akiko einzigartig. Dort sah sie das grünste Grün ihres Lebens, und eines Tages hörte sie von einem wunderschönen kleinen Kurort namens Bath.

»Warum fahren wir nicht mal einen Tag oder zwei hin?«

Also fuhren sie nach Bath und wohnten im Hotel Royal Crescent. Dort hatten sie ein Zimmer mit einer privaten Sauna.

Akiko besuchte auch das Schloß Windsor, wo die königliche Familie wohnte. Doch ja, England war ein richtiges Wunderland!

An diesem speziellen Tag nun, als sie sich so ruhelos fühlte, hatte sie Lust, noch einmal den Tower von London zu besichtigen, wo die britischen Kronjuwelen aufbewahrt werden und ausgestellt sind.

Als Mrs. Goodman, die Nachbarin, also fragte, wohin es gehen sollte, antwortete ihr Akiko: »Ich will den Tower besichtigen.«

»Richtig, tun Sie das nur! Sie arbeiten sowieso viel zu viel. Ein hübsches Mädchen wie Sie sollte eigentlich einen Freund oder Ehemann haben!«

Mrs. Goodman hörte sich für Akiko wie ihre Eltern an. »Ach, damit eilt es mir nicht, wissen Sie.«

Sie nahm den Bus zur City und stieg am Tower, der alten großen Stadtburg, aus. Eine lange Schlange von Touristen wartete dort bereits auf Einlaß, und sie stellte sich hinten an. Ein paar Meter vor ihr stand ein hagerer, attraktiver junger Mann mit einem Regenschirm, doch sie beachtete ihn nicht weiter.

Auch Alan Simpson bemerkte seinerseits die junge hübsche Japanerin dicht hinter ihm nicht. Er war mit seinen Gedanken beim Tower.

Er kam oft hierher, und jedes Mal faszinierte es ihn aufs Neue. An diesem Ort hatten die Könige jahrhundertelang ihre Ehefrauen und Mätressen eingesperrt und nicht selten auch enthaupten lassen. Immer wieder stellte er sich lustvoll vor, wie die Köpfe dieser Frauen abgetrennt wurden und zu Boden fielen und dort noch etwas rollten. *Das geschah diesen Huren ganz recht, und die Könige wurden niemals dafür zur Rechenschaft gezogen*, dachte er. *Weil sie schließlich nur Gerechtigkeit übten, genau wie ich.*

Er sah sich um und musterte die wartende Menge, in der er selbst stand. *Wenn die wüßten*, dachte er, *wer ich bin, würden sie alle kreischen und davonrennen. Ich bin mächtiger als sie alle zusammen. Ich bin genauso mächtig wie die Könige von einst.*

Als dann die Tore geöffnet wurden und der Touristenstrom sich durch die Tore des Towers drängte, verspürte er eine gewisse Erregung. *Ich hätte damals in dieser Zeit leben müssen*, dachte er. *Da wäre ich selbst König gewesen.*

Eine Frau streifte ihn im Vorbeigehen und entschuldigte sich.

Alan Simpson lächelte freundlich. »Aber keine Ursache!«

Diese Frauen hier waren in keiner Gefahr. Er schlug nur nachts zu, und im Regen, wenn es sicher war. Er freute sich schon jetzt: *Heute nacht wieder. Der Wetterbericht ist günstig. Regen ist angesagt.*

Akiko war später beim Tee in einem kleinen Lokal in der Nähe des Britischen Museums. Sie liebte den englischen Tee. Zu diesem wurden immer auch kleine belegte Brötchen serviert. Und kleine Gläser mit Marmelade und kleines Gebäck. Das war herrlich. Sie achtete allerdings sehr darauf, nicht zuviel zu essen, weil alle diese guten Dinge dick machten, und sie war sehr stolz auf ihre Figur.

Nach dem Essen fühlte sie sich gleich viel besser. *Jetzt sollte ich aber wieder zurück an die Arbeit*, dachte sie. *Ich muß diese Statue, an der ich arbeite, zu Ende kriegen.* In der Galerie, wo sie ausgestellt hatte, sollte außerdem in zwei Wochen eine neue Ausstellung von ihr eröffnet werden, da wollte sie alles, was dafür vorgesehen war, fertigkriegen. Die Rechnung für ihren Tee betrug drei Pfund. London war auch ein sehr teures Pflaster. Sie bezahlte und fuhr mit dem Bus zurück nach Hause.

Sie arbeitete an ihrer neuen Skulptur, bis es dunkel wurde. Die Figur wurde sehr schön, das war schon zu erkennen. *Vielleicht werde ich morgen schon damit fertig*, dachte sie. Sie legte ihre Werkzeuge weg und wusch sich die Hände, um sie von dem Ton zu reinigen, mit dem sie modellierte.

Sie hatte nun den ganzen Abend nichts weiter zu tun. *Ich bleibe zu Hause und sehe ein bißchen fern*, dachte sie, *und mache mir etwas Gutes zu essen.* Sie ging in die Küche und machte den Wandschrank auf. Aber darin war nicht viel. *Ach, dann hole ich mir eben etwas,* beschloß sie. Nur fünf Häuserblocks entfernt war ein Supermarkt. Er hieß Mayfair-Markt.

Der Mayfair-Markt war voller Leute. Akiko nahm sich einen Einkaufswagen, fuhr damit durch die Gänge und versuchte, sich zu entscheiden, was sie zum Essen kaufen sollte. *Ein Hühnchen-Sukiyaki wäre vielleicht nicht schlecht,* dachte sie. Sie legte sich Nudeln, Gemüse und Sojasoße in den Wagen und begab sich dann zur Fleischtheke. Der Verkäufer dort war sehr freundlich. »Was darf es sein?«

»Ein Hühnchen zum Braten, bitte.«

»Wir haben sehr schöne da.« Er suchte eine Hühnchenbrust aus und zeigte sie ihr.

»Ja, gut, vielen Dank, die nehme ich. Wenn Sie die mir vielleicht gleich zurechtschneiden?«

»Aber gewiß doch, Miß.«

Dann hatte sie allmählich alles, was sie brauchte, und war dabei, den Supermarkt zu verlassen, als sie am Eingang stirnrunzelnd feststellte, daß es zu regnen begonnen hatte. *Warum habe ich keinen Regenmantel mitgenommen*, dachte sie. *Ich werde jetzt durch und durch naß. Aber hier kann ich nicht ewig stehenbleiben. Na gut, dann eben los.*

In diesem Augenblick erschien ein freundlich aussehender junger Mann an ihrer Seite, der ebenfalls gerade aus dem Supermarkt kam, und sagte: »Oh, das regnet aber stark, was?«

»Ja, ja.«

»Haben Sie einen Wagen da?«

»Nein«, sagte Akiko.

Er sah sie mitfühlend an. »Da haben Sie aber Pech.« Er hielt seinen Regenschirm hoch. »Ich habe wenigstens einen Regenschirm. Wohnen Sie hier in der Nähe?«

»Ein paar Häuserblocks von hier«, sagte Akiko und deutete in die Richtung.

»Na, ist doch prima, das ist auch meine Richtung. Kommen Sie doch mit unter meinen Schirm.«

»Sehr freundlich von Ihnen.«

»Aber das ist doch selbstverständlich«, sagte der junge Mann lächelnd.

Sie traten hinaus in den Regen. Akiko war froh, daß sie unter dem Schutz des Regenschirmes des unbekannten freundlichen Helfers war.

»Kommen Sie«, sagte dieser nun auch noch, »ich helfe Ihnen Ihre Sachen tragen.«

»Ach nein, das ist nicht nötig, vielen Dank. Das schaffe ich schon allein.«

Als sie durch den strömenden Regen weitergingen, sagte er: »Was das Londoner Wetter angeht, wissen Sie: wenn man es nicht mag, braucht man auch nicht lange zu warten, und es ändert sich gleich wieder.«

»Da haben Sie recht«, sagte Akiko lächelnd.

Sie merkte überhaupt nicht, wie der Unbekannte sie ständig von der Seite unauffällig musterte und dabei dachte: *Du stirbst heute abend noch.*

Statt dessen dachte sie: *Ein wirklich netter junger Mann. Vielleicht sollte ich ihn, wenn wir bei mir angekommen sind, noch zu einer Tasse Kaffee einladen. So hilfsbereit, wie er ist, das ist ja wirklich nicht selbstverständlich.*

Am Ende des nächsten Häuserblocks überquerten sie die Straße, und dann waren sie genau an derselben Stelle, wo Alan Simpson auch sein letztes Opfer ermordet hatte. Er lächelte innerlich zufrieden. Wie diese hier erst schreien würde, wenn sie sich plötzlich bewußt wurde, was geschah! Warte nur, dauert keine Minute mehr!

Vor ihnen lag die dunkle Straße, in der die Straßenlaternen von mutwilligen Jugendlichen kaputtgeworfen waren. Genau dort sollte es nun wieder geschehen.

Noch etwas weiter, und Alan Simpson blieb kurz hinter Akiko zurück, die gleich danach einen plötzlichen scharfen Schmerz im Rücken verspürte. Ihre Einkaufstüte fiel zu Boden.

»Was ist denn ...?«

Da zog Alan Simpson bereits seinen Würgestrick aus der Tasche.

»Was machen Sie denn da ...?«

Aber ehe sie noch mehr sagen konnte, spürte sie schon die Schnur um ihre Kehle. Der Mann stand über ihr und grinste, während er die Schlinge weiter zuzog. Akiko versuchte, um Hilfe zu schreien, konnte sich aber nicht mehr bewegen. Der Strick zog sich immer enger um ihren Hals, und sie verlor das Bewußtsem. *Ich sterbe*, dachte sie. *Ich sterbe ...*

5. Kapitel

Ein helles Licht schien ihr ins Gesicht, und sie hörte lautes Schreien um sich her und dachte: *Jetzt bin ich gestorben, ich bin tot und an irgend einem sehr seltsamen Ort.*

»Sie lebt«, hörte sie eine Stimme sagen. Da fand sie den Mut, die Augen aufzumachen. Sie lag auf dem Gehsteig im Regen, und jemand hatte ihr einen Mantel unter den Kopf gelegt. Ein Dutzend Leute standen um sie herum und schienen gleichzeitig zu reden.

Akiko mühte sich zum Sitzen hoch. »Was ist … was ist passiert?« fragte sie. Und dann fiel es ihr auf einmal wieder ein. Sie konnte den Strick spüren, wie er in ihren Hals schnitt, und den bösen Mann, der dazu grinste. Sie hatte zu schreien versucht … und dann war alles um sie her schwarz geworden.

Ein gutaussehender junger Mann half ihr hoch.

»Ist wieder alles in Ordnung mit Ihnen?« erkundigte er sich.

»Ich … weiß nicht«, stammelte sie mit zitternder Stimme.

»Ich bin Sekio Yamada von Scotland Yard.«

Akiko sah sich angstvoll um. »Wo ist der Mann, der mich umzubringen versucht hat?«

»Der ist, fürchte ich, entkommen«, sagte Sekio Yamada. »Sie haben sehr viel Glück gehabt. Zufällig kam gerade ein Taxi vorbei. Als der Fahrer sah, was der Mann im Begriff war, zu tun, hielt er an. Da geriet der Mörder in Panik und rannte davon. Der Taxifahrer rief bei der Polizei an, und hier sind wir.«

Akiko holte tief Atem. »Ich dachte, ich sterbe.«

Yamada musterte sie genau. Sie war jung und schön. Er fragte sich, ob sie verheiratet sei.

Akiko sah ihn ihrerseits an und dachte: *Ein wirklich gutaussehender Mann, und freundlich und fürsorglich scheint er obendrein zu sein.* Sie fragte sich, ob er wohl verheiratet sei.

Sekio wollte sie möglichst sofort eingehend befragen, um eine Beschreibung des Mörders zu bekommen. Aber er sah, daß sie völlig außer sich war und beschloß, doch lieber bis morgen zu warten. Dann konnte er ihr immer noch die nötigen Fragen stellen. Er sah sich um, ob irgendwelche Hinweise auf den Mörder da waren, die dieser in der Hast der Flucht hinterlassen habe. Aber da war nichts. Nur die aus der Einkaufstüte herausgefallenen Lebensmittel lagen weit verstreut herum.

Er fragte: »Sind das Ihre Sachen?«

Akiko zeigte sich von dieser Frage überrascht. »Ja, natürlich.«

Sekio war die Tomate wieder eingefallen, die er am Tatort des letzten Verbrechens gefunden hatte, und da kam ihm auf einmal ein Gedanke.

»Wo haben Sie diese Sachen eingekauft?«

Akiko sah ihn ziemlich erstaunt an. »Wo ich sie eingekauft habe?«

»Ja! Diese Lebensmittel alle.«

»Na, im Mayfair-Markt. Was hat das mit …«

»Schon gut, nicht so wichtig«, log Yamada. Er war sich jetzt bereits sicher, daß er da eine erste Spur hatte. Natürlich: es mußte dem Mörder doch ein Leichtes sein, seine Opfer dort zu finden und sich herauszupicken, indem er ihnen anbot, ihre Einkaufstüten tragen zu helfen, um sie dann zu ermorden. Er war sich ganz sicher, daß er auf dem richtigen Weg war, den Mörder zu stellen.

Er sagte von alledem jedoch kein Wort zu Akiko, aber auch nicht zu Detective Blake oder sonst jemandem. Einer der herumstehenden Männer hatte inzwischen Akikos Einkäufe aufgehoben.

»Wir brauchen Ihre Personalien noch«, sagte Sekio Yamada zu Akiko.

»Kanomori. Akiko Kanomori.«

Sekio Yamada schrieb es in sein Notizbuch, ebenso wie ihre Adresse. Als er alles hatte, sagte er: »Einer meiner Leute wird Sie nach Hause bringen.«

Akiko hatte gehofft, Yamada würde das selbst tun. Sie war etwas enttäuscht.

Aber Sekio Yamada hatte es eilig, zum Mayfair-Markt zu kommen. Er war sich sicher, daß dort der Ausgangspunkt aller Taten des Mörders war. Eine gewisse Erregung hatte ihn befallen.

Er schreckte aus seinen Gedanken auf, als er ein Auto scharf anhalten hörte. Es war voller Reporter.

Schon war Billy Cash mit seiner Kamera bei ihm. »Was ist passiert?« rief er. »Hier soll es wieder einen Mord gegehen haben!«

»Alles ist unter Kontrolle«, sagte Yamada. »Fahrt nur weiter.«

Billy Cash sah Akiko an und bemerkte die Strangulationsmale an ihrem Hals. »Sie sind das angegriffene Opfer gewesen? Es war der Würger, der Sie umbringen wollte, nicht? Sie sind die erste, die ihm entkommen ist.«

Und er hob seinen Fotoapparat und machte ein Bild von Akiko.

Sergeant Yamada wurde wütend. »Das reicht jetzt! Dieses Foto werden Sie nicht drucken! Sie gefährden das Leben der jungen Frau damit! Ist das klar?«

»Sicher doch«, sagte Billy Cash und fragte Akiko ungerührt weiter: »Wie heißen Sie?«

»Das geht Sie gar nichts an«, fuhr ihn Sekio Yamada an. »Und jetzt verschwinden Sie.«

Er sah Billy Cash und seinen Kollegen ungehalten nach, als sie abzogen. »Tut mir leid«, sagte er dann zu Akiko. »Der Mann ist eine öffentliche Gefahr.«

Akiko lächelte. »Dann habe ich heute abend schon zwei solcher Gefahren überlebt.«

Sekio Yamada wandte sich an seine Leute. »Seien Sie so gut, und bringen Sie Miß Kanomori nach Hause. Sehen Sie zu, daß sie auch wirklich sicher ankommt.«

»Ja, Sir.«

Er wandte sich wieder an Akiko. »Können wir sonst noch etwas für Sie tun?«

»Ich bin noch ein wenig zittrig«, sagte Akiko, »aber es geht schon.« Ein Schauder überlief sie. »Diesen Supermarkt werde ich bestimmt nicht mehr betreten.«

Sekio Yamada jedoch dachte: *Aber andere Frauen werden es tun, so wie auch der Mörder wieder, doch dann schnappen wir ihn uns.* Er sah Akiko nach, wie sie in das Polizeiauto stieg. Sie beugte sich noch einmal heraus und sagte zu ihm: »Vielen Dank, und gute Nacht.«

Sergeant Sekio Yamadas nächster Weg war sein Büro, wo er sich ein Foto von Nancy Collins besorgte, des letzten Opfers des Würgers. Danach fuhr er zum Mayfair-Markt.

Dort ging es ziemlich zu, als er ihn betrat. Der Supermarkt war durchgehend geöffnet, Tag und Nacht. Leute, die tagsüber keine Gelegenheit zum Einkaufen hatten, fanden es praktisch, ihre Besorgungen abends erledigen zu können.

Ein Angestellter kam auf ihn zu. »Kann ich Ihnen helfen?«

»Ich möchte den Geschäftsführer sprechen.«

Ein paar Minuten danach saß er ihm gegenüber.

»Was kann ich für Sie tun?« erkundigte sich der Filialleiter.

Yamada zeigte seine Polizeimarke und holte das Foto von Nancy Collins aus der Tasche. »Ich wüßte gerne, ob Ihrem Personal diese Frau hier als Kundin bekannt ist. Vielleicht kaufte sie regelmäßig hier ein?«

Der Manager zuckte nur resigniert mit den Schultern. »Ach, wissen Sie, bei uns kaufen Tausende von Leuten ein, wie soll sich da jemand bestimmte Personen merken.«

»Es wäre nett, wenn Sie trotzdem einmal herumfragen könnten. Eventuell erkennt sie ja doch jemand.«

»Bitte«, sagte der Geschäftsführer. »Dann versuchen wir es eben.«

Sie gingen durch den riesigen Markt und zeigten den einzelnen Angestellten das Foto.

»Nein, nicht daß ich wüßte.«

»Ich schaue mir doch nicht die Gesichter der Kunden an, dazu habe ich gar keine Zeit.«

»Nie gesehen.«

»Ist das nicht die Frau, die ermordet wurde?«

»Nein, habe ich nie … Augenblick … Ja, genau, die habe ich neulich bedient.«

Scotland Yard. Sekio Yamada saß in einer Besprechung mit Inspector West.

»Dieser Angestellte hat sie als Kundin identifiziert. Im selben Supermarkt, wo auch Akiko Kanomori einkaufte.«

»Viel beweist das noch nicht«, sagte Inspector West.

»Ich bin ganz sicher, daß dies die richtige Spur ist«, heharrte Yamada aber. »Diese Tomate am Tatort von Nancy Collins Ermordung muß ihr aus der Einkaufstüte gefallen sein. Alle anderen Einkäufe sammelte der Würger ein und nahm sie mit. Kein Zweifel, wenn nicht zufällig das Taxi gekommen wäre, hätten wir Miß Kanomoris Lebensmitteleinkäufe nicht gefunden. Nach meiner Ansicht treibt sich der Würger mit einem Regenschirm am Mayfair-Markt herum, sucht sich eine Frau ohne Schirm aus und bietet ihr seine Begleitung nach Hause an. Und auf dem Weg bringt er sie um. Diese Male, die wir bei allen Opfern gefunden haben, könnten gut von der Spitze eines Regenschirms stammen. Er stößt sie ihnen vermutlich in den Rücken, sie lassen vor Schmerz ihre Einkaufstüten fallen, und inzwischen hat er den Überraschungseffekt ausgenutzt und ihnen seinen Würgestrick um den Hals gezogen. Er tötet sie und verschwindet spurlos.«

Inspector West saß eine ganze Weile regungslos da und musterte sein Gegenüber. Ein eifriger junger Mann.

»Interessante Theorie«, sagte er schließlich. »Und was wollen Sie mit ihr anfangen?«

»Ich hätte gerne«, antwortete Sekio Yamada, »ein halbes Dutzend Leute zusätzlich. Keine Sorge, nur an regnerischen Abenden. Sie sollen als getarnte Arbeitskräfte in den Supermarkt eingeschleust werden und dort unauffällig nach Männern mit einem Regenschirm Ausschau halten, die Frauen ihre Hilfe und Begleitung und den Schutz unter ihrem Schirm anbieten.«

Der Inspector seufzte. »Eine Offenbarung ist das nicht gerade, aber sehr viel mehr können wir im Moment wohl nicht tun. Also meinetwegen.«

»Danke, Sir«, sagte Yamada höflich.

»Wann wollen Sie denn anfangen?«

»Noch heute.«

Die Polizeibeamten waren über den gesamten Supermarkt verteilt. Sie hatten übliche Arbeitskittel an und versuchten auch sonst wie normale Arbeitskräfte auszusehen.

»Paßt auf wie die Habichte«, hatte ihnen Yamada eingeschärft. »Wir suchen einen Mann, der so tut, als kaufte er ein. Aber vermutlich kauft er nichts. Das einzig Sichere ist, daß er einen Regenschirm bei sich haben wird. Er wird Ausschau nach Frauen halten, die einkaufen waren und dann ohne Regenschirm dastehen. Auf diese Art macht er sich an seine Opfer heran. Wenn sie hinausgehen, und es regnet, bietet er ihnen seine Begleitung nach Hause an. Behaltet alle den Haupteingang im Auge. Sobald ihr eine solche Szene, wie ich sie euch gerade beschrieben habe, seht, schreiten wir ein. Alles klar? Noch Fragen?«

Sie waren bereits seit Stunden in dem Supermarkt. Es regnete immer noch, aber von einem Mann, wie sie ihn suchten, war weit und breit nichts zu sehen.

»Naja«, vermutete Detective Blake, »heute ging ihm etwas schief, da kommt er bestimmt nicht noch einmal.«

»Im Gegenteil«, sagte Yamada, »eben deswegen kommt er noch einmal. Zum ersten Mal ist ihm heute etwas schiefgegangen. Das hat ihn bestimmt wütend gemacht, und es treibt ihn herum, so daß er ein neues Opfer sucht, das er haben muß. Er hat ja keine Ahnung, daß wir ihm schon auf der Spur sind.«

»Hoffentlich haben Sie recht. Ich hätte diese Sache gerne bald hinter mir.«

»Meinen Sie, ich nicht?«

Und Sekio Yamada dachte kurz an die hübsche Akiko Kanomori. *Ich bin froh, daß der Würger sie nicht umbringen konnte und daß sie jetzt in Sicherheit ist. Wenn sie über den ersten Schock hinweg ist, suche ich sie auf, damit sie mir eine genaue Beschreibung von dem Mann liefert.*

Akiko Kanomori verschloß in ihrer Wohnung sorgfältig alle Fenster und Türen. Noch immer stand sie unter dem Schock des schrecklichen Schicksals, das ihr beinahe widerfahren wäre.

Der freundliche Beamte hatte sie gefragt, ob er noch etwas für sie tun könne und ob er vielleicht noch eine Weile bei ihr bleiben solle. Aber sie hatte gesagt, nein, es geht schon, nur ein wenig zittrig bin ich noch.

Sie hatte längst keinen Hunger mehr, der war ihr vergangen. Sie hatte jetzt nur noch Angst. Sehr große Angst. *Zum Glück*, dachte sie, *weiß der Würger wenigstens nicht, wo ich wohne und wer ich bin. Keine Chance, daß er mich jemals wiederfindet.*

In der Redaktion *London Chronicle* sprach Reporter Billy Cash mit seinem Redakteur.

»Ich habe ihr Foto«, sagte er. »Das können wir morgen in der Frühausgabe auf die Titelseite nehmen.«

»Prima. Damit schlagen wir die Konkurrenz um Längen. Unsere Schlagzeile lautet: DAS EINZIGE OPFER, DAS DEM

WÜRGER LEBEND ENTKAM! Haben Sie auch ihre Personalien, Name und Adresse?«

»Leider nicht, dieser mufflige Detective war dort und hinderte mich daran. Aber das macht nichts. Es wird nicht lange dauern, bis sich Leser melden, die sie kennen.«

Am nächsten Morgen erwachte Akiko Kanomori schlagartig und hatte heftiges Herzklopfen. Sie hatte einen schlimmen Traum gehabt. Ein Mann versuchte sie zu ermorden, mit einem langen und brennendheißen Strick. Dann erst wurde ihr wieder klar, daß dies nicht nur ein Traum gewesen war, sondern auch Wirklichkeit. Sie war knapp dem Tod entronnen!

Ein Schauder überlief sie. *Ich muß darüber hinwegkommen*, dachte sie. *Ich kann nicht in ständiger Angst weiterleben. Sie werden ihn ja sowieso fangen. Dieser junge Kriminalbeamte machte einen sehr kompetenten Eindruck.*

Sie stand auf und merkte überrascht, daß sie starken Hunger verspürte. *Also macht Todesgefahr offenbar Appetit*, dachte sie verwundert. Sie beschloß, das kleine Restaurant an der Ecke aufzusuchen und dort zu frühstücken. Als sie aus dem Haus trat, begegnete ihr wieder Mrs. Goodman.

»Guten Morgen, Akiko«, sagte Mrs. Goodman. »Hat es Ihnen gefallen gestern im Tower?«

Akiko sah sie verdutzt an, bis sie sich wieder erinnerte. *Aber natürlich. Wie soll sie von dem Würger wissen und davon, daß er versucht hat, mich umzubringen. Das weiß ja niemand. Deswegen bin ich ja in Sicherheit. Er kann mich überhaupt nicht finden.*

Sie ging weiter zu ihrem Frühstückslokal. Vor diesem befand sich ein Zeitungskiosk. Und Akiko blieb wie angewurzelt stehen und hielt sich vor Schreck die Hand vor den Mund. Auf der Titelseite eines der Blätter sah ihr das eigene große Foto entgegen, und darunter stand eine dicke Schlagzeile:

UNBEKANNTE TATZEUGIN LEBT!
OPFER ENTKOMMT WÜRGER!

6. Kapitel

Akiko Kanomori war in heller Panik. Sie starrte ungläubig auf ihr eigenes Foto in der Zeitung. Jetzt erfuhr der Unbekannte, wer sie war und kam und holte sie sich erneut! Sie fühlte sich wie nackt, und als starrten sie alle an, die vorbeikamen.

Der Appetit auf ein herzhaftes Frühstück war ihr schlagartig vergangen. Sie drehte sich um und rannte zurück in ihre Wohnung, verschloß wieder Fenster und Türen und saß zitternd auf der Couch. *Was soll ich nur anfangen?* dachte sie.

Scotland Yard. Auch Sergeant Sekio Yamada sah die Morgenzeitung mit dem Foto Akikos groß vorne darauf. Er konnte es kaum glauben.

Dieser Reporter, dieser Billy Cash! Umbringen hätte er den Kerl können, ohne mit der Wimper zu zucken! Wider besseres Wissen hatte der Mann Akiko Kanomori in erneute Lebensgefahr gebracht!

Das Telefon klingelte. »Sie sollen sofort zu Inspector West kommen.«

Inspector West war außer sich. Vor ihm lag dieselbe Morgenzeitung. Er blickte auf, als Sekio Yamada eintrat.

»Was hat das zu bedeuten?« fuhr er ihn sogleich an. »Wie kommt dieses Foto der Zeugin in die Zeitung?«

»Das tut mir leid, Sir«, sagte Yamada. »Es ist sehr schwierig, die Presse unter Kontrolle zu halten.«

»Wissen sie auch ihren Namen?«

»Nein, Sir, das konnte ich zumindest verhindern. Sie wissen weder, wer sie ist noch wo sie wohnt.«

»Dann sorgen Sie wenigstens dafür, daß dies so bleibt!« knurrte ihn der Inspector an. »Schließlich ist sie die einzige Spur, die wir zu dem Killer haben.« Und dann sagte er noch leicht sarkastisch hinterdrein: »Mit Ausnahme Ihrer Tomate natürlich.«

Yamada bekam einen roten Kopf, aber er beherrschte sich und sagte nur: »Jawohl, Sir.«

»Kümmern Sie sich mal lieber um sie. Wenn sie die Zeitung gesehen hat, steht sie vermutlich vor dem Nervenzusammenbruch.«

»Ich fahre sofort zu ihr, Sir.«

Nach fünf Minuten war er auf dem Weg zu Akikos Wohnung.

Als es an der Wohnungstür klingelte, war Akiko vor Angst ganz starr. *Steht vielleicht dieser Killer schon draußen vor der Tür?* zuckte es ihr durch den Kopf. *Mit seinem Würgestrick in der Hand?*

Es klingelte noch einmal. Sie ging schließlich zur Tür.

»Wer ist da?«

»Sergeant Yamada.«

Sie erkannte seine Stimme und war sogleich ungeheuer erleichtert. Sie schloß auf und öffnete. Yamada sah noch die letzten Spuren der Panik in ihrem Gesicht.

»Darf ich hereinkommen?«

»Aber bitte, treten Sie ein.«

Er kam herein und sah sich um. Ihre Wohnung gefiel ihm. Sehr hübsch und sauber. Genau die Wohnung, die er sich als die ihre vorgestellt hatte.

»Nehmen Sie doch Platz, bitte.«

»Ich habe die Zeitung schon gesehen«, sagte er. »Sie sicher auch. Ich entschuldige mich.«

»Sie können ja nichts dafür.«

»In gewisser Weise schon. Ich hätte diesen Reporter lieber festnehmen lassen sollen.«

»Ich habe große Angst, ehrlich gesagt, daß der Würger noch einmal kommt und mich endgültig umbringen will.«

»Sie brauchen keine Angst zu haben, wirklich nicht. Erstens weiß er Ihren Namen nicht und zweitens nicht, wo Sie wohnen. Das Beste von allem ist sowieso, daß wir glauben, wir wissen, wie wir ihn fangen können.«

Ihr Gesicht hellte sich auf. »Tatsächlich?«

»Ja. Wir haben herausgefunden, wie er seine Opfer findet. Sie kennen ja den Mayfair-Markt, wo Sie einkauften.«

»Ja.«

»Dort hat er Sie angesprochen, nicht wahr?«

»Ja«, sagte Akiko nachdenklich. »Es regnete, und er hatte einen Schirm und bot mir an, mich darunter nach Hause zu begleiten.«

»Genau das ist seine Methode. Wenn es regnet, geht er dorthin und sucht sich Frauen aus, die keinen Regenschirm haben, bietet sich als Begleitung nach Hause an und erwürgt sie auf dem Weg.«

Wieder erschauderte Akiko unwillkürlich. »Es war entsetzlich.«

»Wir fangen ihn«, versicherte Yamada. »Aber wenn wir ihn haben, müßten Sie ihn identifizieren.« .

»Selbstverständlich«, nickte Akiko. »Ich könnte sogar seinen Kopf machen.«

»Wie bitte?«

»Ich kann seinen Kopf in Ton modellieren. Ich bin Bildhauerin, wissen Sie.«

»Tatsächlich?« rief Sekio Yamada, der diesen Glücksfall kaum fassen konnte.

»Ja«, nickte Akiko zur Bestätigung. »Das ist mein Beruf. Kommen Sie, ich zeige Ihnen mein Atelier.«

Sie standen auf, und Akiko führte ihn nach nebenan. Dort kam Sekio Yamada gar nicht mehr aus dem Staunen heraus über all die wunderbaren Statuen, die dort standen, manche in Lebensgröße, manche als Büsten von Männern und Frauen.

»Wundervoll!« rief er aus.

»Vielen Dank«, sagte Akiko errötend.

»Und Sie könnten also wirklich«, fragte er noch einmal nach, »einen Kopf des Würgers modellieren?«

»Aber gewiß doch. Den Kopf vergesse ich mein Leben lang nicht mehr.«

»Und wie lange würden Sie dazu brauchen?«

»Einen Tag oder zwei, länger nicht.«

»Das wäre ja großartig!« sagte Sekio Yamada. »Es würde uns ungeheuer weiterhelfen. Wir würden den Kopf fotografieren und die Bilder allen Zeitungen zustellen. Dann ist überall bekannt, wie er aussieht, und er kann sich nirgends mehr verbergen.«

Akiko hörte die Erregung in seiner Stimme. »Das mache ich gerne. Ich bin schließlich höchst interessiert daran, daß er gefaßt wird.«

Sekio Yamada sah sie an und dachte bei sich: *Gott, ist sie hübsch.* Er überlegte, ob sie wohl verheiratet sei.

»Haben Sie …« forschte er vorsichtig, » … ich meine, leben Sie mit jemandem zusammen?«

»Nein, ich lebe allein.«

Das zu hören gefiel ihm gut. »Wenn Sie wollen, kann ich Ihnen Polizeischutz verschaffen. Dann hält sich ein Polizist solange bei Ihnen auf, bis wir den Killer gefaßt haben.«

Akiko dachte darüber nach. Die Vorstellung, einen fremden Mann in der Wohnung zu haben, bereitete ihr Unbehagen.

»Aber Sie sagten doch, daß ich nicht in wirklicher Gefahr bin, nachdem der Mörder nicht weiß, wie ich heiße und wo ich wohne?«

»Ja, schon.«

»Dann brauche ich doch eigentlich keinen Polizeischutz.«

Er nickte. »Ganz wie Sie wollen. Aber wenn es Ihnen recht ist, komme ich von Zeit zu Zeit selbst vorbei und sehe nach dem Rechten.«

»Das wäre sehr nett, ja.«

Sie lächelten beide. Sekio Yamada spürte, daß er sich noch nie so zu einer Frau hingezogen gefühlt hatte wie jetzt zu Akiko Kanomori.

»Tja«, sagte er verlegen, »dann will ich mal wieder los und Sie nicht länger von Ihrer Arbeit abhalten.«

»Ich fange sofort an mit dem Kopf«, versicherte ihtn Akiko.

Sie sah ihm nach, als er ging, und sperrte die Tür hinter ihm wieder zu. *Wenn dies vorbei ist*, dachte sie mit Bedauern, *sehe ich ihn vermutlich nie wieder.*

Als Sekio Yamada aus Akikos Wohnung kam, sagte er zu seinem Kollegen Blake: »Sie will keinen Polizeischutz. Aber ich möchte trotzdem für ihre Sicherheit sorgen. Weisen Sie die Polizisten im Streifendienst an, sie im Auge zu behalten, speziell an regnerischen Abenden.«

»Glauben Sie denn, wir fangen den Kerl?« fragte Detective Blake.

»Aber selbstverständlich«, sagte Yamada. »Es geht mir auch darum, daß er nicht zuvor noch einen weiteren Mord begeht.« *Schon gar nicht an Akiko*, fügte er im stillen dazu.

Den Kopf des Würgers zu modellieren war schwieriger, als Akiko gedacht hatte. Das Problem dabei war nicht etwa, daß sie sich nicht an sein Gesicht erinnern konnte. Im Gegenteil, es hatte sich ihr nur zu gut eingeprägt.

Als sie den Ton zu kneten begann und die Kopfform und die ersten Gesichtszüge ausbildete, durchlebte sie ihren Alptraum ein zweites Mal. An jedes einzelne Wort von ihm erinnerte sie sich in aller Deutlichkeit.

»Oh, das regnet aber stark, was?«

»Ja, ja.«

»Haben Sie einen Wagen da?«

»Nein.«

»Da haben Sie aber Pech. Ich habe wenigstens einen Regenschirm. Wohnen Sie hier in der Nähe?«

»Ein paar Häuserblocks von hier ...«

Und wieder erschauderte sie in Erinnerung daran, als ihr erneut klar wurde, wie knapp sie dem Tod entgangen war. Der Würger mußte gefaßt werden! Und sie würde dabei helfen.

Sie machte sich energisch wieder an die Arbeit.

Sekio Yamada saß wieder im Büro von Inspector West. »Also die Zeugin ist Malerin, sagen Sie?«

»Nein, Bildhauerin. Sie macht Statuen, Figuren.«

»Und sie kann den Kopf des Würgers modellieren?«

»Ja. Sie arbeitet im Augenblick bereits daran.«

»Es ist Ihnen klar, daß sie sich in einer sehr gefährdeten Lage befindet? Sie ist die einzige, die ihn identifizieren kann. Wenn er herausfindet, wer sie ist und wo sie wohnt, versucht er zweifellos, sie noch einmal umzubringen, und diesmal endgültig. Wir stellen sie lieber unter Polizeischutz.«

»Habe ich ihr schon angeboten«, sagte Yamada. »Aber sie will nicht. Ich habe trotzdem veranlaßt, daß die Polizeistreifen von Zeit zu Zeit nachsehen, ob alles in Ordnung ist bei ihr. Außerdem habe ich die Absicht, sie zu drängen, daß sie fortgeht, die Stadt verläßt, irgendwo anders hin, bis der Fall erledigt ist und wir den Würger gefaßt haben.«

»Gar keine schlechte Idee«, sagte der Inspector.

»Der Wetterbericht sagt für heute abend wieder Regen an«, fuhr Yamada fort. »Da kann es leicht sein, daß er wieder zuzuschlagen versucht. Ich möchte deshalb das Sonderkommando wieder im Supermarkt haben.«

Inspector West nickte. »In Ordnung. Fangen Sie mir den Kerl!«

Auch Alan Simpson hatte Akikos Foto auf der ersten Seite des *London Chronicle* gesehen. Es war ein sehr scharfes Foto, und man konnte tatsächlich sogar die Würgemale von seinem Strick erkennen, den er ihr um den Hals geworfen und zugezogen hatte, um sie zu erdrosseln ... bis dann dieses blöde Taxi daherkommen mußte, das ihn zur abrupten Flucht zwang. Sein erster Fehlschlag, sein allererster!

Selbstverständlich konnte er das Risiko nicht eingehen, daß diese Frau gegen ihn aussagte. *In der Zeitung stand zwar kein Name und keine Adresse*, dachte er, *aber das kriege ich schon heraus. Und dann wird die Sache zu Ende gebracht.*

Trotzdem, er war sehr frustriert. Er war wütend auf sie, weil sie ihm entkommen war. *Ich kriege sie,* versprach er sich selbst. Doch im Augenblick brauchte er erst einmal dringend ein anderes Opfer. Der Wetterbericht kündigte Regen für den Abend an. *Gut, da suche ich mir im Mayfair-Markt eine neue aus.*

Sergeant Sekio Yamada vergewisserte sich im Mayfair-Supermarkt persönlich, ob auch alle Leute seines Sonderkommandos auf ihrem Posten waren. Einige davon standen als Verkäufer hinter den Theken, andere markierten Kunden und wanderten mit Einkaufswagen in den Gängen umher.

Draußen regnete es stark. Ein großer, hagerer Mann betrat den Supermarkt. Er hatte einen Regenschirm bei sich. Er begann herumzuschlendern und studierte die Waren auf den Regalen.

Sekio Yamadas Nervosität stieg. Könnte er das sein? Er signalisierte seinen Leuten, den Mann besonders im Auge zu behalten.

Alan Simpson sah sich nach seinem nächsten Opfer um. Es waren viele Frauen da, die Lebensmittel für ihre Männer oder Freunde einkauften. *Tja, eine von euch*, dachte er, *wird heute nicht mehr nach Hause kommen. Aber welche?*

Er fühlte sich bei dieser Auswahl seiner Opfer wie Gott selbst. Er entschied, welche starben und welche weiterleben durften. Es war ein großartiges Gefühl.

Eine fette Frau ohne Schirm, ungefähr Anfang fünfzig, kaufte an der Konditoreitheke einen Kuchen.

Die hat schon genug zu essen gehabt, entschied Alan Simpson bei sich. *Die ist es.* Er begab sich zum Eingang.

Sekio Yamada ließ ihn nicht mehr aus den Augen und machte sich bereit, ihn festzunehmen.

Die fette Frau bezahlte für ihren Kuchen und ging zum Eingang. Dort blieb sie kurz stehen und sah hinaus in den Regen. »O Gott!« sagte sie laut . »So ein Wetter. Und ich habe keinen Schirm mitgenommen!«

Alan Simpson lächelte. Er trat neben sie und sagte: »Wenn ich Ihnen behilflich sein kann?« Aber in diesem Augenblick merkte er, wie ihn zwei Verkäufer hinter einer Theke fixierten. Er sah sich um und erkannte, daß noch mehr Männer da waren, die ihn mit ihren Blicken nicht losließen.

Verdammt, die Polizei, dachte er. *Eine Falle!* Sie waren überall! Aber sie konnten doch überhaupt nicht wissen, wer er war?

Die Frau neben ihm sagte inzwischen. »Sie haben einen Regenschirm! Ich wohne gar nicht weit von hier. Wenn Sie vielleicht so nett wären –«

»Tut mir furchtbar leid«, sagte Alan Simpson jedoch hastig. »Aber ich warte auf meine Frau. Guten Abend!«

Und er drehte sich um und ging hinaus.

Sekio Yamada war enttäuscht. Einen Moment lang hatte er schon geglaubt, den Würger zu haben. Aber offensichtlich war es der Falsche. Er signalisierte seinen Leuten Entwarnung.

Draußen auf der Straße aber stand Alan Simpson mit heftigem Herzklopfen. Also hatten sie entdeckt, daß es der Mayfair-Supermarkt war, wo alles immer begann! *Fast hätten sie mich gekriegt.* Das sollte ihm nicht noch einmal passieren. Oh, weitermorden würde er natürlich. Aber künftig von einem anderen Supermarkt aus.

Doch zunächst muß ich herausfinden, wie diese Zeugin heißt, die mich identifizieren kann. Sie muß sterben.

7. Kapitel

Sergeant Sekio Yamada hatte eine weitere Besprechung mit Inspector West.

»Leider scheint Ihre Theorie doch nicht so ganz zu stimmen«, sagte West. »Der Würger ist gestern abend nicht in den Mayfair-Markt gekommen, und die Leute der Sondereinsatztruppe haben nur ihre Zeit verschwendet.«

Doch Yamada gab sich nicht so leicht geschlagen. »Lassen Sie mir etwas Zeit, Inspector. Ich bin ganz sicher, er taucht dort wieder auf.«

»Und wer sagt Ihnen, daß er sich seine Opfer nicht auch in anderen Supermärkten holt?«

»Nun, bisher sind alle Morde in dieser Gegend passiert. Außerdem wissen wir zuverlässig, daß er sich dort jedenfalls an seine beiden letzten Opfer heranmachte. Sie wissen besser als ich, daß sich Serienmörder immer nach einem festen Muster verhalten. Das feste Muster unseres Mannes ist genau dies.«

Inspector West dachte nach. »Also gut, ich gebe Ihnen noch einmal drei Tage Zeit. Wenn sich dann nichts ergeben hat, ziehe ich Sie von dem Fall ab.«

Sekio wollte um keinen Preis, daß man ihm diesen Fall wegnahm. Einer der Gründe dafür war, daß er Akiko Kanomori beschützen wollte. Er dachte inzwischen praktisch pausenlos an sie.

Er hatte durchaus schon einige sehr schöne Frauen gekannt, und auf viele hatte er auch Eindruck gemacht. Einige hätten ihn sofort geheiratet, aber er hatte keine wirklich geliebt. Für ihn stand fest, daß er nur dann heiraten werde, wenn er eine Frau wirklich liebte. Die einzige, zu der er sich wirklich stark hingezogen fühlte, war nun Akiko. Er wollte sie näher kennenlernen.

Deshalb sagte er entschlossen zu Inspector West: »Ich verstehe. Inspector. Ich bin ganz sicher, wir fassen den Würger sehr schnell.«

Akiko dachte ebenfalls ständig an Sekio Yamada; nicht nur, weil er ein sehr gutaussehender Mann war – solche Männer hatte sie schon viele gekannt –, sondern vor allem, weil er ein sehr feinfühliger Mann zu sein schien. Er war sachlich vernünftig und fürsorglich zugleich und sichtlich intelligent. Genau das waren die Qualitäten, die Akiko bei einem Mann suchte.

Sie wollte nicht nur in ihrem eigenen Interesse, sondern auch Sekio Yamada zuliebe den Kopf des Würgers möglichst rasch zu Ende modellieren. Sie wußte, daß ihm dies sehr helfen würde. So blieb sie in ihrem Atelier und arbeitete pausenlos.

So groß die seelische Belastung für sie auch war, die Gesichtszüge ihres Beinahemörders zu formen, zwang sie sich doch dazu, nicht nachzulassen. Sie hatte sein Gesicht in ihrem Gedächtnis genau vor sich.

Sie hatte sich einen großen Klumpen Ton genommen, ihn auf einen Sockel gesetzt und tief Luft geholt, bevor sie mit der Arbeit begann.

Das erste waren Stirn und Nase gewesen, danach setzte sie Mund und Augen, trat zurück und betrachtete sich das Ergebnis kritisch. *Nein. Die Augen sind zu groß, und die*

Nase ist zu klein. Sie ebnete den Ton wieder und begann neu zu modellieren.

Wenn sich der Ton nur nicht so lebendig angefühlt hätte, jedesmal, wenn sie ihn berührte! Es war etwas fast Böses an ihm. Als sei der Geist des Mörders darin und versuche, herauszukommen.

Sie wurde das Gefühl nicht los, der Würger werde, sobald sie mit dem Kopf fertig sei, leibhaftig daraus hervorspringen und sie anfallen. Es war ihr klar, wie lächerlich das war. Aber die Vorstellung ließ sich einfach nicht unterdrücken.

Nicht, daß sie abergläubisch gewesen wäre. Aber da war etwas an dem Modellierton, das sich nicht erklären ließ. Noch nie hatte sie so etwas erlebt.

Es klopfte. Sie ging zur Tür, machte aber nicht auf.

»Ja? Wer ist da?«

»Mrs. Goodman!«

Sie machte der Nachbarin die Tür auf. Mrs. Goodman sah sie an und sagte: »Gott sei Dank, Sie sind gesund und munter.«

»Was? Wieso?«

»Ich habe Ihr Bild in der Zeitung gesehen und gelesen, daß Sie nur knapp dem Würger entgangen sind! Oh, Sie Arme! Ich hatte ja keine Ahnung! Es muß schlimm für Sie gewesen sein!«

»Das war es, ja«, sagte Akiko. »Ich dachte schon, mein letztes Stündlein hat geschlagen!«

»Wie sah er denn aus, dieser Würger?« fragte Mrs. Goodman.

Akiko dachte kurz nach. Wie sollte man das Böse dieses Menschen erklären? Wie das Lächeln auf seinem Gesicht, während er sie zu erdrosseln versuchte? Und wie wollte sie ihr eigenes Entsetzen beschreiben?

»Er war jung«, sagte sie.
»War er häßlich?«
Innerlich auf jeden Fall, dachte Akiko. *Innerlich war er häßlich, ja.*
»Nein. Er sah eigentlich ganz freundlich aus. Wenn man ihn auf der Straße sehen würde, käme man nie auf den Gedanken, daß er dieser Würger ist. Es war sogar etwas ... wie soll ich sagen ... Unschuldiges um ihn.«
Mrs. Goodman hatte ganz große Augen. »O Gott, o Gott! Und wie haben Sie ihn kennengelernt? Ich meine, wie kam es dazu, daß er Sie angriff?«
»Ich war einkaufen. Es fing zu regnen an, und ich hatte keinen Regenschirm mit, er hatte aber einen und bot mir an, mich nach Hause zu begleiten.«
Noch während sie es erzählte, überlegte sich Akiko, ob sie nicht vielleicht schon zuviel ausplauderte und ob Sergeant Yamada es gutheißen würde, wenn sie mit irgendwem über die ganze Sache sprach. Aber Mrs. Goodman war schließlich eine vertrauenswürdige alte Bekannte.
»Wir machten uns also auf den Weg«, sagte sie und in der Erinnerung daran überlief sie wieder ein Schauder. »Und plötzlich, mitten auf einer dunklen Seitenstraße, stieß er mir die Spitze seines Regenschirms in den Rükken. Ich ließ vor Schreck meine Einkaufstüte fallen, und bevor ich noch begriffen hatte, was geschah, hatte ich schon einen Strick um den Hals.«
Mrs. Goodmans Gesicht war voller Mitgefühl. »Und dann? Was geschah dann?«
»An mehr erinnere ich mich nicht«, sagte Akiko. »Ich habe dann wohl das Bewußtsein verloren. Erst hinterher erfuhr ich, daß mir ein nur zufällig vorbeikommendes Taxi

das Leben rettete. Der Taxifahrer sah, was da vorging und hielt an. Da rannte der Würger davon.«

Mrs. Goodman sah sinnend auf Akiko und sagte dann: »Ich habe eine Idee. Kommen Sie doch zu mir, und bleiben Sie ein paar Tage. Ich habe genug Platz in meiner Wohnung.«

»Das ist sehr freundlich von Ihnen«, sagte Akiko. »Aber es geht nicht. Ich habe zu arbeiten.«

»Kann das denn nicht warten?«

Akiko dachte daran, wie sehr Sergeant Yamada darauf wartete, daß sie den Kopf des Würgers fertigmodellierte.

»Nein, leider nicht«, sagte sie.

Mrs. Goodman seufzte. »Lassen Sie es mich aber wissen, falls Sie es sich doch anders überlegen. Ich möchte nur verhindern, daß Ihnen noch einmal etwas zustößt.«

Akiko lächelte. *Ich auch.* »Machen Sie sich keine Sorgen. Mir passiert schon nichts mehr.« *Sergeant Yamada sorgt schon dafür.*

Alan Simpson war zornig. Er kam nicht darüber hinweg, daß ihm ein Opfer entwischt war. *Wenn nur dieses Taxi nicht gewesen wäre!* Jedenfalls kam nicht in Frage, daß sie am Leben blieb und ihn identifizierte! Irgendwie mußte er sie finden und töten.

Vor hundert Jahren hatte es in London schon einmal einen berüchtigten Frauenmörder gegeben. Man nannte ihn *Jack the Ripper.* Auch er hatte damals ganz London in Angst und Schrecken versetzt und ein Dutzend Frauen ermordet. Er war niemals gefaßt worden, und aus diesem Grund war er unsterblich geworden. Noch heute redete man von ihm.

Auf abwegige Weise sah sich auch Alan Simpson als ein *Jack the Ripper,* einen legendären Verbrecher, der niemals zu fassen sein würde. Eines fernen Tages würde er als alter Mann sterben, ohne daß jemals jemand wußte, wer er wirklich gewesen war. Und noch hundert Jahre lang würde man danach auch von ihm reden, von dem geheimnisvollen Würger, der zu gerissen für die Polizei war, als daß sie ihn gefangen hätte.

Während er so auf der Straße dahinging, spürte er einen Regentropfen. *Gott sei Dank war gerade Regenzeit in London!*

Er mußte ein neues Opfer haben! Damit er diese Wut aus dem Leib kriegte! Er mußte seine Mutter ein weiteres Mal bestrafen! Als wäre es gestern gewesen, sah er diese Szene wieder vor sich, wie er damals im Regen stand und sie beobachtete, wie sie einen Fremden küßte. Der Zorn darüber nahm ihm auch jetzt noch, wie immer, fast den Atem.

Er sah sich um. Er mußte sich einen neuen Supermarkt suchen. Jetzt, da die Polizei vom Mayfair-Markt wußte, konnte er es nicht riskieren, wieder dorthin zu gehen. Dort lauerten sie ihm zweifellos auf. *Und alles nur, weil dieses Luder entkommen ist!*

Es begann, stärker zu regnen. Er spürte, wie seine innere Erregung wuchs. Einige Häuserblocks von seinem Wohnhaus entfernt gab es noch einen Supermarkt. Doch dort ein neues Opfer zu suchen war zu riskant. Dort kannte man ihn, weil er da selbst immer einkaufte.

Statt dessen ging er noch zehn Häuserblocks weiter in die entgegengesetzte Richtung, bis er zu einem kleineren Selbstbedienungsladen kam. Er betrat ihn und sah sich vorsichtig um, ob auch keine Polizisten auf der Lauer nach ihm lagen. Aber er konnte nichts Verdächtiges entdecken.

Ein Angestellter kam zu ihm. »Kann ich Ihnen helfen?«

Alan Simpson war schon in Versuchung zu sagen: *Gewiß. Wenn Sie mir vielleicht eine geeignete nette Frau aussuchen würden, die ich dann erwürgen könnte?* Aber das sagte er natürlich nicht.

Dafür sagte er: »Vielen Dank, ich sehe mich nur ein wenig um. Ich weiß noch nicht, was ich heute zu Abend essen möchte.«

Es war immer ein anregendes Spiel zu raten, was er dann wirklich zum Abendessen bekommen würde. Das hing davon ab, was sein Opfer in der Einkaufstasche hatte. Einmal waren es Lammkoteletts, die er sich gut schmecken ließ, ein andermal Fisch, der ihm aber nicht besonders gemundet hatte. Was ihm geschmeckt hatte, war lediglich, daß er die Frau mit dem Fisch umbrachte. War ihr ganz recht geschehen.

Jetzt beobachtete er die einkaufenden Kunden. Es waren drei Männer und etwa ein Dutzend Frauen. Eine Frau ging am Stock. *Das wäre zu leicht*, dachte er. Eine andere Frau hatte zwei Kinder bei sich. Sein Blick wanderte über sie hinweg weiter. Und dann sah er, was er suchte.

Eine junge Frau, die ein wenig wie seine Mutter aussah! *Perfekt!* Und sie war ohne Schirm! Sie stand an der Fleischtheke. Hoffentlich kaufte sie etwas, das er gerne aß!

Er beobachtete sie, wie sie zum Ausgang ging, und folgte ihr rasch. Sie blieb stehen und sah hinaus in den Regen. Da war er schon neben ihr. »Regnet ziemlich heftig, was?« sagte er und nickte ihr zu.

»Ja, und ich habe keinen Schirm dabei!«

»Ich habe einen«, bot er sich an. »Wohnen Sie in der Nähe?«

»Gar nicht weit«, sagte die Frau. »Aber ich möchte Sie nicht in Anspruch nehmen!«

»Welche Richtung haben Sie?«

»Dorthin.« Sie deutete.

»Na sehen Sie, ich auch«, sagte Simpson. »Da können wir zusammen gehen.«

»Sehr freundlich.«

» Gar keine Ursache!«

Und sie gingen hinaus auf die Straße.

»Kommen Sie«, sagte Alan Simpson, »ich trage Ihnen Ihre Tasche!«

»Das ist aber wirklich nicht nötig. Die kann ich schon alleine tragen.«

Nie wollen sie sich von ihren eingekauften Sachen trennen. Keine.

»Wohnen Sie auch hier in der Gegend?« fragte die Frau.

»Ja«, log er.

»Sehr angenehme Gegend, nicht?«

Er nickte. »Ja, unbedingt. Ich wohne sehr gerne hier.«

Sie kamen in eine dunkle Seitenstraße, und Simpsons Herz begann schneller zu schlagen. *In ein paar Minuten weiß ich, was ich zum Abendessen bekomme.* Er hatte Hunger. Morden machte ihn sehr hungrig.

»Da vorne an der Ecke müssen wir abbiegen«, sagte die Frau.

Sie bogen ab und gingen die Straße entlang, die noch dunkler war als die anderen. Simpson vergewisserte sich, daß niemand in Sicht war. Diesmal sollte ihm kein überraschend auftauchendes Taxi ins Handwerk pfuschen!

Er wartete bis zur Mitte des Blocks, wo es am düstersten war. Dann setzte er dazu an, hinter der Frau zurückzubleiben, um ihr die Schirmspitze in den Rücken zu stoßen, als die Frau sagte:

»Schauen Sie mal, es hat aufgehört zu regnen.«

Er blieb verdutzt stehen und blickte hoch. Es stimmte, der Regen hatte aufgehört. Er stand da und wußte nicht, was er tun sollte. Er sah seine Szene vor sich, wie er im Regen stand und seine Mutter beobachtete, die den Fremden küßte, und wie ihm der Regen ins Gesicht peitschte und ihn bis auf die Haut durchnäßte. Und jetzt war auf einmal kein Regen mehr da.

Die Frau starrte ihn an. »Ist was?«

Ich brauche den Regen, dachte Alan Simpson. *Ohne Regen kann ich nicht morden.*

»Ist Ihnen nicht gut?«

Er zwang sich zu einem Lächeln. »Nein, nein, alles in Ordnung.«

Er setzte den Schirm ab, und sie gingen weiter. Er war frustriert und wütend. Er hätte die Frau ja allein weitergehen lassen können, doch das wäre aufgefallen und hätte Verdacht erregt. Also begleitete er sie bis zu ihrer Wohnung.

»Das war wirklich sehr freundlich von Ihnen«, sagte die Frau. »Vielen, vielen Dank.«

»Keine Ursache«, sagte er.

Die Frau erfuhr niemals, wie nahe sie an diesem Abend dem Tod gewesen war.

8. Kapitel

Sergeant Sekio Yamada und seine Leute lagen noch bis fünf Uhr morgens im Mayfair-Markt auf der Lauer. Erst als sich auch dann der Würger nicht gezeigt hatte, beschloß Yamada, die Aktion abzubrechen.

»Ihr könnt alle nach Hause gehen«, sagte er. »Er kommt nicht mehr.«

Er war sehr enttäuscht. Er war sich so sicher gewesen, direkt auf der Spur des Würgers zu sein. *Ich habe mich also geirrt*, dachte er.

Er hatte keine Ahnung, daß der Würger ihn und seine Leute gesehen und erkannt hatte und geflüchtet war.

Yamada fuhr nach Hause und schlief sich erst einmal richtig aus, was er dringend nötig hatte. Er träumte von Akiko. Daß sie verheiratet waren und in einer schönen Wohnung lebten. Als er aufwachte, lächelte er noch immer selig. Er rasierte sich, duschte und zog sich an. Er überlegte, wie weit Akiko wohl mit dem modellierten Kopf des Würgers war. Er rief sie an, und sie erkannte seine Stimme sofort.

»Hier ist Sergeant Yamada.«

»Ja, ich weiß«, sagte sie.

Es gefiel ihm, daß sie ihn bereits an der Stimme erkannte. Er erkundigte sich, wie weit sie war.

»Es ist nicht so leicht, wie ich gedacht hatte«, sagte Akiko.

Es war nicht leicht für sie, zuzugeben, was mit ihr geschehen war. Der Kopf des Würgers war wie etwas Böses.

Jedesmal, wenn sie daran weiterarbeiten wollte, schien er lebendig zu werden. Als sie seine Augen formte, schienen sie sie anzustarren. Als sie seine Lippen modellierte, schienen sie sich abschätzig zu kräuseln. Sie hatte das Gesicht nun schon mehrmals angefangen, aber jedesmal hatte sie dieses Angstgefühl gepackt, und sie hatte das Gesicht sofort wieder zerstört.

Jetzt sagte sie am Telefon nur: »Ich habe ein wenig Schwierigkeiten damit.«

»Das tut mir leid zu hören«, sagte Sekio. Er hatte darauf gezählt, daß sie ihm das Gesicht des Würgers verfertigte.

»Aber keine Sorge«, sagte Akiko, »ich kriege ihn schon fertig. Es dauert lediglich ein wenig länger, als ich dachte. Vielleicht bin ich bis morgen soweit.«

»Also gut«, sagte Sekio Yamada. »Dann komme ich morgen mal vorbei und sehe nach, wie es steht?«

»Ja, tun Sie das.«

Als Akiko den Hörer auflegte, dachte sie: *Ich mag ihn wirklich sehr. Ob ich ihn wohl, wenn dies alles vorbei ist, auch noch wiedersehe?* Sie hoffte es sehr.

Sie ging in ihr Atelier und stand mit dem Klumpen Ton in der Hand, mit dem sie weiter an seinem Gesicht arbeiten wollte, nachdenklich vor dem Kopf des Würgers von London. Sie begann zu modellieren. Aber wieder kam sie nicht voran. *Ich schaffe es einfach nicht. Jedenfalls jetzt nicht*, dachte sie. *Ich muß eine Weile weg. Ich brauche frische Luft.*

Sie ging durch die Straßen Londons und versuchte, nicht an den Würger zu denken. Sie ging bis zum Piccadilly Circus, wo die ganzen Theater waren. Riesige Neonschriften leuchteten von den Häusern und kündigten die verschiedenen Theaterproduktionen an.

Der Piccadilly Circus ist kein Zirkus, sondern ein sehr geschäftiger und belebter Platz. Akiko vertiefte sich in die Betrachtung der Menschenmenge. Die Theater waren wundervoll. Die besten der Welt, wahrscheinlich. Sie hatte Laurence Olivier auf der Bühne den *Hamlet* spielen sehen. Und auch John Guildguld und Maurice Evans hatte sie gesehen.

Die Engländer sind die besten Schauspieler der Welt, dachte sie. Schon mehrmals hatten ihr Produzenten Rollen in Filmen oder Theaterstücken angeboten. Aber sie hatte sie alle abgelehnt.

»Das solltest du aber machen«, hatte ihr Vater gesagt. »Schauspieler verdienen viel Geld.«

»Ich bin keine Schauspielerin«, hatte sie geantwortet. »Ich bin Bildhauerin.«

»Du solltest aber lieber Schauspielerin werden.«

»Das finde ich nicht«, hatte sie gesagt. »Meiner Meinung nach muß man zur Schauspielerin geboren sein.«

»Unsinn!«

Doch Akiko glaubte wirklich daran, daß man mit einem bestimmten Talent geboren sein mußte, um Schauspielerin oder Autorin oder Bildhauerin zu werden. Das war eine Gottesgabe. Sie war dankbar für ihr spezielles Talent. Ihre Liebe war das Formen von Skulpturen.

Es war schon einige Zeit her, seit sie zuletzt in der Kunstgalerie gewesen war, welche ihre Arbeiten verkaufte. Sie beschloß, hinzugehen und sich umzusehen. Der Inhaber, Mr. Yohiro, war ein kleiner, hagerer Mann mit hektischen Bewegungen. Er erinnerte Akiko an einen Vogel.

»Gut, daß Sie kommen!« sagte er. »Ihre Sachen verkaufen sich prächtig. Die Nachfrage ist groß.«

»Das freut mich zu hören«, sagte Akiko.

»Können wir in zwei Wochen eine neue Ausstellung machen?«

»Ja«, antwortete Akiko.

Sie erwähnte nicht, daß sie an dem Kopf des Würgers arbeitete. Mr. Yohiro klatschte erfreut in die Hände.

»Großartig. Meine Kunden werden sehr zufrieden sein. Und vergessen Sie ja nicht, daß die Venusstatue dabei ist.«

»Ja, ich weiß schon.« *Aber ich muß erst den Würgerkopf fertig haben*, dachte sie im stillen. *Dann erst kann ich die anderen Arbeiten in Angriff nehmen, die ich noch vorhabe.*

Mr. Yohiro lud sie zum Essen ein.

Sie gingen in ein kleines Lokal in der Nähe, ein Pub. Akiko mochte die Londoner Pubs. Das Essen dort war zwar einfach, aber gut, und die Leute waren sehr freundlich. Viele hatten Dartscheiben, auf die die Gäste Pfeile warfen. Ein paarmal hatte Akiko selbst mitgespielt und gefunden, daß sie ganz gut in Darts war.

Als sie bestellt hatten, sagte Mr. Yohiro: »Ich bin wirklich stolz auf Sie. Ich wußte vom ersten Augenblick an, daß Sie talentiert sind und großen Erfolg haben würden. Und Sie haben mich nicht enttäuscht.«

»Danke«, sagte Akiko. »Ich liebe meine Arbeit. Wenn ich nicht müde würde und ab und zu auch mal schlafen müßte, würde ich Tag und Nacht arbeiten.« Sie lächelte. »Es klingt vielleicht etwas arrogant, aber ein wenig ist es, als spielte man Gott, wenn man Ton formt und so zum Leben erweckt.«

Natürlich hatte Akiko, als sie dies sagte, keine Ahnung, daß auch Alan Simpson sich wie Gott fühlte, weil er Menschen das Leben nehmen konnte.

»Ihre Ausstellung in zwei Wochen wird meine erfolgreichste überhaupt werden«, sagte der Galeriebesitzer, »doch dann werde ich Sie vermutlich bald an eine bedeutendere Galerie verlieren.«

»Aber nein«, widersprach ihm Akiko lebhaft. »Sie waren der erste, der sich meiner angenommen hat, bei Ihnen bleibe ich. Loyalität zählt im Leben.«

»Ich will mich ja nicht in Ihr Privatleben mischen, aber ich bin trotzdem neugierig. Sie sind so eine hübsche junge Frau, aber immer allein, sooft ich Sie sehe. Haben Sie denn keinen Freund?«

Akiko schüttelte den Kopf. »Nein. Ich bin zwar mit mehreren Männern ausgegangen, aber keiner hat mich wirklich interessiert.« Doch noch während sie dies sagte, dachte sie: *Außer Sekio Yamada. Ich möchte wissen, ob er eine Freundin hat. Hoffentlich nicht.*

Zu Mr. Yohiro sagte sie: »Eines Tages möchte ich heiraten und Kinder haben, aber nur zu heiraten, um verheiratet zu sein, ist nicht das Richtige. Man sollte sich schon zuvor der gegenseitigen Liebe sicher sein.«

Mr. Yohiro nickte. »Ganz meine Ansicht. Ich bin mit meiner Frau seit dreißig Jahren verheiratet, und wir führen immer noch eine glückliche Ehe.«

So plauderten sie und sprachen über Kunst und verschiedene Maler, die in der Galerie vertreten waren, aber den Würger erwähnte Mr. Yohiro mit keinem Wort. Akiko wurde klar, daß er offensichtlich ihr Foto in den Zeitungen nicht gesehen hatte. Denn sonst hätte er sich doch zweifellos nach der Sache erkundigt. Sie beschloß, von sich aus nicht davon zu reden.

Das alles würde sowieso bald vorüber sein. Sobald sie den Kopf des Würgers fertig modelliert und Sergeant Yamada übergeben hatte, würde der Mörder rasch gefaßt werden.

»Wollen Sie noch mit in die Galerie kommen?« fragte Mr. Yohiro.

»Danke, nein«, sagte Akiko. »Ich muß zurück an meine Arbeit.« *Zurück zum Würger.* Sehr glücklich war sie darüber nicht.

»Na gut, es war nett, daß wir uns zum Essen getroffen haben, bis bald dann.«

Mr. Yohiro bezahlte, und sie gingen hinaus auf die Straße.

»Auf Wiedersehen.«

»Auf Wiedersehen.«

Mr. Yohiro sah Akiko noch eine Weile nach. Er dachte: *Was für ein hübsches Mädchen, und mit Talent obendrein.*

Als er in seine Galerie zurückkam, fiel ihm plötzlich ein, daß er etwas vergessen hatte. Er hatte ihr gar nicht erzählt, was für ein Plakat er für ihre neue Ausstellung hatte drukken lassen. Es war ein sehr schönes Plakat mit Akikos Porträt darauf und dem Text dazu:

AKIKO KANOMORI
KUNSTAUSSTELLUNG
12.-17. NOVEMBER

Ich hänge gleich einmal eines ins Schaufenster, dachte er beschwingt. Er ging in das Hinterzimmer und holte ein Plakat, trug es nach vorne und hängte es in das Galerieschaufenster.

Keine fünf Minuten später kam Alan Simpson an der Galerie vorbei. Fast hätte er das Plakat übersehen, doch im letzten Moment, als er schon so gut wie vorbei war, sah er es noch aus den Augenwinkeln, und es riß ihn geradezu. Er blieb stehen.

Er konnte sein Glück kaum fassen. Hier, direkt vor ihm, hing das Bild der Frau, die er suchte; der einzigen Person auf der ganzen Welt, die ihn bei der Polizei identifizieren konnte.

Er grinste zufrieden. So, also Akiko Kanomori hieß sie. Und Künstlerin war sie. *Ziemlich bald ist sie eine tote Künstlerin*, dachte er, und betrat die Galerie.

Mr. Yohiro begrüßte ihn. »Guten Tag, Sie wünschen?«

»Ich bin Zeitungsreporter«, log Alan Simpson. »Und ein großer Bewunderer von Miß Kanomori.«

»O ja, das sind wir alle. Sie ist eine großartige Künstlerin.«

»Ganz meine Meinung. Meine Zeitung möchte ein Interview mit ihr. Sie hat doch demnächst eine Ausstellung bei Ihnen, nicht wahr?«

»Ja. Das Plakat hängt bereits im Fenster vorne.«

»Ach ja?« sagte Alan Simpson und tat überrascht. »Das habe ich glatt übersehen. Um so besser. Ein Interview wird dann besonders nützlich sein. Das bringt zusätzliche Publicity, nicht wahr? Wenn Sie mir vielleicht ihre Adresse geben könnten …?«

»Ja, ich weiß nicht … Wissen Sie, Miß Kanomori ist sehr öffentlichkeitsscheu. Sie gibt üblicherweise keine Interviews.«

»Es nimmt wirklich nur ein paar Minuten in Anspruch«, sagte Alan Simpson. »Und ich versichere Ihnen, daß es sehr rücksichtsvoll sein wird.«

Der junge Mann hatte so gute Manieren. Da nickte Mr. Yohiro schließlich. »Also gut. Ihre Adresse ist 2422 Pont Street.«

»Verbindlichsten Dank«, sagte Alan Simpson. »Ich freue mich wirklich sehr auf die Begegnung mit ihr.« Er musterte Mr. Yohiro und dachte: *Aus deiner Ausstellung, lieber Freund, wird wohl nichts werden. Deine Künstlerin wird bald nicht mehr leben.*

9. Kapitel

Er wartete vor dem Wohnhaus und hielt sich im Schatten, wo er nicht zu sehen war. Irgendwo in diesem Haus war die Frau, die er töten wollte. Er hatte keine Ahnung, warum die Polizei bisher noch keine Beschreibung von ihm hatte. *Ich warte bis zum Abend,* dachte er, *und dann nehme ich sie mir vor und erledige das.*

Inspector West ließ erneut Sekio Yamada rufen. »Sie sagten doch. Ihre Zeugin ist Bildhauerin und modelliert den Kopf des Würgers?«

»Ja, Sir.«

»Na, und wo ist er? Wieso haben wir ihn noch nicht?«

Yamada zögerte etwas. »Sie arbeitet daran. Inspector.«

»Aber wir brauchen ihn jetzt«, sagte Inspector West. »Jeder Polizist in London muß ein Foto von ihm bekommen. Wir können es uns nicht leisten, zu warten, bis er wieder mordet!«

»Das verstehe ich vollkommen, Sir. Nur –«

»Sie sagen ihr, ich will diesen Kopf noch heute haben. Verstanden?«

»Ja, Sir.«

»Meinen Sie, es macht mir Spaß, wenn selbst die Königin dauernd anruft und wissen will, wie es steht?«

»Nein, Sir.«

Sekio Yamada ging in sein Büro zurück, wo ihn Detective Blake erwartete.

»Was wollte der Alte denn?«

»Daß der Kopf des Würgers noch heute fertig modelliert ist und die Fahnung damit sofort anlaufen kann.«

»Wieso braucht sie tatsächlich so lange?« fragte Detective Blake.

»Ich weiß es auch nicht«, seufzte Yamada. »Ich rufe sie mal an.«

Akiko nahm schon nach dem ersten Klingeln ab. Irgendwie wußte sie, wer das nur sein konnte.

»Miß Kanomori? Hallo. Sergeant Yamada hier.«

»Ja, ich weiß.« Ihre Stimme war sehr warm.

»Ich will Sie ja nicht drängen«, sagte Sekio Yamada, »aber besteht vielleicht die Möglichkeit, daß Sie den Kopf noch bis heute abend fertigbekommen? Inspector West ist schon sehr ungeduldig. Er will die Fahndungsfotos schnellstmöglich hinausgehen können.«

Akiko hörte ihm zu, und der Mut sank ihr. Normalerweise wäre es ihr gar kein Problem gewesen, den Kopf bis zum Abend fertig zu haben. Aber dieses geheimnisvolle Böse, das in ihrem Modellierton selbst zu stekken schien, machte ihr einfach angst. Sie wollte Yamada davon nichts sagen. Es kam ihr selbst ein wenig albern vor.

»Ja«, sagte sie statt dessen. »Bis heute abend bin ich fertig.«

»Sehr schön«, sagte er, und sie hörte, wie sehr ihn diese Zusage erleichterte.

»Ich kann vorbeikommen und ihn abholen.« Dann stockte er und wagte es fast nicht, weiterzusprechen, sagte es aber dann nach tiefem Atemholen doch: »Und zur Feier des Tages könnten wir vielleicht dann zusammen essen gehen ...?«

Akikos Herz machte einen kleinen Satz. »Das wäre sehr nett«, sagte sie und versuchte, nicht zu zeigen, wie sehr sie sich tatsächlich darüber freute.

»Also abgemacht. Um wieviel Uhr denken Sie, sind Sie fertig?«

Akiko blickte auf den Tonklumpen vor ihr. »Sieben Uhr, denke ich.«

»Schön, dann hole ich Sie also ab. Wiedersehen.«

»Auf Wiedersehen.«

Sie legte den Hörer auf, und ihr Herz tanzte. Eine Einladung zum Essen mit dem hübschen Sergeant! Sie wandte sich ihrem Tonklumpen zu und wurde gleich wieder ernst.

Sie hatte versprochen, den Kopf fertig zu modellieren. Also mußte sie es nun auch tun. Sie holte tief Luft und ging hin. *Ist doch nur ein Klumpen Lehm*, sagte sie sich. *An dem ist doch nichts Böses.* Und doch hatte sie fast Angst, ihn anzufassen.

Langsam begann sie zu arbeiten, formte den Ton zu einem Gesicht und machte sich an das Modellieren der Einzelheiten. Die Augen, an die sie sich so intensiv erinnerte. Die Nase. Die Lippen. Je mehr der Kopf seine Gestalt annahm, desto mehr schien ihr das Böse in dem Ton den ganzen Raum zu beherrschen und sie zu erdrücken.

Sie war halb fertig, als sie es einfach nicht mehr aushielt. Sie rannte aus dem Raum und hinüber zu Mrs. Goodman. Ihr Herz klopfte wild, und sie glaubte jeden Augenblick, ohnmächtig zu werden. Aber wie sollte sie erklären, daß sie vor einem Klumpen Modellierton davongelaufen war?

Mrs. Goodman öffnete ihre Tür. »Hallo, meine Liebe. Ich wollte gerade Kaffee trinken. Da können Sie mir gleich Gesellschaft leisten.«

»O danke, gern.«

Sie setzte sich in Mrs. Goodmans geräumiger Küche nieder. Ihr Herzklopfen war noch immer heftig. *Was ist nur los mit mir?* fragte sie sich. Nichts dergleichen war ihr jemals zuvor passiert.

Mrs. Goodman brachte den Kaffee. Er schmeckte sehr gut. Akiko wäre am liebsten den ganzen Tag geblieben. *Aber ich muß zurück ins Atelier und diesen Kopf fertigmachen, sosehr sich alles in mir dagegen sträubt. Ich habe es versprochen.*

»Möchten Sie nicht vielleicht doch lieber ein paar Tage hier bei mir bleiben?« fragte Mrs. Goodman.

Akiko lächelte dankbar. Mrs. Goodman war so lieb. »Vielen Dank, aber es geht nicht. Ich kann wirklich nicht.«

Sie blieben noch eine Stunde lang zusammen sitzen und plauderten, bis Akiko schließlich, einigermaßen beruhigt, sagte: »Nun muß ich wirklich zurück in mein Atelier. Ich muß unbedingt eine bestimmte Arbeit fertigstellen.«

»Wenn ich irgend etwas für Sie tun kann, meine Liebe, brauchen Sie es nur zu sagen.«

»Vielen Dank, das tue ich gerne.«

Und sie begab sich zurück in ihr Atelier und zu ihrer Arbeit.

Alan Simpson war beim Einkaufen in einem Kaufhaus. Ein Verkäufer kam zu ihm. »Sie wünschen, bitte?«

»Ich brauche Schnur.« Er hatte seinen Würgestrick irgendwo verloren und ihn nicht wiedergefunden. Das war ein schlechtes Omen. Er war stark abergläubisch.

»Was für eine Art Schnur soll es sein? Ich meine, für welchen Zweck benötigen Sie sie?«

Na, *um Frauen zu erdrosseln, Schafskopf,* dachte Alan Simpson, sagte aber: »Ach, zum Zusammenbinden. Es sollte eine gute, feste Schnur sein.« *Nämlich, die sich gut um ihren Hals werfen und zuziehen läßt.*

»Bitte sehr, wenn Sie dort hinüber mitkommen möchten.«

Er führte ihn in die Abteilung, wo es alle Sorten von Schnüren, Stricken und Seilen gab. Da gab es Faden und Zwirn, Schnüre, Seile und schwere Taue. Alan Simpson suchte sich eine kräftige, feste Schnur aus und zog an ihr.

»Die ist richtig«, sagte er.

»Bitte sehr, Sir. Das macht dann vier Pfund.«

Detective Blake sagte: »Wenn Sie nichts vorhaben heute abend, meine Freundin hat eine Freundin, da könnten wir zu viert essen gehen.«

»Kann leider nicht«, sagte Yamada.

Denn nichts auf der Welt sollte ihn davon abhalten, heute abend mit Akiko Kanomori essen zu gehen. Den ganzen Tag freute er sich schon darauf. Und sie hatte auch sehr erfreut geklungen, als er mit ihr telefonierte. *War das nur Einbildung?* überlegte er. *Oder freute sie sich tatsächlich, von mir zu hören?*

Aber er sollte vorsichtig sein und nichts überstürzen, fand er. *Ich will nicht gleich mit der Tür ins Haus fallen. Verliebt in sie bin ich schon. Aber wenn ich ihr das sofort sage, kriegt sie vermutlich einen Schrecken und nimmt Reißaus. Nein, nein, das muß ich ganz behutsam angehen.*

Also sagte er zu seinem Kollegen Blake: »Vielen Dank, aber heute abend habe ich keine Zeit.«

»Sie werden es bereuen. Dieses Mädchen wäre es wert, was ich so höre.«

Aber Sekio Yamada war nicht daran interessiert, eine andere Frau kennenzulernen. Jetzt nicht mehr. Die Frau, die er sich immer gewünscht hatte, hatte er bereits gefunden. *Die Frage ist lediglich*, dachte er, *ob sie mich auch will?*

Akiko arbeitete in ihrem Atelier an dem Kopf des Unbekannten. Sie hatte die Stirn fertig und die Nase und die Augen und war inzwischen beim Mund.

Sie war so vertieft in ihre Arbeit, daß sie aufschreckte, als das Telefon klingelte. Es riß sie richtig. Das Telefon klingelte noch einmal. Sie ging hin und nahm ab.

»Ja, hallo?«

Stille.

»Hallo?«

Aber niemand antwortete.

Akiko wunderte sich. Es war zweifellos jemand in der Leitung. »Wer ist denn da?« fragte sie nach.

Schweigen.

Langsam legte sie wieder auf. Ihre ganze Arbeitskonzentration war weg. Dieser stumme Anruf hatte sie nervös gemacht.

Sie versuchte, an dem Mund des Kopfes weiterzuarbeiten, aber die Hände begannen ihr zu zittern. »Schluß damit!« befahl sie sich selbst, doch es wirkte nicht. Im Gegenteil, sie begann nun sogar am ganzen Leib zu zittern.

Auf der anderen Straßenseite stand Alan Simpson in einer Telefonzelle und blickte lächelnd hinauf zu dem erleuchteten Fenster. Sie hatte so verschreckt geklungen. Es regnete im Augenblick zwar nicht, aber der Wetterbericht hatte noch für den Abend Regen angesagt. Das war die Zeit für ihn.

Um sieben Uhr abends fuhr Sekio Yamada zu dem Wohnhaus Akikos. Er hatte einen neuen grauen Anzug an. Er hatte überlegt, ob er Blumen mitbringen sollte, aber er wollte nichts überstürzen. Das jetzt sollte mehr wie ein amtlicher Besuch aussehen. Er parkte, ging in das Haus und läutete an ihrer Wohnungstür.

Als Akiko die Klingel hörte, geriet sie in Panik. Sie sah auf die Uhr. Es war sieben Uhr, und das mußte Sekio Yamada sein! Sie wußte nicht, was sie machen sollte. Sie war nicht imstande gewesen, weiter an dem Kopf zu arbeiten. Sie war zu angespannt.

Der Kopf war an sich ja fertig, bis auf den Mund. Ich weiß, was ich mache, dachte sie. *Wir gehen zuerst essen, und wenn wir zurückkommen, bitte ich ihn, mit hereinzukommen und dazubleiben, während ich letzte Hand an den Kopf lege. Dann muß ich dabei keine Angst haben.*

Sie ging vom Atelier durch das Wohnzimmer zur Tür und öffnete. Sie lächelte Sekio Yamada entgegen. Er war so ein gutaussehender Bursche!

»Guten Abend.«

»Guten Abend«, sagte Yamada. »Kann ich mir jetzt den Kopf ansehen?«

Akiko legte ihm die Hand auf den Arm. »Wollen wir nicht lieber zuerst essen gehen? Die letzten Handgriffe muß ich an dem Kopf noch machen. Das kann ich hinterher tun, und dann können Sie ihn gleich mitnehmen.« Eigentlich schämte sie sich, zugeben zu müssen, daß sie immer noch nicht fertig war, weil sie Angst hatte. Aber wenn er bei ihr war, hatte sie keine Angst mehr.

»Ist mir recht«, sagte Sekio Yamada. »Dann gehen wir eben jetzt zuerst essen und kehren danach wieder hierher zurück. Auf eine oder zwei Stunden kommt es nicht mehr an.«

Bis Mitternacht, dachte er, hatte Inspector West den Kopf des Würgers auf jeden Fall, und er konnte selbst noch veranlassen, daß die Fotos davon gemacht und überall in ganz London verteilt wurden. Damit hatte der Würger dann keine Chance mehr, sich zu verbergen.

»Ich hole nur noch meine Handtasche«, sagte Akiko.

Ein paar Minuten später waren sie auf der Fahrt zu einem Restaurant.

»Ich hoffe, das Lokal gefällt Ihnen«, sagte Sekio Yamada. »Es soll eines der besten in London sein. Es heißt Harry's Bar.«

Harry's Bar war nur für Mitglieder. Aber Sekios Vater war Mitglied, und er als Sohn war dort bekannt und deshalb stets willkommen.

Sie fuhren den Rest des Weges schweigend. Akiko dachte an den Kopf, den sie vollenden mußte, und Sekio an die schöne Frau an seiner Seite.

Als sie angekommen waren, bekamen sie einen Tisch ganz hinten.

»Die Speisekarte liest sich herrlich«, sagte Akiko.

Tatsache war allerdings, daß sie überhaupt keinen Appetit hatte. Sie war zu nervös wegen des Würgers und außerdem zu aufgeregt darüber, mit Sekio zusammenzusein.

»Bestellen Sie doch einfach für mich mit«, sagte sie.

»Gerne.«

Er bestellte einen Krabbencocktail als Vorspeise für sie beide und dann Kalbsschnitzel mit Teigwaren und dazu einen guten Wein. Als das erledigt war, begannen sie sich zu unterhalten.

»Erzählen Sie mir etwas über Ihr Leben«, sagte Sekio.

Sie lächelte. »Nun ja, ich stamme aus Kyoto und war dort auch auf der Universität. Weil mein Vater Geschäfte in London hatte, zogen wir hierher. Aber ich habe mein Elternhaus dann verlassen, weil sie mich unaufhörlich drängten, daß ich heiraten sollte.«

»Und das wollen Sie nicht?«

»Aber ja doch!« Sie wurde rot und dachte: *Mein Gott, was rede ich denn da?* »Ich warte nur auf den Richtigen.«

Und während sie dies sagte, sah sie ihm tief in die Augen.

Er lächelte ebenfalls. Er wußte, daß er dieser Richtige für sie war.

Sie beendeten ihr Essen und sprachen über Hunderte anderer Dinge. Sie hatten beide das Gefühl, als würden sie sich schon ewig kennen. Es war ein sehr schönes Essen.

Sekio bestellte noch Kuchen zum Dessert, obwohl Akiko abwinkte: »Nicht für mich, ich muß auf meine Linie achten.«

»Ich achte für Sie darauf«, scherzte er. Sie lachten zusammen.

Schließlich war es Zeit, aufzubrechen. *Jetzt hilft nichts mehr*, dache Akiko, *ich muß wieder an diesen abscheulichen Kopf ran. Aber wenn Sekio bei mir ist, habe ich sicher keine Angst mehr davor.*

Sie stiegen in das Auto und fuhren zurück zu Akikos Wohnung.

Eine gute Stunde zuvor hatte Alan Simpson vor ihrem Haus beobachtet, wie Akiko und Sekio herauskamen und wegfuhren. Er erinnerte sich daran, daß er diesen Mann im Mayfair-Markt gesehen hatte. *Aha*, dachte er, *ein Polizist also. Von mir aus. Kriegen tut der mich nie.*

Er wartete, bis das Auto weg war und ging dann in das Haus hinein. Die Tür zur Eingangshalle war verschlossen. Er holte ein Messer aus der Tasche und öffnete das Schloß damit. Akikos Wohnung war 3B.

Er ging die Treppe hinauf bis zu ihrem Stockwerk. Er sah sich sorgfältig um, ob auch niemand zu sehen war. Dann öffnete er auch Akikos Wohnungstür mit seinem Messer und schlüpfte hinein.

Es war offensichtlich, daß niemand in der Wohnung war. *Also hier wohnt sie, das Luder!* Er ging durch das Wohnzimmer und blickte in das Schlafzimmer. Er sah auf ihr Bett und dachte: *Darin wird sie nie mehr schlafen.*

Er kam in das Atelier und sah sich unerwartet seinem eigenen Ebenbild gegenüber. Er starrte ungläubig darauf. *Also dabei war sie!* Sie hatte seinen Kopf modelliert, um ihn der Polizei zu geben!

Er sah jedoch, daß der Kopf noch nicht ganz fertig war. Wo der Mund sein sollte, war noch ein gähnendes Loch.

Er ging hin und schlug mit einem Fausthieb zu. Der schon angehärtete Ton zersprang, und die Trümmer fielen auf den Boden. *Und genau das passiert ihr selbst auch*, dachte er. Er holte seinen Strick aus der Tasche. Nun mußte er nur noch auf ihre Rückkehr warten.

10. Kapitel

Sekio und Akiko waren beide selig. Sie hatten in dem Lokal gegessen, aber kaum bemerkt, daß sie es taten und was sie aßen, so versunken ineinander und in ihre Gespräche und ihr gemeinsames Lachen waren sie. Und sie merkten gar nicht, wie die Zeit verging.

Das Lokal war sehr voll, und längst warteten andere Leute auf ihren Tisch, bis der Kellner kam und sich erkundigte: »Darf es noch etwas sein, Sir?«

Akiko blickte hoch und bemerkte jetzt erst die auf den Tisch wartenden Leute, deren Blicke nicht sehr freundlich waren.

»Nein, danke, das ist alles«, sagte Sekio Yamada. »Wenn Sie mir dann die Rechnung bringen, damit der Tisch frei wird. Ich sehe, daß die Leute warten.«

»Bitte sehr.«

Sie traten hinaus in die kühle Abendluft. Sekio sah zum Himmel hinauf und dachte: *Gott sei Dank regnet es nicht, da wird der Würger heute abend nicht zuschlagen.*

Im selben Moment wunderte sich Alan Simpson in Akikos Wohnung, wo sie denn blieb. *Sie ist jetzt schon ziemlich lange weg*, dachte er. Er war ziemlich nervös. Er ging unruhig herum und schaute immer wieder aus dem Fenster, ob Akiko denn nicht endlich kam.

Die Wettervorhersage hatte Regen versprochen, aber es sah nicht nach Regen aus. *Die Narren wissen auch nicht, was sie sagen*, dachte er. *Und außerdem, wozu brauche ich zum Morden unbedingt Regen?* In Wirklichkeit allerdings wußte er sehr genau, warum. Alles mußte exakt so sein wie an jenem Tag, als er die Wahrheit über seine Mutter erfahren hatte. Der Regen mußte das Böse von seinen Opfern abwaschen.

Aber Regen oder nicht Regen, dachte er sogleich weiter, *diese Akiko Kanomori muß sterben, so oder so.*

Er sah auf die Uhr. *Wenn sie sich doch etwas beeilen würde!*

Akiko und Sekio fuhren zu dieser Zeit gerade zurück zu ihrer Wohnung. *In ein paar Minuten*, dachte Akiko, *bekommt er den Kopf des Würgers von mir, und dann verläßt er mich wieder, und vermutlich sehe ich ihn danach nie mehr.* Es drängte sie zu sagen: Rufen Sie mich mal an? Aber sie wollte nicht aufdringlich sein. Dazu war sie viel zu zurückhaltend.

Als hätte er ihre Gedanken lesen können, sagte Sekio: »Sagen Sie, Akiko, könnten wir vielleicht, auch wenn dieser Fall erledigt ist, wieder einmal zusammen essen gehen?«

Akiko hüpfte das Herz im Leib vor Freude. »Sehr gerne«, sagte sie.

Sekio lächelte. Er wußte jetzt, daß alles gut verlief. Er wollte mit dieser Frau sein ganzes Leben lang zusammensein. Er mußte nur zuerst noch den Würger fassen.

»Wollten Sie immer schon Polizist werden?« fragte Akiko.

»Schon, seit ich zehn Jahre alt war«, sagte er. »Damals geschah bei uns in der Nachbarschaft ein Mord, der allgemeines Entsetzen verursachte. Wir hatten Angst, der Mörder werde auch uns heimsuchen. Die Polizei war sehr freundlich. Man sagte uns, wir sollten uns keine Sorgen machen, der Mörder werde schon gefaßt, und dann seien wir alle wieder sicher vor ihm. Da wußte ich, daß ich auch Polizist werden wollte, als Freund und Helfer der Menschen.«

Ganz erstaunlich, dachte Akiko. *Was er da erzählt, ist genau, was jetzt gerade passiert. Ein Mörder geht um und verbreitet Angst und Schrecken, und Sekio bemüht sich, für Sicherheit zu sorgen.* Sie sah ihn an und dachte: *Er ahnt überhaupt nicht, wie wundervoll er ist.*

Sie fuhren an Kensington Gardens vorbei. Der Park sah im Mondschein wie verzaubert aus.

»Haben Sie schon mal von einem Schriftsteller namens J. M. Barrie gehört?« fragte Sekio. Denn in diesem Park stand eine Statue des berühmten Geschöpfs dieses Schriftstellers.

»Nein, habe ich nicht.«

»Er hat eine wunderschöne Geschichte geschrieben: Peter Pan. Das war ein Junge, der sich weigerte, erwachsen zu werden und also ewig ein Knabe blieb. Seine Mutter wies ihn aus dem Haus, und da flog er ins Nimmerland. Eine sehr schöne Geschichte.«

»Sie klingt wunderschön, ja«, sagte Akiko. Und sie dachte im stillen dazu: *Irgendwie ist er auch noch wie ein richtiger Junge. So enthusiastisch und begeisterungsfähig.*

Sie näherten sich ihrem Wohnhaus. *Ein paar Minuten noch*, dachte sie, *dann muß ich den Kopf vollenden und ihm mitgeben.* Aber sie hatte jetzt wenigstens keine Angst mehr. Denn er war ja bei ihr und blieb auch an ihrer Seite, während sie ihre Arbeit beendete. Der Modellierton sollte ihr jetzt keine Angst mehr machen.

Zwei Häuserblocks vor ihrem Wohnhaus sahen sie einen Verkehrsunfall. Ein Auto war von einem Lastwagen fast zerdrückt worden, Trümmer waren über die ganze Straße verstreut, und auf dem Pflaster lag stöhnend ein verletzter Fußgänger.

Sekios Gesicht spannte sich an. Er griff nach seinem Funkgerät. »Hier Wagen siebzehn. Unfall auf Höhe Pont Street 2624. Schickt rasch einen Notarzt.«

Dann schaltete er ab und sagte zu Akiko: »Tut mir leid, ich setze Sie ab und kümmere mich um den Unfall. Ich folge dann in ein paar Minuten nach.«

»Ist gut.«

Hoffentlich, dachte sie, war dem auf der Straße liegenden Fußgänger nichts Schlimmes passiert. Sekio trat aufs Gas und fuhr sie noch schnell bis vor ihre Haustür.

»Ich komme, so schnell es geht.«

»Schon in Ordnung. Bis dahin habe ich dann auch den Kopf ganz fertig.«

Sie blieb noch am Randstein stehen, bis er weggefahren war. Dann erst drehte sie sich um und ging ins Haus.

Der Mann, der auf der Straße lag, war zum Glück nicht schwer verletzt. Sekio beugte sich über ihn und fühlte ihm den Puls.

»Wie geht es Ihnen?« erkundigte er sich.

» Na ja, ein bißchen zittrig bin ich.«

»Haben Sie das Gefühl, daß irgend etwas gebrochen ist?«

Der Mann befühlte seine Arme und Beine. »Es scheint alles in Ordnung zu sein. Es muß mich aus dem Wagen geschleudert haben, als der Lastwagen auf mich prallte.«

»Können Sie aufstehen?«

»Ich denke schon.«

Der Mann rappelte sich hoch. Sekio untersuchte ihn. Der Mann schien leicht unter Schock zu stehen, aber nicht schwerwiegend verletzt zu sein.

»Der Notarzt muß jeden Augenblick da sein und bringt Sie ins Krankenhaus.«

»Das ist nicht nötig. Mir fehlt nichts«, sagte der Mann und schaute auf sein zerdrücktes Auto. »Meine Frau bringt mich um. Es ist ihr Wagen.«

Ein Polizeiauto kam herangefahren, zwei Polizisten stiegen aus.

»Verletzte?« fragte der eine.

»Ich denke nicht«, erklärte ihm Sekio. »Aber Sie können sich um das Unfallprotokoll kümmern.« Er wollte möglichst rasch weg, um bei Akiko den Kopf des Würgers abzuholen, den er bei Inspector West abliefern mußte.

»In Ordnung.«

Er stieg ein und fuhr los. *Vielleicht ist sie inzwischen ja schon fertig*, dachte er.

Akiko betrat ihre Wohnung und summte leise vor sich hin. Das Zusammensein mit Sekio hatte sie beschwingt.

Es war sehr still in der Wohnung. Sekio würde bald hier sein. *Ich muß nur noch die Lippen machen, dann ist der Kopf fertig, und ich habe es hinter mir*, dachte sie.

Sie ging ins Atelier und blieb, noch in der Tür, wie angewurzelt stehen und starrte mit aufgerissenen Augen. Der Kopf, den sie aus Ton modelliert hatte, lag in einem halben Dutzend Scherben auf dem Boden.

Ihr erster Gedanke war, daß der Kopf zum Leben erwacht sei und sich selbst zerschmettert habe. Aber bevor sie noch weiterdenken konnte, fühlte sie sich; von hinten gepackt und spürte ein Messer im Genick.

»Keinen Laut!« sagte Alan Simpson, »oder ich bringe Sie auf der Stelle um.«

Akiko war zu verblüfft, um sich bewegen zu können. »Bitte«, stammelte sie, »tun Sie mir nichts.«

Er schob sie in das Atelier hinein. »Also, Sie wollten das da der Polizei zeigen, wie?«

Sie wußte nicht, was sie sagen sollte. »Nein … ich …«

»Lügen Sie mich nicht an!«

Sie drehte sich zu ihm um. Es war, als schaue sie in das Gesicht, das sie modelliert hatte. Er sah genauso aus, wie sie sich an ihn erinnerte.

Sie war ihm schon einmal entkommen, aber es war ihr klar, daß sie nun in seiner Gewalt war. *Ich muß Zeit gewinnen*, dachte sie. *Sekio kann jede Minute dasein. Er wird mich beschützen.*

Sie wunderte sich, daß der Würger gar keine Schnur in der Hand hatte, und überlegte, was er vorhaben mochte. Wollte er sie etwa mit einem Messer erstechen? Bisher hatte er doch alle seine Opfer erdrosselt?

»Kommt der Polizist wieder?« fragte Alan Simpson.

Akiko zögerte. Sie war sich nicht sicher, was besser war zu sagen, Ja oder Nein.

»Nein«, sagte sie dann.

»Sie sagen mir besser die Wahrheit.«

»Was haben Sie mit mir vor?«

Alan Simpson wußte selbst noch nicht genau, was er mit ihr machen sollte. Daß sie sterben mußte, war klar. Aber er brachte es nicht über sich, es zu tun, solange es nicht regnete. Es mußte regnen. Genau wie an dem Tag, wo er seine Mutter dabei überrascht hatte, wie sie es mit einem Fremden trieb.

Ich muß sie von hier wegschaffen. Ich bringe sie in meine Wohnung und halte sie dort fest, bis es regnet, und dann töte ich sie!

In diesem Augenblick klopfte es an der Wohnungstür. Simpson fuhr überrascht hoch. »Wer ist das?« flüsterte er.

»Ich … ich weiß nicht.«

»Sie lügen!« Sein Gesicht war zornrot. »Das ist er, nicht? Na, dann müßt ihr eben beide daran glauben.« Sie spürte wieder sein Messer im Nacken.

»Nein, bitte!« flehte Akiko. »Tun Sie ihm nichts!« Sie war auf einmal schrecklich besorgt, daß er Sekio etwas antun würde. Mehr noch als sie sich um sich selbst ängstigte.

Simpson stand da und überlegte fieberhaft. Er mußte diesen Polizisten loswerden.

»Er kommt, um diesen Kopf von mir zu holen, wie?«

»Ja.«

»Warum haben Sie ihm den nicht vorher schon gegeben?«

»Weil er noch nicht fertig war.« Akiko hoffte, daß dieser Wahnsinnige Sekio unbehelligt ließ, wenn sie ihm die Wahrheit sagte.

»Also gut«, sagte Simpson, »Sie tun jetzt genau, was ich Ihnen sage. Sie sagen ihm, daß der Kopf noch nicht fertig ist, aber daß er ihn morgen früh bekommt. Haben Sie verstanden?«

Er drückte ihr das Messer tiefer in den Nacken, so daß sie bereits einige Blutstropfen spürte.

»Ob Sie verstanden haben?«

»Ja.«

»Gut. Machen Sie die Tür auf, aber nur einen Spalt. Eine falsche Bewegung, und Sie haben das Messer im Genick.«

Es klopfte noch einmal.

»Los jetzt!« zischte er ihr zu. Er blieb dicht hinter ihr und hatte sie mit einer Hand an der Schulter, mit der anderen hielt er sein Messer in ihrem Nacken. Er trieb sie vor sich her zur Tür. Von draußen war Sekio zu hören.

»Akiko? Sind Sie da?«

Ihr Mund war vor Angst so trocken, daß sie fürchtete, keinen Laut herauszubringen.

»Antworten Sie!» zischelte Simpson.

»Ja. Ich bin … ich bin da!«

»Machen Sie einen Spalt auf«, flüsterte Simpson.

Akiko holte tief Luft und machte die Tür halb auf. Sie spürte das Messer auf der Haut in ihrem Genick. Der Würger stand hinter der Tür, wo ihn Sekio nicht sehen konnte.

Sekio sah Akiko an, und sie erschien ihm ungewöhnlich blaß. »Ist etwas?« fragte er. »Was ist los?«

Akiko hätte ihm am liebsten zugeschrien, daß sie in der Gewalt des Würgers war, der ihr eine Messerklinge in den Nacken drückte. Und daß er um sein Leben laufen sollte.

»Nein, nein«, sagte sie statt dessen nur, »alles in Ordnung.« Aber ihre Stimme war schwach.

» Kann ich hereinkommen?«

Akiko setzte schon zu einer Entgegnung an, als sie den sich verstärkenden Druck des Messers in ihrem Nacken spürte.

»Seien Sie mir nicht böse«, sagte sie also, »tut mir leid, aber als ich heimkam, fühlte ich mich auf einmal so müde, und da konnte ich nicht an dem Kopf weiterarbeiten.«

Sekio sah enttäuscht aus. »Ach so. Das ist schade. Ich hatte gehofft …«

»Ja, ich weiß. Ich mache ihn auch gleich morgen früh fertig. Ich rufe Sie an, wenn es soweit ist.«

Es war ein merkwürdiger Ausdruck in ihrem Gesicht. Sekio machte sich Sorgen. »Sie sind doch nicht krank, wie? Soll ich nicht hereinkommen und …«

Wieder spürte sie den Druck des Messers. »Nein. Ich bin wirklich sehr müde. Morgen früh geht es mir bestimmt wieder besser!«

Sie mußte ihn anlügen, aber sie tat es, um sein Leben zu retten. Wenn er hereinkam, brachte der Würger ihn um.

Sekio sagte zögernd: »Na gut, wenn Sie meinen. Dann gehe ich eben. Ich komme dann morgen früh wieder.«

»Ja«, sagte Akiko. »Tun Sie das.«

Er musterte sie lange, ehe er sich umdrehte und ging.

Alan Simpson drückte die Tür zu.

Sie war allein mit dem Würger.

11. Kapitel

Sekio Yamada konnte in dieser Nacht nicht schlafen. Akikos Verhalten hatte ihn sehr befremdet. Den ganzen Abend war sie so warmherzig und freundlich gewesen. Und dann war alles plötzlich ganz verändert als er wieder zu ihrer Wohnung zurückkam.

Statt ihn hineinzubitten, hatte sie ihn weggeschickt. Und dabei hatte sie doch zuvor versprochen, den Kopf des Würgers fertigzustellen, dann aber vorgeschützt, müde zu sein, und ihn noch einmal vertröstet.

Er versuchte, sich ihr merkwürdiges Verhalten noch einmal zu vergegenwärtigen. Er konnte sich nicht erinnern, daß sie müde gewesen wäre. Im Gegenteil, sie war sehr lebhaft und vergnügt gewesen. Äußerst seltsam.

Aber was noch schlimmer war: er hatte nun massive Probleme mit Inspector West.

»Sie haben mir den modellierten Kopf des Würgers fest für gestern abend versprochen. Nun, wo ist er?«

Yamada schluckte schwer. Er wollte Akiko nicht in Schwierigkeiten bringen. »Das tut mir leid, Sir«, sagte er. »Es hat eine kleine Verzögerung gegeben. Aber heute vormittag werde ich ihn bestimmt bekommen.«

»Das will ich doch sehr hoffen«, sagte Inspector West. »Denken Sie daran, was ich gesagt habe. Wenn dieser Fall nicht bis übermorgen gelöst ist, werden Sie davon entbunden.«

»Ich bin sicher, daß er bis dahin gelöst ist.«

Wenn ihm Akiko nur erst den Kopf geliefert hatte, konnte er ihn fotografieren und die Bilder verteilen lassen. Es mußte irgend jemanden geben, der den Würger kannte.

Er ging zurück in sein Büro.

Es war zehn Uhr geworden. Bestimmt war Akiko inzwischen fertig. Er rief sie an. Aber niemand meldete sich. *Wahrscheinlich ist sie gerade nur schnell ein paar Minuten weg*, dachte er.

Eine halbe Stunde danach versuchte er es noch einmal, und dann wieder um elf. Keine Antwort. Wieso war sie nicht zu Hause und arbeitete an dem Kopf des Würgers? Und falls sie inzwischen längst damit fertig war, warum rief sie ihn dann nicht an, um es ihm zu sagen? Das Gefühl, daß etwas nicht stimmte, wurde immer stärker. *Ich fahre doch lieber mal hin.*

Er nahm Detective Blake mit.

Akiko war in heller Panik. Sie wußte, daß sie sterben mußte, aber sie wollte doch leben, mehr als alles andere! Als Sekio am Abend zuvor gegangen war, hatte der Würger noch gewartet, bis kein Zweifel mehr bestand, daß der Detective wirklich fort war, ehe er Akiko dann mit vorgehaltenem Messer zwang, mit ihm zu kommen und in sein Auto einzusteigen.

Sie hatte sich auf den Boden des Wagens legen müssen, damit sie nicht gesehen werden konnte. Als sie an seiner Wohnung in Whitechapel ankamen, war es schon spät in der Nacht, und alles war finster. Er ließ sie aussteigen und führte sie vor sich her nach oben in seine winzige Bleibe.

Die Wohnung war vollgepfropft mit Zeitungen, die Artikel über die Taten und Opfer des Würgers enthielten. *Der*

Mann ist wahnsinnig, dachte Akiko. *Ich muß ihm entkommen.*

Doch dazu ließ er ihr nicht die kleinste Gelegenheit. Er stellte einen Stuhl in den Wandschrank und zwang Akiko dort hinein.

»Setzen Sie sich hin«, befahl er.

»Bitte, ich …«

Er versetzte ihr einen heftigen Schlag ins Gesicht. »Du sollst dich hinsetzen, habe ich gesagt.« Er hatte nach wie vor sein Messer in der Hand.

Akiko setzte sich auf den Stuhl, an dem er sie so festband, daß die Schnur schmerzhaft in ihre Handgelenke schnitt.

»Das tut weh«, sagte sie.

Er ohrfeigte sie noch einmal. »Ich habe doch gesagt, Sie sollen den Mund halten!«

Als er sicher war, daß sie sich nicht befreien konnte, schloß er die Wandschranktür und ließ sie darin im Dunkeln. Dann machte er das Radio an, um den Wetterbericht zu hören. Und endlich kam auch, worauf er wartete: » … sehr große Wahrscheinlichkeit, daß es heute nacht noch schauerartige Regenfälle gibt. Und nun noch weitere Nachrichten …«

Er schaltete aus. Er wollte dies hier schnellstmöglich hinter sich bringen. Eine gefangene Frau in seiner Wohnung zu haben war gefährlich. Noch heute nacht wollte er sie töten. Er würde sie hinaus in den Regen führen, in eine dunkle Straße, und sie dort erwürgen. Er versuchte sich vorzustellen, wie diesem Polizisten zumute sein würde, wenn er Akiko tot daliegen sah.

Sekio Yamada klopfte bei Akiko an, aber nichts rührte sich. Es war inzwischen zwölf Uhr mittags.

»Wahrscheinlich ist sie gerade zum Essen weggegangen«, vermutete Detective Blake.

»Das glaube ich weniger«, meinte Yamada. »Sie weiß genau, wie dringend ich diesen Kopf benötige. Wäre sie damit fertig, hätte sie mich angerufen. Und wenn sie noch nicht fertig damit ist, dann würde sie auch nicht einfach zum Essen gehen.« Die Sache kam ihm immer seltsamer vor. »Sehen wir mal nach, ob die Nachbarn etwas wissen, ob sie fort ist.«

Sie gingen nach unten, und Yamada klopfte bei Mrs. Goodman an. »Entschuldigen Sie die Störung. Ich bin Sergeant Yamada. Ich suche Miß Kanomori.«

»Ich habe sie heute noch nicht gesehen«, sagte Mrs. Goodman. »Meistens kommt sie bei mir auf eine Tasse Kaffee vorbei. Aber soviel ich weiß, ist sie mit einer Arbeit sehr beschäftigt.«

»Haben Sie sie fortgehen hören?«

»Nein, aber das will nichts heißen«, meinte Mrs. Goodman, doch dann fiel ihr etwas ein. »Ich weiß, wo sie sein könnte.«

»Wo?«

»Sie stellt in einer Galerie hier in der Nähe aus. Da könnte sie sein.« Und sie gab den beiden Polizeibeamten die Adresse der Galerie.

»Haben Sie vielen Dank. Das ist sehr hilfreich.«

Nach fünf Minuten waren sie in der Galerie. Sekio Yamada besah sich Akikos Foto auf dem Plakat im Schaufenster und war entsetzt. *Wenn der Mörder dieses Plakat gesehen hat*, dachte er, *dann weiß er, wer sie ist!*

Mr. Yohiro begrüßte sie an der Tür. »Bitte sehr, meine Herren, kann ich behilflich sein?«

»Ich bin ein Freund von Miß Kanomori«, sagte Yamada. »Ist sie vielleicht zufällig hier?«

Mr. Yohiro verneinte kopfschüttelnd. »Nein. Gestern war sie hier. Wir haben zusammen gegessen und über ihre nächste Ausstellung hier bei mir gesprochen. Das wird ein großer Erfolg werden.«

»Aber heute haben Sie sie noch nicht gesehen?«

»Nein.«

»Wie lange haben Sie dieses Plakat mit ihrem Foto schon in ihrer Auslage hängen?«

»Erst seit gestern.«

Sekio Yamada sank der Mut. Da konnte es der Würger schon gesehen haben.

»Sagen Sie, Mr. Yohiro«, fragte er, »war vielleicht irgend jemand hier, der Sie wegen dieses Plakats angesprochen hat?«

»Nein.« Dann dachte er kurz nach. »Doch! Ja, doch, es war jemand da.«

»Wer?«

»Ein Reporter. Er wollte ein Interview mit Akiko machen und fragte nach ihrer Adresse.«

»Und Sie haben sie ihm gegeben?«

»Ja. Er sah anständig aus, und die Publicity wird der Ausstellung nur nützen.«

Yamada und Blake wechselten einen schnellen Blick.

»Hat sich dieser Reporter«, fragte Sekio Yamada, »irgendwie ausgewiesen?«

»Nein, natürlich nicht. Wozu sollte er?«

Yamada sagte nur ein Wort zu seinem Kollegen Blake: »Los!«

Akiko saß immer noch an den Stuhl gefesselt im Dunkeln im Wandschrank. Sie versuchte zwar verzweifelt, sich ihrer Fesseln zu entledigen, aber je mehr sie sich mühte, desto mehr schnitten sie sich in sie ein. Ihre Handgelenke bluteten bereits von den vergeblichen Befreiungsversuchen.

Dann ging die Wandschranktür plötzlich auf. Alan Simpson eröffnete ihr: »Ich muß eine Weile weg. Ich muß sicherstellen, daß Sie in der Zeit keinen Lärm machen.« Er hatte ein großes Taschentuch in der Hand. Das schob er Akiko in den Mund und band es fest, so daß sie, geknebelt, keinen Laut mehr von sich geben konnte. »Das hält Sie ruhig«, sagte er.

Akiko versuchte noch etwas zu sagen und ihn anzuflehen, aber es war ihr unmöglich, noch ein Wort zu äußern.

Er grinste zufrieden. »Ich bin bald wieder da.«

Die Tür ging wieder zu, und Akiko saß erneut in stockfinsterem Dunkel. *Von diesem Irrsinnigen lasse ich mich nicht umbringen*, dachte sie verbissen. *Sekio, wo bist du? Hol mich hier heraus!*

Aber es war ihr trotzdem klar, daß es keine Rettung mehr geben konnte. Sekio wußte doch nicht einmal, daß sie verschwunden war! Und wenn er es schließlich herausfand, hatte er immer noch längst keine Ahnung, wohin man sie verschleppt hatte!

Wenn ich weiterleben will, dachte sie schließlich, *muß ich mir schon selbst helfen. Nur, wie?* Sie war mit Händen und Füßen an den Stuhl gefesselt, auf dem sie saß, und die Wandschranktür war außerdem zugesperrt. *Ich kann aber nicht einfach tatenlos hier sitzenbleiben*, sagte sie sich. *Ich muß etwas unternehmen.*

Sie begann hin- und herzurutschen, so daß der Stuhl sich bewegte. Die enggebundene Schnur ihrer Fesseln verursachte ihr starke Schmerzen, aber sie achtete nicht darauf.

Sie wollte einfach nur aus ihrem Gefängnis heraus. Der Stuhl schaukelte immer stärker, bis er schließlich gegen die verschlossene Schranktür umkippte und diese aufsprengte.

Sie lag auf dem Boden, an den Stuhl gefesselt, und atmete keuchend.

Sie sah sich im Raum um. Es war niemand da. Der Würger war fort. Nun war sie zwar aus dem Wandschrank gekommen, aber entscheidend änderte dies ihre Lage noch lange nicht.

Sie mußte einen Weg finden, wie sie sich ganz befreien konnte. An der anderen Seite des Zimmers stand ein Glastisch. Sie schob sich mit ihren Füßen hin, samt dem Stuhl, an dem sie hing, und mit ihren auf den Rücken gebundenen Händen.

Als sie es bis zu dem Glastisch geschafft hatte, brachte sie ihre Fesselstricke an den scharfen Rand der Glasplatte und begann, sie durchzurubbeln. Die Glaskante schnitt ihr allerdings auch mit in die Handgelenke. Sie spürte, wie sie blutete.

Sie war in verzweifelter Eile, weil sie unbedingt frei sein wollte, bevor der Würger wieder zurückkam. Endlich hatte sie eine Hand frei, dann auch die andere. Hastig löste sie die Fesseln von ihren Beinen und stand auf. Sie zitterte am ganzen Leib und konnte kaum stehen.

Sie holte tief Luft. *Ich bin frei*, dachte sie. Aber gerade, als sie auf dem Weg zur Wohnungstür war, ging diese auf, und der Würger war zurück. »Ah«, sagte er, »wo soll es denn hingehen?«

Sekio Yamada und Detective Blake standen im Flur vor Akikos Wohnung. Yamada untersuchte das Türschloß.

»Kratzspuren«, konstatierte er. »Da ist jemand eingebrochen.« Er holte seinen Dietrich heraus.

»Was haben Sie denn vor?« fragte Detective Blake.

»Na, wir verschaffen uns Zugang.«

»Das können Sie doch nicht machen. Wir haben keinen Durchsuchungsbefehl. Den müssen wir uns erst beschaffen.«

»Dazu haben wir keine Zeit mehr«, sagte Yamada schroff. Er erinnerte sich jetzt genau, wie eigenartig Akiko sich gestern abend verhalten hatte. Sie war in Schwierigkeiten, da gab es gar keinen Zweifel!

Er schloß die Wohnung mit dem Dietrich auf, und sie gingen zusammen hinein.

Alles sah ganz normal aus. Keine Anzeichen von Kampf oder Auseinandersetzung. Doch dann sah Sekio im Schlafzimmer, daß in dem Bett niemand geschlafen hatte.

»Sie war die ganze Nacht nicht da«, sagte er.

Sie gingen weiter in das Atelier. Yamada blieb schon in der Tür verblüfft stehen. Auf dem Boden lagen die Scherben des modellierten Kopfs des Würgers. Auch Detective Blake stand da und starrte ungläubig.

»Warum hat sie das gemacht?«

»Hat sie nicht«, sagte Yamada.

»Wer denn?«

»Na, der Würger!«

Ihm war auf einmal alles klar. Als sie sich an der Tür so eigenartig verhalten hatte, war der Würger schon bei ihr gewesen! *Mein Gott, ich muß ein Brett vor dem Kopf gehabt haben!* dachte er. *Es hätte mir doch auffallen müssen, daß da etwas nicht stimmte!* War Akiko überhaupt noch am Leben?

Und dann fiel ihm noch etwas ein. Es hatte gestern abend nicht geregnet. Aber der Würger mordete bekanntlich nur bei Regen!

Er ging hastig zum Telefon und wählte eine Nummer.

»Wen rufen Sie denn an?« fragte sein Kollege Blake.

»Das Wetteramt.«

Eine Tonbandstimme sagte. »Das Wetter heute abend bringt mit großer Wahrscheinlichkeit Regen. Winde aus Nordost …«

Er warf den Hörer hin. Regen heute abend! Wenn er Akiko nicht vorher fand, war sie des Todes!

Er ging zu den Scherben des Kopfs am Boden, sah sie eine Weile lang an und sagte dann zu Blake: »Schauen Sie doch mal nach, ob irgendwo eine Tüte ist.«

»Wieso eine Tüte?«

»Wir sammeln diese Scherben ein und nehmen sie mit nach Scotland Yard.«

Akiko saß wieder im Wandschrank, neu gefesselt, nur hatte Alan Simpson diesmal eine noch dickere Schnur genommen und sie so fest an den Stuhl gebunden, daß sie am liebsten vor Schmerzen geschrien hätte. Das konnte sie allerdings schon deshalb nicht, weil er sie erneut auch geknebelt hatte.

»Böses Mädchen!« sagte er. »Mädchen war böse und muß bestraft werden.«

Er hielt ihr seinen Würgestrick vor die Augen. »Schon vergessen, wie das hier um deinen Hals sich anfühlt? Keine Bange, du wirst es noch einmal spüren. Nur wird uns diesmal nichts stören dabei. Du kannst dir jeden Versuch sparen, zu entkommen. Diesmal gehe ich nicht wieder weg.«

In Scotland Yard waren drei Fachleute dabei, die Scherben des aus Ton modellierten Kopfs des Würgers wieder zusammenzusetzen.

»Sehr sorgfältig hat er es nicht gemacht«, sagte einer von ihnen. »Das sind sauber gebrochene große Scherben. Es ist nicht schwer, sie wieder zusammenzukriegen.«

Als sie damit fertig waren, konnte man zwar die Bruchstellen noch sehen, aber das Aussehen war doch sehr gut erkennbar.

»Und jetzt?« fragte Detective Blake.

»Besorgen Sie uns eine Polaroidkamera«, sagte Sekio Yamada. »Wir fotografieren den Kopf, und Sie lassen dann hundert Abzüge davon machen, so schnell es nur geht.«

Er selbst fuhr sofort mit dem ersten Abzug zu Mr. Yohiro in dessen Galerie und zeigte ihn ihm.

»Ist dies der Reporter, der da gestern zu Ihnen kam?«

»Ja, das ist der Mann.«

Yamada sah auf die Uhr. Es war fünf Uhr nachmittags. Ein paar Stunden blieben ihm höchstens, bis es zu regnen anfing und damit Akikos Schicksal besiegelt war.

12. Kapitel

Akiko war klar, daß ihr Schicksal besiegelt war. Sie saß gefesselt und geknebelt in dem stockfinsteren Wandschrank, ohne sich auch nur rühren zu können. Nicht einmal einen Fluchtversuch konnte sie unternehmen, weil der Würger ständig im Raum war.

Worauf wartet er denn nur? fragte sie sich. Sie wäre wohl noch mehr in Angst gewesen, wenn sie gewußt hätte, daß er nur auf den Regen wartete, um es dann zu tun.

Es sollte nur wenige Stunden dauern, bis es regnete.

Inzwischen aber war eine gewaltige Suchaktion im Gange. Sekio Yamada hatte hundert Abzüge des Fotos von dem modellierten Würgerkopf machen und verteilen lassen. Uniformierte Polizei und Kriminalbeamte in Zivil durchkämmten systematisch die Straßen des Stadtviertels Whitechapel. Sie zeigten das Foto Bewohnern und Passanten in der Hoffnung, Hinweise zu bekommen, die zur Identifizierung des Mannes führten.

Yamada hatte eine Einsatzbesprechung mit Inspector West. »Wäre es nicht vielleicht besser«, fragte West, »die Fotos in ganz London zu verteilen? Warum kaprizieren Sie sich allein auf Whitechapel?«

»Weil alle seine Opfer dort ermordet wurden, deshalb«, beharrte Yamada. »Ich habe keinen Zweifel, daß er sie sich alle in Lebensmittelgeschäften in Whitechapel gesucht hat.«

Er war ungeduldig und wollte diese Besprechung schnellstens beenden, um sich wieder selbst nach Whitechapel begeben zu können. Der Gedanke, daß sich Akiko direkt in der Gewalt des Würgers befand und daß ihr etwas geschehen könne, war ihm unerträglich.

»Also gut«, beschied ihn Inspector West schließlich. »Sie bekommen alle Leute, die Sie brauchen. Aber finden Sie ihn, bevor er weitermordet!«

Die Suche ging weiter.

Sekio Yamada hatte das ganze Viertel in Bezirke unterteilt und für jeden eigene Leute eingewiesen.

Einer der Detectives kam in ein Kaufhaus und zeigte dem Geschäftsführer das Foto.

»Wir suchen diesen Mann«, sagte er. »Ist er Ihnen bekannt?«

Der Manager besah sich das Foto und schüttelte den Kopf. »Nein.«

»Haben Sie etwas dagegen, wenn ich das Foto auch Ihrem Personal zeige?«

»Natürlich nicht.«

Aber niemand konnte das Gesicht auf dem Foto identifizieren.

Die Polizeibeamten suchten jede Apotheke und jeden Friseur auf, alle Eisenwarengeschäfte und Lebensmittelläden. Aber nirgends hatte man den Mann auf dem Foto jemals gesehen.

Detective Blake sagte schließlich zu Sekio Yamada: »Sieht nicht gut aus bisher, Sergeant. Wir tappen herum wie im Nebel. Vielleicht hat Inspector West ja recht, und der Mann wohnt ganz woanders und kommt nur hierher, um sich hier seine Opfer zu holen.«

»Das glaube ich nicht«, sagte Yamada. »Mein Gefühl sagt mir ganz stark, daß er auch hier irgendwo wohnt.«

Er sah zum Himmel hinauf und ging dann zu einer Telefonzelle.

»Wen wollen Sie denn anrufen?«

»Das Wetteramt.«

Er hörte eine Stimme vom Tonband. » ... Winde aus Nordost mit einer Geschwindigkeit von zehn Stundenmeilen. Ein Hochdruckgebiet kommt von der Küste her, starker Regen ist zu erwarten. Die Temperaturen stehen bei ...«

Er hängte mißmutig ein. »Es wird bald regnen«, sagte er zu Blake. »Machen Sie den Leuten Dampf. Es muß schneller gehen. Wir haben nicht mehr viel Zeit!«

Alan Simpson schaute in seiner Wohnung aus dem Fenster. Zu seiner Freude begannen sich bereits dunkle Wolken zusammenzuballen. *Bald*, dachte er, *bald ist es soweit, dann regnet es.*

Er dachte an die im Wandschrank eingeschlossene Frau und lächelte böse. Nur noch kurze Zeit, und ihr Schicksal war besiegelt.

Sekio Yamada selbst war es, der schließlich jemanden fand, der Alan Simpson identifizieren konnte. Es war in dem Lebensmittelgeschäft, wo Simpson einzukaufen pflegte. »Ja, sicher«, sagte der Verkäufer dort. »Klar, den kenne ich. Der kommt regelmäßig.«

Sekios Herz tat einen Freudensprung. »Wissen Sie auch, wie er heißt?«

»Nein, das nicht. Aber er wohnt hier in der Gegend, das weiß ich.«

»Woher?«

»Na, weil er eines Tages kam und eine ziemliche Menge einkaufte. Und da fragte ich ihn, ob er Hilfe zum Heimtragen bräuchte, und er sagte, nein, nein und daß er nur ein paar Häuser weiter wohne.«

Yamada hängte sich an den Polizeifunk. »Alle Einsatzbeteiligten schnellstens hier zusammenziehen.« Er gab die Adresse durch. »In diesem Bereich von vier Häuserblocks werden sämtliche Wohnungen durchsucht! Höchste Eile ist geboten!«

Und so gingen Polizeibeamte von Tür zu Tür und zeigten das Foto vor.

»Haben Sie diesen Mann schon einmal gesehen?«

»Nein, wer ist das?«

»Haben Sie diesen Mann schon mal gesehen?«

»Sieht fast so aus wie mein verstorbener Mann.«

»Ihr verstorbener Mann?«

»Ja. Er ist vor zehn Jahren gestorben ...«

»Haben Sie diesen Mann schon einmal gesehen?«

»Nein. Wozu wollen Sie das wissen?«

Dann endlich ein Glückstreffer. »Haben Sie diesen Mann schon mal gesehen?«

»Ja, gewiß. Er wohnt in dem Block da drüben.«

Ein paar Minuten später befragte Sekio Yamada diese Mieterin. »Waren Sie das, die einem Beamten gesagt hat. Sie kennen diesen Mann, Madame?«

»Mit Namen kenne ich ihn nicht, aber ich bin ihm eine Zeitlang mal ständig begegnet. Die letzte Zeit allerdings nicht mehr. Er wohnt da drüben, in dem Haus gegenüber.«

Sekio Yamada ging über die Straße und in das bezeichnete Wohnhaus. Dort kam ihm der Hausverwalter entgegen. »Ja? Suchen Sie jemand?«

Yamada zeigte ihm das Foto. »Kennen Sie diesen Mann?«

»Ja, sicher. Das ist Alan Simpson, einer unserer Mieter hier.«

»Hier in diesem Haus?«

»War er. Aber vor ein paar Wochen habe ich ihn hinausgesetzt.«

Yamada war, als habe er einen Hieb in die Magengrube bekommen. »Was?«

»Ja. Er hat sich immer so merkwürdig benommen. Solche Mieter kann ich nicht haben, und da habe ich ihm gekündigt.«

»Wissen Sie, wohin er gezogen ist?«

»Nein«, sagte der Hausverwalter kopfschüttelnd. »Er ist mit einem Möbelwagen gekommen und mit all seinen Sachen weg. Ich habe ihn nicht wiedergesehen.«

Yamada kombinierte rasch. »Ein Möbelwagen? Stand der Name der Spedition darauf?«

»Nein. Und ehrlich gesagt, hat es mich auch überhaupt nicht interessiert. Wieso sind Sie hinter ihm her? Hat er was ausgefressen?«

Etwas mehr, lieber Mann, als nur etwas ausgefressen, dachte Sekio Yamada bei sich.

Ein halbes Dutzend Polizisten hingen an den Telefonen und riefen sämtliche Umzugsspeditionen im Viertel an. Der sechste Anruf brachte den Volltreffer. »Ja«, sagte die Stimme am Telefon, »wir haben einen Umzug eines Mannes an dieser Adresse getätigt, vor drei Wochen.«

»Und haben Sie auch noch die Adresse, wohin der Umzug ging?« fragte Sekio Yamada.

»Aber gewiß doch.«

Und er bekam sie.

Es fing an zu regnen. Alan Simpson war bereit. Er streckte den Kopf zum Fenster hinaus und spürte den wunderbaren Regen auf seinem Gesicht. Jetzt konnte er wieder tun, was er nach Gottes Willen tun mußte! Nämlich wieder eine verkommene Seele in die Hölle zu schicken.

Er ging zum Wandschrank und öffnete ihn. Vor ihm saß Akiko, auf den Stuhl gebunden, und mühte sich immer noch vergeblich, sich von den Fesselstricken zu befreien. Simpson lächelte.

»Bemühen Sie sich nicht weiter. Ich binde Sie jetzt los.«

Einen Moment lang keimte Hoffnung in Akiko auf. Dann aber sah sie den Blick in seinen Augen und wußte, daß alles hoffnungslos war. Aus diesen Augen sprach der Wahnsinn.

»Ich muß Sie leider bestrafen«, sagte Simpson. »Sie haben versucht, mich an die Polizei zu verraten. Du bist ein ganz böses, schlimmes Mädchen, weißt du das?«

Akiko versuchte zu antworten, aber sie hatte noch den Taschentuchknebel im Mund.

»Ja, ja!« wiederholte Alan Simpson. »Und weißt du auch, was mit bösen, schlimmen Mädchen geschieht? Du wirst es bald erfahren.«

Er ging in die Küche und machte den Lebensmittelschrank auf, aus dem er eine Einkaufstüte füllte. Alles mußte genauso geschehen wie bei allen anderen bisher. Sie mußte eine Lebensmitteltüte in der Hand haben, wenn sie starb. Der einzige Unterschied jetzt würde sein, daß er ihr das Messer an die Kehle hielt, um sicherzustellen, daß sie nicht zu entfliehen versuchte, bevor er sie erwürgte.

Als er mit diesen Vorbereitungen fertig war, holte er seinen Regenschirm. *Alles muß genau sein wie immer.*

»Ich habe jetzt seine Adresse«, sagte Sekio Yamada.

»Und wenn er sie gar nicht dort gefangenhält?« fragte Detective Blake.

Das hatte Yamada bereits bedacht. Er zählte allerdings darauf, daß der Würger Akiko in seiner eigenen Wohnung gefangenhielt. Wenn er sich darin irrte, dann war Akiko verloren.

»Es ist unsere einzige Chance«, sagte er. »Los!«

Sie stiegen in ihren Polizeiwagen, und Yamada trieb den Fahrer an. »Treten Sie aufs Gas, Mann!«

Der Fahrer drehte den Anlasserschlüssel.

Aber die Batterie war leer.

»So«, sagte Alan Simpson im selben Augenblick zu Akiko. »Wir beide machen jetzt einen schönen kleinen Spaziergang.«

Akiko wußte, was das zu bedeuten hatte. Sie schüttelte heftig den Kopf.

»Na, nun mach aber keine Geschichten«, sagte Alan Simpson, »wenn du nicht willst, daß ich dir jetzt gleich das schöne Hälslein aufschlitze. Klar?« Und er drückte ihr das Messer an den Hals. Akiko erstarrte wie gelähmt.

»So ist es besser. Jetzt binde ich dich los, aber du bleibst schön ruhig sitzen, bis ich dir sage, du sollst aufstehen. Verstanden?«

Akiko antwortete nicht. Er drückte ihr das Messer wieder etwas stärker in die Haut, bis sie gehorsam nickte.

»So ist es brav«, sagte Alan Simpson.

Er durchschnitt ihre Fesselstricke mit seinem scharfen Messer, und sie war wieder frei. Sie versuchte aufzustehen, aber es wurde ihr schwindlig.

Sie legte sich eine Hand an die Stirn und sagte: »Ich glaube, ich werde ohnmächtig.«

»Lieber nicht, sonst töte ich dich gleich hier.« Das allerdings wollte er gar nicht. Sie mußte draußen im Regen sterben, damit ihre Schuld von ihr abgewaschen werden konnte.

Er packte sie am Arm. »Na, los jetzt!«

Er griff sich die Lebensmitteltüte und schob sie Akiko in den Arm.

»Was soll denn das?«

»Halt den Mund und tu, was man dir sagt!« herrschte er sie an. »Wir tun jetzt so, als hättest du im Supermarkt eingekauft, und als du gehen wolltest, hat es zu regnen angefangen, aber du hast keinen Schirm dabeigehabt. Verstanden?«

Akiko nickte. Sie hatte zuviel Angst, um zu diskutieren.

»Und ich habe dir angeboten, dich heimzubegleiten, weil ich einen Regenschirm hatte.«

Er griff nach seinem Schirm und drängte Akiko zur Tür. »Wir gehen jetzt hinaus. Aber wenn du auch nur einen Mucks tust, schneide ich dir die Kehle durch, ist das klar?«

Akiko versuchte zu sprechen, aber ihre Kehle war zu trocken.

Alan Simpsons Wohnung lag im ersten Stock des Wohnhauses. Er führte sie am Arm mit sich die Treppe hinab. In der Hand hielt er sein Messer.

Akiko betete, daß ihnen jemand auf der Treppe begegnen möge. Irgendwer, der ihr helfen könnte. Aber sie begegneten keiner Menschenseele.

So kamen sie bis zur Haustür. Alan Simpson lächelte sie an und spannte seinen Regenschirm auf.

»Sehen Sie, was für ein Gentleman ich bin? Ich begleite Sie im Regen nach Hause.«

Gott helfe mir, der Mann ist total wahnsinnig, dachte Akiko. Aber es war niemand da, der ihr geholfen hätte. Die Straße war dunkel und leer. Alan Simpson faßte sie fester am Arm, und sie gingen hinaus in den Regen.

Für Simpson war es ein wunderbares Gefühl. Er spürte, wie sich die altvertraute Erregung wieder in ihm aufbaute. Und das Gefühl, Gott selbst zu sein. In ein paar Augenblicken nahm er wieder ein Menschenleben. Er war allmächtig. Die Polizei mochte so fieberhaft nach ihm suchen, wie sie wollte, ihm war sie nicht gewachsen.

Sie gingen die Straße entlang. Ein Stück weiter vorne war eine Stelle, die vollständig dunkel war. Die Straßenlaternen waren zerstört. *Perfekt!* dachte er.

Akiko versuchte langsamer zu gehen, aber er zerrte sie weiter. Er war jetzt voller Erwartung auf das erregende Erlebnis, das er so liebte.

Für Akiko allerdings war es der komplette Alptraum. Sie erlebte erneut die Schreckensszene, die sie vor ein paar Tagen schon einmal durchgemacht hatte, als er sie genauso begleitet hatte und in einer anderen dunklen Straße dann plötzlich über sie herfiel und sie zu würgen begann. Nur ein Zufall hatte sie gerettet. Aber jetzt schien es keinen zweiten Zufall zu geben. Niemand war in Sicht, der sie hätte retten können.

Der Regen wurde stärker. Dann merkte sie, wie der Regenschirm weggenommen wurde und der Mörder hinter ihr blieb. Und wieder verspürte sie unmittelbar darauf den scharfen Stich in ihrem Rücken, der sie die Einkaufstüte fallen ließ. Und in der nächsten Sekunde hatte sie den Würgestrick um den Hals. Alan Simpsons verzerrt grinsendes Gesicht war über ihr.

Doch in diesem Augenblick war plötzlich blendende Helle um sie. Ein Dutzend Scheinwerfer waren aufgeflammt. Sie waren umringt von Polizeiautos, die die Straße entlang geparkt waren.

Simpson stand verdutzt da, wie angewurzelt.

»Was zum …?«

»Lassen Sie Strick und Messer fallen!« rief Sekio Yamada. »Auf der Stelle!«

Alan Simpson blickte sich ungläubig um. Er sah mindestens ein Dutzend Polizisten, die auf ihn zukamen.

Wie in aller Welt hatten sie ihn gefunden?

»Sie sollen die Sachen fallen lassen, habe ich gesagt!« wiederholte Yamada scharf.

So war das! Sie versuchten, ihn um sein Opfer zu betrügen, wie? Wenn sie sich da nur nicht täuschten! Die sollte büßen für das, was sie ihm angetan hatte! Seine eigene Mutter! Und dafür mußte sie sterben!

Er hob das Messer und schrie: »Stirb!«

Aber im gleichen Augenblick krachte ein Schuß. Er fiel um.

Sekio Yamada ließ die Pistole sinken und stürmte auf Akiko zu. »Alles in Ordnung?«

Sie warf die Arme um ihn. »Gott sei Dank, daß Sie da sind!« Und sie schluchzte hemmungslos.

Er kniete sich nieder und fühlte den Puls des Mörders. Es war keiner mehr zu spüren.

Er wandte sich Akiko zu. »Es tut mir leid, daß ich nicht früher da war.«

Als das Polizeiauto nicht angesprungen war, hatte er einfach den nächstbesten Privatwagen angehalten und den Fahrer angewiesen, zu Alan Simpsons Adresse zu fahren. Über den Polizeifunk veranlaßte er inzwischen, daß sämtliche Fahrzeuge und Sucheinheiten dorthin kamen. Er wies sie an, unauffällig zu parken und sich still zu verhalten.

Er war gerade erst über die Straße gegangen, als Simpson mit Akiko aus dem Haus kam. Er hatte gewartet, bis er eine eindeutige Situation gegen ihn hatte.

Alles war endlich vorbei.

Im Polizeipräsidium war Sekio Yamada der Held des Tages. Alle, voran Inspector West, gratulierten ihm zu seiner vorbildlichen Polizeiarbeit.

»Ich hätte Sie gerne für dauernd bei uns im Scotland Yard«, sagte er zu ihm.

»Vielen Dank, Sir.«

Für diese Ehre war er noch sehr jung.

»Übrigens«, sagte Inspector West, »meine Frau und ich geben heute abend ein kleines Abendessen. Wenn Sie frei sind, sind Sie herzlich eingeladen.«

»Das ist sehr freundlich von Ihnen, Sir«, sagte Sekio Yamada, »allerdings habe ich schon eine Verabredung.«

»Na gut, dann ein andermal.«

»Ja, Sir.«

Sekio Yamadas Verabredung war natürlich mit Akiko. Er ging an diesem Abend mit ihr zum Essen zu zweit. Und er wußte, daß er und Akiko von nun immer zusammen abendessen würden.

Das Staatsgeheimnis

1. Kapitel

Als Eddie Davis an jenem Montagmorgen erwachte, hatte er noch keine Ahnung, daß ihm an diesem Tag das aufregendste Abenteuer seines ganzen Lebens bevorstand, geschweige denn, daß in ein paar Tagen ein halbes Dutzend Leute, von denen er noch nie etwas gehört hatte, ihn zu ermorden versuchen würden.

Eddie Davis war Schauspieler. Kein großer und berühmter. Offen gesagt, er war nicht einmal ein besonders guter. Aber er war ein freundlicher und anständiger Mensch. Er war klein und dunkelhaarig, hatte braune Augen, dicke Brauen und trug einen kleinen Schnurrbart. Er lebte zusammen mit seiner Frau Mary, die gerade ihr erstes Baby erwartete, in einer kleinen Wohnung in New York.

Eddie hatte schon seit mehreren Monaten kein Engagement mehr und brauchte dringend eines, um Geld für das erwartete neue Familienmitglied zu verdienen. Er war bereits mit der Miete im Rückstand, und im Lebensmittelladen konnte er auch bald nicht mehr anschreiben lassen.

»Ich fahre mal heute nachmittag zu Johnson in die Stadt«, sagte er zu Mary, »und mache ihm klar, daß ich unbedingt Arbeit brauche.«

Johnson war sein Agent.

»Bis dann also.«

Er zog seinen besten Anzug an und ging los.

Johnson war ein sehr beschäftigter Mann. Er vertrat eine Anzahl bedeutender Schauspieler und hatte wenig Zeit für unbedeutende wie beispielsweise Eddie Davis.

Als ihm seine Sekretärin meldete: »Eddie Davis ist hier und will Sie sprechen«, winkte Johnson gleich ab: »Sagen Sie ihm, ich bin nicht da.«

Aber Eddie Davis wollte sich diesmal nicht so einfach abspeisen lassen. Er sagte zu der Sekretärin: »Sagen Sie Mr. Johnson, daß ich hier im Vorzimmer sitzen bleibe, bis er mich empfängt.«

Johnson ließ Eddie tatsächlich bis sechs Uhr abends warten. Als er dann einsah, daß er ihn doch nicht loswerden würde, gab er schließlich auf und sagte zu seiner Sekretärin: »Also schön, schicken Sie ihn rein.«

Eddie Davis kam in sein Büro.

»Hallo, Eddie!« sagte Johnson. »Was kann ich für Sie tun?«

»Sie können mir ein Engagement verschaffen«, sagte Eddie Davis. »Dafür sind Sie schließlich da als Agent.«

Johnson setzte sich zurück und musterte ihn. »Ich muß Ihnen wohl mal die Wahrheit sagen«, erklärte er ihm. »Sie sind einfach nicht gefragt.«

»Gefragt« im Schaugeschäft bedeutet, daß einen alle haben wollen und daß Produzenten und Regisseure ganz wild darauf sind, einen für einen Film oder ein Fernsehprogramm zu engagieren.

»Jetzt passen *Sie* mal auf«, sagte Eddie Davis, »ich rede jetzt auch ganz offen mit Ihnen. Mary bekommt ein Baby. Wir sind mit sämtlichen Rechnungen im Rückstand.« Er war den Tränen nahe. »Ich weiß nicht mehr, was ich machen soll.«

Johnson seufzte. »Es sieht schlecht aus zur Zeit, Eddie. Ich würde Ihnen ja gerne helfen, aber –« Da fiel ihm plötzlich etwas ein. »Warten Sie, da ist eine Gastspielreise. Eine Truppe geht mit *My Fair Lady* auf Südamerikatournee. Eine kleine Rolle ist noch nicht besetzt. Wenn Sie die haben wollen? Die Tournee dauert sechs Wochen.«

»Südamerika?« sagte Eddie.

»Richtig. Als erstes ein kleines Land, das heißt Amador. Gleich neben Kolumbien.«

Eddie Davis war nicht so begeistert. Jetzt, kurz bevor Mary das Baby bekam, sollte er bis nach Südamerika? Andererseits hatte er gar keine andere Wahl. Sechs Wochen Verdienst, das löste immerhin ihre vordringlichsten Probleme.

»Ich nehme es«, sagte er.

Johnson sagte: »Dann will ich mal telefonieren.«

Als er danach wieder auflegte, wandte er sich Eddie zu und lächelte: »Alles klar. Sie haben die Rolle. Fünfhundert Dollar die Woche.«

Eddie überschlug rasch die Gesamtsumme. Fünfhundert pro Woche, sechs lange Wochen lang, das machte dreitausend Dollar. Ein Vermögen war es nicht gerade, aber er konnte ein paar Rechnungen damit bezahlen. Er stand auf. »Danke«, sagte er. Jetzt mußte er Mary die Neuigkeit mitteilen.

»Amador?« rief Mary ungläubig. »Nach Südamerika fährst du? Und läßt mich hier allein, wenn ich das Baby bekomme?«

»Nein, Schatz«, sagte Eddie und besänftigte sie, »ich bin rechtzeitig wieder zurück. Meinst du etwa, ich mache das gerne? Ich tue es schließlich für dich und für das Baby! Mit dem Geld kommen wir wieder auf die Füße!«

»Ja, ich weiß, daß ich dumm bin«, sagte Mary, »aber du wirst mir so sehr fehlen.«

»Du mir doch auch, Schatz. Ich werde jede Minute an dich denken.«

»Wann mußt du los?« fragte Mary.

»Morgen früh.«

»So bald schon?«

»Ja. Der einzige Grund, warum ich die Rolle in letzter Minute bekam, war, daß jemand aus der Truppe krank wurde. Es sieht so aus, als sei meine Pechsträhne zu Ende.«

Am nächsten Morgen nahm Eddie ein Taxi zum Flughafen. Dort war die gesamte Tourneegruppe bereits versammelt und reisefertig. Eddie stellte sich allen vor.

»Ich war noch nie in Amador«, sagte die Hauptdarstellerin. »Das wird hochinteressant werden.«

»Ganz bestimmt«, sagte Eddie.

Er konnte nicht ahnen, wie hochinteressant und aufregend es tatsächlich werden sollte.

Amador ist ein kleines Land in Südamerika zwischen Kolumbien und Bolivien. Es wurde zu dieser Zeit regiert von einem brutalen Diktator namens Colonel Ramón Bolivar. Er war ein kleiner, dunkelhaariger Mann mit braunen Augen und dicken Brauen. Das Volk haßte ihn, aber er war so mächtig, daß es nichts gegen ihn unternehmen konnte. Er hatte keine Opposition, weil er seine Gegner entweder ins Gefängnis warf oder gleich umbringen ließ.

Mehrere Gruppen hatten schon Mordanschläge gegen Colonel Bolivar versucht. Er eignete sich Land an, konfiszierte den Leuten ihre Häuser, vergewaltigte die Frauen und hielt das Volk in Not und Hunger, während er immer reicher wurde. Er besaß wirklich große Macht. Und er liebte es auch, mächtig zu sein.

Allerdings hatte er ein Problem.

Am gleichen Tag, an dem die *My Fair Lady*-Tourneetruppe auf dem Weg nach Amador war, mußte Colonel Ramón Bolivar, der Diktator von Amador, eine schlechte Nachricht von seinem Arzt entgegennehmen.

Der Arzt besah sich einige Röntgenaufnahmen. »Ich bedauere sehr, Colonel, aber es besteht leider kein Zweifel. Sie müssen einen Herz-Bypass bekommen.«

»Sie sind nicht bei Trost!« rief Bolivar mit Donnerstimme. »Ich habe ein Herz wie ein Löwe!«

»Sie haben ein Herz wie ein *kranker* Löwe. Ich muß Sie pflichtgemäß warnen. Wenn Sie sich der Operation nicht unterziehen, sind Sie in einer Woche ein toter Mann!«

»Ist die Operation gefährlich?«

Der Arzt schüttelte den Kopf. »Nein, das ist eine ziemliche Routinesache.«

»Wie lange dauert es, bis ich danach wieder auf dem Damm bin?«

»Das«, sagte der Doktor, »ist schwer zu sagen. Ein paar Wochen, vielleicht auch ein paar Monate.«

Und das war der springende Punkt. Ramón Bolivar fürchtete sich vor der Operation eigentlich gar nicht, dafür um so mehr vor etwas anderem. Wenn sein Volk erfuhr, daß er krank darniederlag, hilflos in einer Klinik, dann gab es mit Sicherheit Revolten und Unruhen, und seine Regierung wurde gestürzt. Es war ihm durchaus nicht unbekannt, wie unbeliebt er war.

»Was also wollen Sie tun?« fragte ihn der Arzt. Ramón Bolivar erhob sich. »Weiß noch nicht.« Er stand in der Tat vor einem schwierigen Problem. Ließ er sich nicht operieren, starb er. Ließ er sich operieren, verlor er seine Macht. Aber ohne Macht bedeutete ihm das ganze Leben nichts.

»Schieben Sie es nicht zu lange hinaus«, warnte ihn der Doktor.

»Schon gut.«

Bolivars engster Mitarbeiter und der einzige Mensch, dem er wirklich vertraute, war Capitán Juan Torres. Allen anderen Leuten um sich herum mißtraute er.

Capitán Torres war ein Kleiderschrank von Mann, der Spaß daran hatte, Menschen zu quälen und zu foltern. Er hatte kalte braune Augen und einen brutalen Mund.

Als Bolivar von seiner Arztvisite zurückkam, unterrichtete er Capitán Torres von allem. Sie saßen in einem abgeschlossenen Raum beieinander.

»Was sagte der Doktor genau?« fragte Torres. »Er sagte, wenn ich diese Herzoperation nicht machen lasse, sterbe ich.«

»Dann müssen Sie sie natürlich machen lassen.« Colonel Bolivar aber schüttelte den Kopf. »Sie wissen doch genau, was passieren wird, wenn ich wochenlang nicht im Palast bin. Die Leute werden mißtrauisch, finden heraus, was los ist, und machen einen Aufstand. Sie stürmen den Palast und bringen mich um.«

Juan Torres wußte sehr gut, daß das stimmte. Er wußte auch, wie sehr das Volk seinen Diktator haßte.

»Wir müssen uns etwas überlegen«, sagte Colonel Bolivar. »Vielleicht gibt mir Gott eine Antwort ein.«

In eben diesem selben Augenblick saß die Antwort auf Colonel Bolivars Probleme noch im Flugzeug, das soeben auf dem Flughafen von Amador landete. Der Theatermanager hatte einen Bus geschickt, um die Schauspieler der Truppe von *My Fair Lady* abzuholen.

»Willkommen in unserem großen Land!« sagte er zur Begrüßung. »Das Volk von Amador ist glücklich, Sie hier zu haben, um von Ihnen erfreut zu werden.«

Auf der Fahrt zum Hotel bemerkte Eddie Davis, daß es hier einen Boulevard Bolivar gab und eine Bolivar-Schule und ein Bolivar-Bürogebäude, und daß den ganzen Weg entlang Bilder des Diktators am Straßenrand hingen.

Komisch, dachte Eddie Davis, der sieht aus wie ich.

Im Hotel Bolivar wurden den Schauspielern ihre Zimmer zugeteilt. Das erste, was Eddie Davis tat, war, daß er seine Frau anrief.

Sie antwortete schon beim ersten Klingeln. »Eddie? Hallo, Schatz! Seid ihr gut angekommen?«

»Ja.«

»Wie war der Flug?«

»Sehr schön. Ich habe auch schon alle Kollegen kennengelernt.«

»Sicher haben sie sich gefreut, daß du dabei bist.«

»Ja, sicher«, sagte Eddie.

»Hast du eigentlich eine große Rolle in dem Stück?«

Er wollte ihr nicht sagen, daß er tatsächlich nur ein paar Zeilen Text hatte. »Es ist eine sehr wichtige Rolle«, log er deshalb.

»Ich bin so stolz auf dich. Wie geht eure Tournee weiter?«

»Nun, wir spielen hier eine Woche lang, dann reisen wir weiter nach Chile und dann nach Kolumbien und Ecuador. Ich schicke dir noch den ganzen Reiseplan.«

Was Eddie zu diesem Zeitpunkt natürlich nicht wissen konnte, war, daß er nie an allen diesen anderen Orten ankommen sollte.

Die *My Fair Lady*-Truppe versammelte sich am nächsten Morgen zur ersten Probe im Bolivar-Theater. Außer Eddie Davis hatten sie alle schon zuvor das Stück gespielt, so daß es keine Probleme bei der Probe gab. Die erste Vorstellung sollte am Abend sein.

Colonel Bolivar ging niemals ins Theater. Dafür versäumte Capitán Torres keine einzige Premiere. Er suchte sich dabei immer gerne die hübschen Mädchen aus dem Chor oder der Statisterie aus, die er dann in eine Hotel-Suite einlud, die stets für ihn bereitstand. Es gab keine, die es gewagt hätte, eine solche Einladung auszuschlagen.

Nun hatte er zwar seiner Frau versprochen, sie zur Premiere von *My Fair Lady* mitzunehmen, ging dann aber doch mit einer seiner Geliebten hin.

Er saß im Publikum und sah der Vorstellung zu, war jedoch innerlich ruhelos und nervös. Er mußte über das Problem des Diktators Colonel Bolivar nachdenken. Wurde Bolivar gestürzt, dann war es auch mit ihm vorbei. Und er hatte keinen Zweifel daran, daß bei einem Umsturz nicht nur zuerst Bolivar umgebracht würde, sondern gleich danach auch er. Es war eine böse Situation. Deshalb interessierte ihn auch, was gerade auf der Bühne vorging, nicht so übermäßig.

Er flüsterte seiner Geliebten zu: »Gehen wir!«

»Aber es ist doch erst der erste Akt«, protestierte die Dame. »Warum bleiben wir denn nicht …?«

»Halt den Mund und komm«, sagte Capitán Torres.

Er stand auf und begann in Richtung Mittelgang zu gehen. Dabei wandte er sich noch einmal einen Moment der Bühne zu – und erstarrte.

Was er da sah, war ganz unmöglich. Da war soeben Colonel Ramón Bolivar auf die Bühne gekommen! Er trug allerdings einen Schnurrbart.

Juan Torres stand da wie angewurzelt.

Großer Gott, dachte er, das ist ein Schauspieler. Aber er sieht genauso aus wie Colonel Bolivar!

In seinem Kopf wirbelten die Gedanken durcheinander.

»Fahr du nach Hause«, befahl er seiner Geliebten. »Ich muß noch hinter die Bühne.«

Denn er hatte einen Einfall, der so gewagt war, daß ihm fast die Luft wegblieb vor Aufregung.

Der Mann dort auf der Bühne, der heruntergerissen wie der Diktator aussah, war ein Schauspieler, nicht wahr? Einmal angenommen – nur angenommen! –, er konnte Colonel Bolivar imitieren, während dieser zu seiner Herzoperation im Krankenhaus war …? Das würde doch alle Probleme lösen!

Capitán Torres überlegte fieberhaft.

Als Eddie Davis in seine Garderobe zurückkam, wartete dort Capitán Torres auf ihn.

Capitán Torres saß da, starrte ihn an und staunte. Aus der Nähe war die Ähnlichkeit noch verblüffender. Er hätte geradezu schwören können, seinen geliebten Diktator vor sich zu sehen.

»Hallo«, sagte Eddie Davis.

Capitán Torres stand auf und streckte ihm die Hand hin. »Mr. Davis, ich bin ein Bewunderer von Ihnen.«

»So?« sagte Eddie und strahlte.

»Ja. Ich habe Sie heute abend auf der Bühne gesehen. Sie waren ganz großartig.«

»Oh, vielen Dank!« sagte Eddie.

»Tatsächlich bin ich sogar so beeindruckt, daß ich Sie unserem großen Führer Colonel Ramón Bolivar vorstellen möchte. Ich habe bereits mit ihm über Sie gesprochen, und er bat mich. Sie zu ihm in den Palast zu bringen.«

Eddie konnte sein großes Glück gar nicht recht fassen. Man begann also tatsächlich, sein Talent zur Kenntnis zu nehmen!

»Das ist toll!« sagte er. »Kommt das ganze Ensemble mit?«

»Nein«, antwortete Capitán Torres, »nur Sie.«

»Das ist ja wunderbar!«

Fünf Minuten darauf waren sie schon auf dem Weg zum Bolivar-Palast.

Juan Torres hatte den Diktator bereits vom Theater aus angerufen. »Sie werden es nicht glauben«, sagte er ihm aufgeregt, »aber er sieht heruntergerissen aus wie Sie.«

»Niemand sieht mir gleich«, bellte Colonel Bolivar. »Das lasse ich nicht zu.«

Aber Capitán Torres sagte rasch: »Selbstverständlich sieht er nicht so gut aus wie Sie, das ist klar, oder so vornehm. Aber es ist doch eine sehr große Ähnlichkeit. Ich bin überzeugt, das klappt.«

»Na gut«, sagte Colonel Bolivar, »dann sehe ich mir Ihren Schauspieler halt einmal an.«

Eddie saß in der großen schwarzen Limousine auf dem Rücksitz neben Capitán Torres. Vorne saß der Chauffeur und neben ihm ein Leibwächter mit einer Maschinenpistole.

Das verwunderte ihn denn doch.

»Wieso«, fragte er, »hat der Mann eine Maschinenpistole?«

Capitán Torres sah ihn an und erklärte: »Es kommen manchmal wilde Tiere von den Bergen herab.«

»Ach so«, sagte Eddie.

Als sie am Palast ankamen, instruierte Capitán Torres den Chauffeur, zum Hintereingang zu fahren. Dort standen bewaffnete Wächter am Tor, aber als sie die Limousine von Capitán Torres erkannten, winkten sie sie ohne weiteres durch.

Eddie war fassungslos über die Größe des Palastes.

»Das ist ja riesengroß hier«, sagte er.

»Das ist noch gar nichts«, prahlte Capitán Torres, »Colonel Bolivar besitzt Häuser überall in ganz Amador.«

Sie stiegen aus und gingen auf den rückwärtigen Palasteingang zu. Sie betraten den Palast. Capitán Torres achtete darauf, daß niemand zugegen war, der den Schauspieler sehen konnte. Er führte ihn in das Arbeitszimmer Bolivars, in dem dieser schon die ganze Zeit nervös hin und her lief.

»Da ist er«, sagte Capitán Torres.

Colonel Ramón Bolivar starrte Eddie ungläubig an.

»Herr im Himmel«, stammelte er, »Sie haben völlig recht. Er ist ich!«

»Ja, wir sehen uns wohl ein wenig ähnlich, wie?« erklärte Eddie Davis unbefangen.

»Ein wenig? Wenn Sie Ihren Schnurrbart abrasieren, kann kein Mensch mehr den Unterschied zwischen uns feststellen!«

Er betrachtete sich Eddie nun näher. »Unglaublich«, sagte er schließlich aufgeregt. »Wenn Sie uns vielleicht für einen Moment entschuldigen?«

»Klar doch«, sagte Eddie. Er verstand nicht, warum dieser Colonel so aufgeregt war.

Colonel Bolivar faßte Capitán Torres am Arm und führte ihn in das Nebenzimmer.

»Nun, was meinen Sie?« fragte der Capitán.

»Es könnte tatsächlich klappen«, sagte der Diktator. »Allerdings bestehen natürlich gewisse Probleme. Es kann Leute geben, die etwas ahnen und ihm dann Fragen stellen, und er wüßte nicht, was er sagen oder wie er sich verhalten soll.«

»Das lassen Sie meine Sorge sein«, versicherte Capitán Torres seinem Colonel. »Ich weiche ihm nicht von der Seite, Tag und Nacht. Und wie viele Leute stehen Ihnen schon nahe? Außer mir doch niemand. Also. Wenn wir ihm seinen Schnurrbart abrasieren und ihm einstudieren, wie Sie zu gehen und zu sprechen, wer sollte da einen Unterschied bemerken können? Ich halte ihn ohnehin soweit wie nur möglich von den Leuten fern.«

Colonel Bolivar dachte nach. »Ja«, sagte er schließlich, »ich glaube, das könnte klappen. Kommen Sie, wir reden mit ihm.«

Sie begaben sich zusammen zurück in das Arbeitszimmer.

Colonel Bolivar sagte: »Ich höre von Capitán Torres, was für ein grandioser Schauspieler Sie sind.«

»Ja, ich habe schon einige ganz gute Kritiken gehabt«, nickte Eddie. »Zum Beispiel schrieb die Wochenzeitung von Long Island, daß ich –«

»Wären Sie an einer Stellung interessiert?«

»An einer Stellung?«

»Bei mir.«

»Oh, das ist sehr freundlich von Ihnen, aber ich habe ja schon eine Beschäftigung. Ich kann mein Ensemble nicht gut einfach verlassen.«

»Ja, aber die Arbeit hier könnte sehr viel interessanter sein. Sie dauert zwar nur ein paar Wochen, aber sie wird sehr gut bezahlt.«

»Vielen Dank«, sagte Eddie, »aber ich kann doch die Truppe nicht im Stich lassen.«

»Hunderttausend Dollar«, sagte der Diktator.

Eddie Davis brachte den Mund nicht mehr zu. »Wie bitte?« sagte er schließlich.

»Ich bezahle Ihnen hunderttausend Dollar.«

Eddie schluckte schwer. »Und was müßte ich dafür tun?«

Colonel Bolivar lächelte. »Es ist ganz einfach. Fast nicht der Rede wert. Nur Ihren Schnurrbart abrasieren.«

»Was denn. Sie wollen mir hunderttausend Dollar bezahlen, nur damit ich mir den Bart abnehme?«

»Und so tun, als seien Sie ich.« Der Colonel sprach ganz sanft auf ihn ein. »Sehen Sie, es ist so. Ich muß eine kleine Geschäftsreise unternehmen, und das Volk macht sich Sorgen, wenn ich weg bin. Denn es liebt mich sehr. Alles, was Sie deshalb zu tun haben, ist, während ich weg bin, hier im Palast zu sein und so zu tun, als seien Sie ich.«

»Ja, aber alle Ihre Freunde werden das doch merken?«

»Nein«, sagte Colonel Bolivar. Und da sprach er durchaus die Wahrheit. Denn er hatte ja gar keine Freunde. Der einzige, der in das Geheimnis eingeweiht sein würde, war Capitán Torres. Nicht einmal seine Frau und seine Geliebte sollten es erfahren.

»Ich weiß nicht, was ich dazu sagen soll.«

Colonel Bolivar ging zu einem in die Wand eingelassenen Safe, öffnete ihn, nahm hunderttausend Dollar heraus, kam wieder zu Eddie und gab sie ihm.

»Hier«, sagte er, »Ihr Honorar im voraus. Nehmen Sie jetzt an?«

In Eddies Kopf drehte sich alles. Er dachte daran, was er alles mit dem Geld für sich und für Mary und für das Baby kaufen könnte.

»Ja«, sagte er erregt, »natürlich. Ich mache es.«

Colonel Bolivar gab ihm die Hand. »Gut. Dann ist es also abgemacht.«

»Toll«, sagte Eddie, »dann fahre ich jetzt zurück in mein Hotel und hole dort meine Sachen und –«

»Sie brauchen nichts«, erklärte ihm Colonel Bolivar. »Sie tragen meine Sachen und meine Uniformen. Sie passen Ihnen ja auch wie angegossen.«

»Ja, aber ich muß doch meiner Truppe sagen, daß ich sie verlasse. Ich kann doch nicht einfach verschwinden ...«

»Machen Sie sich darüber keine Sorgen«, sagte Capitán Torres. »Darum kümmere ich mich«, log er.

»Oh, sehr freundlich!« sagte Eddie. »Und wann soll es losgehen?«

»Es ist schon losgegangen.« Colonel Bolivar lächelte ihn an. »Ich glaube, die Rolle wird Ihnen gut gefallen.«

»Da bin ich ganz sicher«, nickte Eddie.

Colonel Bolivar deutete auf eine Tür. »Dort drinnen sind meine Kleider. Sehen Sie sich doch schon einmal um.«

»Vielen Dank.«

Sie sahen ihm hinterher, wie er durch die Tür in das Schlafzimmer verschwand.

Dann wandte Colonel Bolivar sich an Capitán Torres. »Wenn ich aus dem Krankenhaus zurückkomme, nehmen Sie ihm die hunderttausend Dollar wieder ab und bringen ihn unauffällig um.«

2. KAPITEL

Eddie Davis ging wie auf Wolken. Er hatte hunderttausend Dollar – mehr als er in seinem ganzen Leben jemals zu besitzen hatte träumen können! – und die Chance, die größte Rolle seiner Karriere zu spielen! Er würde alle Welt glauben machen, er sei der Diktator Bolivar! Es war eine große Aufgabe, der er sich jedoch absolut gewachsen fühlte.

Capitán Torres wartete auf ihn. Er führte ihn in einen Raum voller Uniformen.

»Wollen mal sehen«, sagte er, »wie die Ihnen passen.«

Er probierte mehrere an, und alle paßten ihm tatsächlich wie angegossen. Weil er ja exakt die gleiche Figur hatte wie Colonel Bolivar.

»Perfekt«, erklärte Capitán Torres. »Und jetzt nehmen wir Ihnen den Bart ab.«

Er führte ihn zu einem Stuhl und ließ ihn sich dort setzen, dann holte er Rasierzeug und begann Eddie zu rasieren. Dabei dachte er für sich: *Wenn wir mit dieser Scharade fertig sind, könnte ich ihm die Kehle durchschneiden. Oder vielleicht erschieße ich ihn doch lieber. Ach was, das kann ich mir immer noch überlegen, wenn es soweit ist.*

Als der Bart ab war, sah sich Capitán Torres total dem Gesicht von Colonel Bolivar gegenüber. Und er dachte: *Das ist einfach unglaublich.*

»Sie könnten Zwillinge sein!«

»Glaube ich eher nicht«, meinte Eddie. »Meine Mutter ist aus Chicago, wissen Sie.«

»Na schön«, sagte Capitán Torres, »also dann muß ich Ihnen jetzt beibringen, wie der Colonel geht und spricht.«

In diesem Augenblick kam Colonel Bolivar herein. Auch er starrte wieder verblüfft auf Eddie. »Das bin ich, wie ich leibe und lebe«, sagte er. »Unfaßbar. Zeigen Sie mir mal, wie Sie gehen.«

Eddie ging quer durch den Raum.

»Nein, nein, nein!« dröhnte Colonel Bolivar nun jedoch sofort. »Schauen Sie, so!«

Eddie sah zu, wie der Colonel durch den Raum schritt, fast, als marschierte er.

»So gehe ich. Können Sie das?«

»Ich kann jeden imitieren«, versicherte Eddie selbstbewußt. »Schließlich bin ich Schauspieler.«

Sie beobachteten ihn, wie er versuchte, den Gang des Diktators zu imitieren.

»Schon besser«, nickte Colonel Bolivar, »aber noch nicht perfekt.«

Er zeigte es ihm noch einmal. »So müssen Sie gehen.«

Diesmal konnte es Eddie schon besser.

»Schon besser«, nickte Colonel Bolivar wieder. »Jetzt passen Sie auf, was ich sage, und sagen Sie es nach: Du räudiger Hund, du wirst mir gehorchen oder du stirbst!«

»Du räudiger Hund«, sagte Eddie, »du wirst mir gehorchen oder du stirbst.«

»Nein, nein!« schrie der Colonel. »Das klingt ja wie ein kleines Mädchen. Das müssen Sie ernst meinen. Daß Sie ihn wirklich töten.«

Eddie versuchte es noch einmal. »Du räudiger Hund, du wirst mir gehorchen oder du stirbst!«

»Das kommt der Sache schon näher«, sagte der Colonel. »Capitán Torres wird sich um alles weitere kümmern. Ich muß bald weg. Er zeigt Ihnen meine Wohnräume, wo Sie einziehen werden. Denken Sie daran, bis zu meiner Rückkehr sind Sie ich! Capitán Torres wird stets an Ihrer Seite sein und aufpassen und dafür sorgen, daß Sie in keine Schwierigkeiten geraten.«

»Machen Sie sich keine Sorgen«, versicherte ihm Eddie. »Ich bin schließlich Schauspieler.«

Und bald ein toter, dachte Colonel Bolivar im stillen dazu.

Eddie betrachtete sich im Spiegel. Er hatte eine prächtige Uniform an mit Goldtressen und vielen Orden. Er sah aus wie ein richtiger Held. Unwillkürlich richtete er sich höher auf. *Ich denke, ich werde mal den Palast erkunden*, dachte er.

Er ging hinaus auf den großen Korridor. Dieser schien sich meilenweit hinzuziehen. Als er ihn entlangging, sah er, daß links und rechts überall Zimmer waren. Arbeiter waren eifrig dabei, den Boden und die Lampen zu putzen. Im Vorbeigehen nickte er ihnen allen zu und sagte: »Guten Morgen. Guten Morgen. Guten Morgen.«

Da wunderten sich alle sehr, und der Mund blieb ihnen offen. Noch nie hatte Colonel Bolivar sie auch nur eines Wortes gewürdigt!

Wieso die alle so still sind, dachte Eddie.

Er kam an einem wunderschönen Dienstmädchen in einem kurzen Kleidchen vorüber.

»Es hat mir sehr gut gefallen gestern nacht«, flüsterte sie und eilte davon.

Eddie starrte ihr verwundert hinterher.

Dann ging er weiter. An einem Tisch saß ein alter Mann und putzte Silber.

»Guten Morgen«, sagte Eddie freundlich.

Der alte Mann blickte auf, wurde weiß wie die Wand und fiel in Ohnmacht. Zwei andere Diener eilten herbei, hoben ihn hoch und trugen ihn weg.

Was *ist denn hier los?* fragte sich Eddie stirnrunzelnd.

Er schlenderte weiter den schier endlosen Korridor entlang. Ein weiteres hübsches Mädchen in kurzem Dienstmädchenröckchen kam vorbei, hauchte ihm ebenfalls knicksend zu: »Vergangene Nacht war wunderbar«, und eilte schon wieder davon.

Meine Güte, dachte Eddie, *dieser Colonel Bolivar scheint ja wirklich ein sehr beschäftigter Mann zu sein. Wann hat der eigentlich noch Zeit zum Regieren?*

Er blieb stehen und überlegte, ob es nicht Zeit sei, zurück in sein Zimmer zu gehen, um sich dort mit Capitán Torres zu treffen. Er drehte sich um und entdeckte, daß er sich verlaufen hatte und nicht mehr wußte, wo er war. Überall, wohin er auch sah, ging es in andere Räume. Direkt vor ihm allerdings war eine geschlossene Tür. Er ging hin, stieß sie auf und fand sich in einer riesigen Küche. Ein halbes Dutzend Leute vom Dienstpersonal waren gerade beim Essen.

Sie sahen auf, als er eintrat und sprangen erschrocken hoch. Einer sagte: »Bitte, Herr, wir haben das Essen nicht gestohlen. Wir haben mit unserem eigenen Geld dafür bezahlt.«

Und eine Frau sagte: »Wir haben unsere eigenen Lebensmittel gekauft, wir haben nichts von den Ihrigen genommen.«

Alle waren sie in heller Panik.

»Beruhigen Sie sich alle«, sagte Eddie. »Niemand hat Sie des Diebstahls beschuldigt.«

»Aber Sie sagen doch immer, daß wir Ihnen das Essen vom Mund wegstehlen.«

»So, sage ich das?« Eddie konnte gar nicht glauben, was er da hörte.

»Ja, Herr! Bitte«, flehten sie alle, »bestrafen Sie uns nicht.«

»Ich bestrafe Sie doch gar nicht«, sagte Eddie. »Wir wollen das mal klären. Also, Sie alle arbeiten hier, und Sie müssen Ihr eigenes Essen kaufen und mitbringen?«

»Ja, Herr.«

»Aber das ist ja schlimm!«

»Sie selbst haben es doch angeordnet!«

»Na ja«, sagte Eddie, »dann ändere ich das eben wieder. Ich nehme an, es gibt genug Lebensmittel hier im Palast.«

»O ja, Herr. Die Speisekammer ist voll bis obenhin. Aber das ist alles für Sie und Ihre Freunde.«

»Also von jetzt an«, erklärte Eddie, »nehmen Sie sich davon eben, was Sie brauchen.«

Alle Gesichter hellten sich auf. »Ist das ernst gemeint, Herr?«

»Selbstverständlich ist es das«, sagte Eddie. »Habe ich Sie jemals angelogen?«

»Nein, Herr.«

Man darf ja nicht vergessen, Eddie war Schauspieler, und die Rolle, die er spielte – die des großen Diktators, der auf einmal freundlich zu den Leuten ist, die für ihn arbeiten –, begann, ihm Spaß zu machen.

»Ja«, sagte er deshalb bestätigend, »von jetzt an dürfen Sie essen, soviel Sie wollen.«

»Danke, Herr, wir sind sehr dankbar.«

»Schon gut«, sagte Eddie, »keine Ursache.« Er verließ die Küche wieder und begab sich auf den Rückweg zu dem Zimmer, wo er den Capitán treffen sollte. Dabei begegnete ihm ein drittes Dienstmädchen in dem gleichen knappen Röckchen, sah ihn an, kicherte und eilte weiter.

Capitán Torres war im Arbeitszimmer von Colonel Bolivar. »Ich mache Sie dafür verantwortlich«, sagte dieser, »daß der ganze Plan reibungslos funktioniert. Wenn irgend etwas dabei schiefgeht, ist das unser aller Ende.«

Er reckte eine Faust in die Höhe. »Man darf dem Volk nicht die geringste Schwäche zeigen, sonst fällt es sofort über einen her. Man muß es mit eiserner Hand regieren.«

»Jawohl, Colonel.«

»Ich werde wohl nicht länger als eine Woche oder höchstens zwei im Krankenhaus sein. Dieser Schauspieler hat nichts weiter zu tun, als in dieser Zeit dafür zu sorgen, daß alle glauben, er sei ich. Niemand wird auf diese Weise erfahren, daß ich mich einer Herzoperation unterziehen mußte.«

»Ja, aber was ist mit dem Arzt und seinem Stab?«

Colonel Bolivar lächelte, aber es war kein angenehmes Lächeln. »Darum kümmern Sie sich dann«, sagte er.

»In Ordnung, Colonel. Schon verstanden.«

»Gut, dann fahre ich jetzt in die Klinik. Ich schleiche mich zum Hintereingang hinaus, damit mich niemand sieht. Sehen Sie zu, daß Sie diesem Schauspielernarren nicht von der Seite weichen und daß er nichts tut, was die Leute mißtrauisch machen könnte.«

»Keine Sorge, Colonel. Ich passe schon auf, daß er keinen Schritt ohne mich tut.«

»Wenn alles glattgeht, sollte ich bald wieder da sein. Sollte ich aber sterben, dann töten Sie den Schauspieler und fliehen außer Landes.«

»Ich bin ganz sicher, daß die Operation erfolgreich verläuft«, versicherte ihm Capitán Torres.

Ganz gleich aber, ob sie gelang oder nicht, Eddie war auf jeden Fall der Tod gewiß, so oder so.

Capitán Torres beobachtete, wie sein Diktator Colonel Ramón Bolivar sich heimlich zum Hintereingang des Palastes hinaus und durch den großen Park schlich, ehe er sich Eddie widmete.

»So«, sagte er zu ihm. »Also, da ist noch ein Punkt, der von größter Bedeutung ist. Niemals, ganz gleich unter welchen Umständen, dürfen Sie irgend jemandem sagen, wer Sie wirklich sind.«

»Na ja, meiner Frau möchte ich es natürlich schon sagen, aber die wird –«

»Nein, auch nicht Ihrer Frau. Niemandem!«

Er beugte sich ganz nahe über Eddie, und sein Gesicht war ernst und hart. »Haben Sie mich verstanden? Absolut niemandem!«

Eddie schluckte. »Na schön, wenn Sie darauf bestehen.«

Capitán Torres lächelte, und auch sein Lächeln war nicht sehr angenehm. »Genau, darauf bestehe ich. Gehen Sie jetzt schlafen. Morgen ist ein wichtiger Tag für Sie.«

Eddie sah dem Capitán nach, wie er fortging. Diese Leute hier gaben ihm Rätsel auf. Einmal waren sie die Freundlichkeit selbst und dann gleich wieder richtig zum Fürchten. Irgend etwas war da schon reichlich seltsam an ihnen.

In einem Haus in den Außenbezirken von Amador war ein Treffen im Gange. Ein Dutzend Leute waren versammelt, alle waren sie im Schutz der Nacht gekommen und darauf bedacht gewesen, nicht gesehen zu werden. Colonel Bolivar hatte eine Sperrstunde über Amador verhängt. Nach zehn Uhr abends durfte niemand mehr auf den Straßen sein. Das Militär hatte Anweisung, auf Zuwiderhandelnde zu schießen. Doch die Leute, die sich in diesem Haus versammelten, waren mutig. Sie haßten den rücksichtslosen

Colonel und waren entschlossen, ihn zu beseitigen. Die einzige Möglichkeit, die sie dazu hatten, war ein Attentat auf ihn. Weil der Colonel aber so schwer bewacht wurde, wußten sie, daß dies ein Himmelfahrtskommando war. Wer ihn umbrachte, der mußte sein eigenes Leben opfern. Dafür aber würde das Volk von Amador befreit werden, und das war es wert.

Der Anführer der Gruppe war ein Mann namens Juan.

»Ich eröffne dieses Treffen«, sagte Juan und sah sich in der Runde um. »Wir wissen alle, warum wir hier sind. Wir ertragen die Tyrannei unseres Diktators nicht mehr. Wir müssen ihn loswerden und eine Regierung einsetzen, die die Menschen nicht wie Tiere behandelt.«

Es gab zustimmende Rufe, und eine Frau meldete sich zu Wort. »Letzte Woche haben die Soldaten meinen Mann abgeholt. Man sagt mir nicht, wo er gefangengehalten wird. Ich weiß nicht einmal, ob er noch lebt oder schon tot ist.«

Ein Mann ergänzte: »Colonel Bolivar hat meinen Bruder allein deshalb verhaften lassen, weil er sagte, daß es nicht genug zu essen gibt.«

Eine dritte Stimme erklärte: »Es wird von Tag zu Tag noch schlimmer. Wir werden immer noch ärmer und Colonel Bolivar immer reicher. In seinem Palast sind die wertvollsten Antiquitäten angehäuft, während wir hungern.«

»Alles, was hier gesagt wurde«, erklärte Juan, »stimmt. Eben deshalb muß es getan werden. Es gibt keinen anderen Weg.«

»Und wer«, fragte einer, »soll es tun?«

»Wir ziehen Strohhalme«, sagte Juan. »Wer den kürzesten hat, muß der Attentäter sein.« Er griff in eine Schachtel und holte eine Handvoll Strohhalme heraus, die er so hielt, daß niemand sehen konnte, welcher der kürzeste war. Von oben und vorne sahen sie alle gleich aus.

»Wer zieht zuerst?«

Ein Mann trat vor, holte tief Luft und zog einen der Strohhalme. Es war ein langer. »Schade«, sagte er. »Ich hätte es gerne getan.«

Dann zog eine Frau. Auch ihr Strohhalm war ein langer.

Nacheinander zogen sie alle, bis nur noch einer übrig war. Diesen zog Juan selbst, und es war der Kurze.

»Du hast Glück«, sagte ein Mann. »Du bist derjenige, der den Colonel töten darf.«

»Ich bin froh darüber«, erklärte Juan. »Ich gebe mein Leben gern für mein Volk hin. Es ist ehrenvoll, so zu sterben.«

Was alle nicht wußten, war, daß Juan es selbst so arrangiert hatte, daß der kürzeste Strohhalm für ihn übrigblieb. Er war ein sehr tapferer Mann und bereit, sein Leben für seine Landsleute hinzugeben.

»Er ist schwer bewacht«, sagte eine Frau. »Wie willst du es machen?«

»Hinter seinem Schlafzimmer ist ein Park, in dem geht er jeden Abend spazieren. Um den Park herum ist eine hohe Mauer, aber über die kann ich klettern. Ich habe ein Gewehr. Ich passe ihn ab, und sobald er herauskommt, schieße ich.«

»Und wann hast du es vor?«

»Schon heute abend«, sagte Juan. »Heute abend erschieße ich ihn.«

Die anderen gaben ihm reihum die Hand.

»Gott sei mit dir.«

»Sei vorsichtig.«

»Versuche zu entkommen, wenn es möglich ist.«

Aber Juan wußte, daß es kein Entkommen geben würde. Die Soldaten des Colonel Bolivar waren hart und ohne Erbarmen. Sie töteten gnadenlos jeden, der sich dem Diktator zu nähern versuchte, um ihm etwas anzutun.

Einzeln nacheinander verließen die Verschwörer das Treffen und schlichen heimlich nach Hause. Sie selbst waren zwar in Sicherheit, aber sie dachten alle an den armen Juan, der sicherlich in Stücke gerissen werden würde, nachdem er den Diktator beseitigt hatte.

Juan verließ das Haus als letzter. Er trat hinaus auf die Straße und achtete darauf, daß ihn kein Wachsoldat, der gerade vorbeikommen konnte, sah. Er hielt sich, um nicht bemerkt zu werden, im Schatten der Dunkelheit. Er sah auf die Uhr. Es war elf Uhr. Üblicherweise machte der Colonel seinen Parkspaziergang um Mitternacht. *Noch eine Stunde*, dachte Juan. *In einer Stunde ist der Diktator tot.*

Die Suite Colonel Bolivars war das Prächtigste, was Eddie Davis jemals gesehen hatte. Sie bestand aus einem halben Dutzend Räumen, von denen ein jeder größer war als der andere, und sie waren mit den kostbarsten Antiquitäten möbliert. An den Wänden hingen berühmte Gemälde französischer Impressionisten. *Wenn das nur Mary sehen könnte*, dachte er. Und er beschloß, sie anzurufen.

Doch gerade, als er zum Telefon ging, kam Capitán Torres herein und war ein weiteres Mal verblüfft über die frappante Ähnlichkeit zwischen diesem dummen Schauspieler und dem brillanten Colonel Bolivar.

»Guten Abend«, sagte Capitán Torres.

»Guten Abend.«

»Wie fühlen Sie sich?«

»Ein wenig nervös«, sagte Eddie.

»Kein Grund, nervös zu sein. Ich bin stets an Ihrer Seite. Reden Sie lediglich möglichst wenig, und niemand wird Verdacht schöpfen.«

»Nicht einmal seine engsten Freunde?«

Der Capitán sagte ihm nicht, daß der große Diktator keine engsten Freunde hatte. »Ich verspreche Ihnen, Sie brauchen sich keine Sorgen zu machen.«

Eddie sah auf eines der Gemälde an der Wand. »Ist das da ein echter Rembrandt?«

»Aber natürlich. Es gibt ein ganzes Dutzend echter Rembrandts hier im Palast.«

Eddie war beeindruckt. »Ihr Land muß sehr reich sein.«

»O ja, das ist es«, versicherte ihm Capitán Torres. »Die Einwohner von Amador haben viel Geld und sind alle sehr glücklich.«

Daß es viel Geld in Amador gab, stimmte zwar. Nur gehörte das meiste davon Colonel Bolivar. Das hatte er alles aus der Staatskasse geplündert und den Leuten gestohlen. Ein großer Teil der Menschen im Lande hungerte und war obdachlos.

»Ich lasse Sie jetzt allein«, sagte Capitán Torres. »Wir sehen uns morgen früh wieder. Schlafen Sie gut, Colonel Bolivar.« Und damit verließ er ihn.

Colonel Bolivar. Wie das klang. Eddie gefiel es. Wie er in seiner nagelneuen Uniform so dastand, fühlte er sich tatsächlich bereits als Colonel Ramón Bolivar. Es war die beste Rolle, die er jemals gespielt hatte.

Dann werde ich jetzt Mary anrufen, dachte er. Er hob den Hörer ab und wählte ihre Nummer.

»Eddie!« rief Mary freudig überrascht, von ihm zu hören. »Wie läuft es mit dem Stück?«

Das Stück hatte er tatsächlich schon ganz vergessen. »Das Stück? Ach so, ja … das läuft prima.« Er fragte sich im stillen, wie es eigentlich tatsächlich wohl lief mit dem Stück und ob sie ihn dort vermißten.

»Findet das Publikum, daß du großartig bist?«

»Ja, ja … sicher.«

»Das freut mich. Du bist so ein wundervoller Schauspieler, Eddie.«

Wenn sie nur wüßte, dachte Eddie, *wie groß wirklich.* Wenn sie ihn nur sehen könnte, hier in seiner Uniform in seiner Rolle als der große Diktator von Amador!

Während er telefonierte, blickte er in den Spiegel und sah sich aufrecht und groß in seiner wunderschönen Uniform dastehen. Er sah wirklich großartig aus, fand er. *Großartig genug, um alle Freunde des Colonel an der Nase herumzuführen.*

»Eddie«, sagte Mary, »es ist mir ja unangenehm, dich damit zu behelligen, aber der Hausherr war heute wieder da. Er hat gesagt, wenn er jetzt nicht bald die Miete bekommt, dann setzt er uns auf die Straße. Und der Filialleiter im Supermarkt hat auch angerufen und gefragt, wann wir endlich unsere Rechnung bezahlen wollten. Sag mal, Eddie … könntest du mir vielleicht ein wenig Geld schicken?«

Ein wenig Geld? Warum nicht ein großes Vermögen? »Mach dir darüber mal keine Sorgen«, sagte Eddie. »Ich kümmere mich darum. Überlasse alles einfach mir.«

Er wollte Mary eigentlich schon von den hunderttausend Dollar erzählen und von dem Haus, das er für sie kaufen wollte, und von dem neuen großen Auto, das er anschaffen würde. Aber er hatte schließlich Geheimhaltung geschworen. *Ich überrasche sie damit, wenn ich heimkomme.*

Mary fragte: »Wann kommst du heim?«

»Weiß ich noch nicht«, sagte Eddie. »Das Stück ist ein solcher Erfolg, daß wir vermutlich länger in Amador spielen werden als vorgesehen.«

»Das ist wundervoll, Darling!«

Sie hatte ja keine Ahnung, wie wundervoll es war.

»Du fehlst mir.«

»Du mir auch.«

»Ich rufe dich morgen wieder an.«

»Gut, Eddie. Gute Nacht, Darling.«

»Gute Nacht.«

Eddie legte den Hörer auf, und es wurde ihm warm ums Herz. Von nun an erwartete sie ein großartiges Leben. Und nicht nur wegen des Geldes. Wenn er nach New York zurückkam, erzählte er erst mal Johnson, was in Amador alles passiert war. Wie er die Rolle des Diktators gespielt und alle damit getäuscht hatte.

Er hörte dieses Gespräch bereits in seinem Kopf.

»Sie meinen. Sie haben sich als Colonel Bolivar, den Diktator von Amador, ausgegeben und niemand hat einen Unterschied bemerkt?«

»Genau.«

»Sie.sind ein Genie! Da müssen Sie ja einer der größten Schauspieler der Welt sein!«

»Ach, das war gar nichts. Schließlich ist man Schauspieler.«

»Warten Sie, bis ich die *New York Times* anrufe«, würde Johnson dann sagen, »und die Zeitschrift *People.* Solche Schlagzeilen macht das. Es geht um die ganze Welt. Sie werden berühmt.«

Genau, dachte Eddie und freute sich, *ich werde berühmt. Vielleicht drehen sie sogar einen Film über mich, und ich spiele mich darin selbst.*

Er sah auf die Uhr. Es war Mitternacht. Es war ein langer Tag gewesen, und er war müde, aber er war zu aufgeregt, um schlafen zu gehen. Es passierte einfach viel zuviel. *Ich glaube, ich gehe noch ein wenig frische Luft schnappen,* dachte er.

Durch die Glastüren konnte er hinaus in den Park vor dem Schlafzimmer sehen. Er stieß die hohe Fensterdoppeltür auf und trat hinaus auf die Terrasse.

In der dunklen Straße vor dem Park des Diktators sah sich Juan sorgsam um, ob auch keine Wachsoldaten in der Nähe waren. Die Straße war leer. Er hob vorsichtig sein Gewehr, das er dabei hatte, hoch und kletterte auf die Mauer um den Park. Von oben hatte er einen freien Blick in das Schlafzimmer des Diktators. Er konnte sein Glück kaum fassen. Gerade eben kam Colonel Ramón Bolivar nach draußen ins Freie.

Eddie blickte über den wunderschönen und gepflegten Park hin. Er war voller Hibiskus, Jasmin, Bougainvillea, Gardenien und Rosen. Noch nie hatte er so viele Blumen auf einem Fleck gesehen.

Juan hatte inzwischen angelegt. Er zielte auf Eddies Kopf und drückte ab.

3. Kapitel

Im selben Augenblick, da Juan abdrückte, beugte Eddie sich nach unten, um eine Rose abzubrechen. Und so verfehlte ihn die Kugel. Juan war verzweifelt. Er starrte nur, als Eddie ganz ruhig in sein Schlafzimmer zurückging. *Dieser laute Knall*, dachte Eddie, *muß wohl eine Fehlzündung von einem Auto sein.*

Und Juan draußen dachte: *Jetzt ist es zu spät, noch etwas anderes zu tun. Ich muß meiner Gruppe sagen, daß es mißlungen ist. Wir werden schon einen anderen Weg finden, ihn doch noch zu beseitigen.*

Als Eddie durch das Schlafzimmer ging, bemerkte er eine Tür auf der anderen Seite des Raums. Rein aus Neugier ging er hin und öffnete sie. Sie führte in ein weiteres, allerdings kleineres Schlafzimmer.

Und im Bett dort lag eine schöne Frau in einem hauchdünnen Nachthemd. Eddie starrte sie an und war verlegen. »Oh, Entschuldigung«, stammelte er schließlich. »Ich muß mich wohl in der Tür geirrt haben …«

Die Frau sah ihn ebenfalls überrascht an. »Was machst du denn in meinem Schlafzimmer, Ramón?«

Eddie fiel wieder ein, wer er angeblich war. »Oh«, sagte er. »Ich wollte … einfach nur mal nachsehen, wie es dir geht.«

»Seit wann interessiert es dich, wie es mir geht?«

Eddie ahmte die vorwurfsvolle Stimme des Colonel nach. »Was soll das denn heißen?«

»Du weißt sehr genau, Ramón, was das heißen soll«, sagte die Frau. »Seit dem Tag unserer Heirat hast du mich nur wie den letzten Dreck behandelt.«

Also das ist meine Frau! dachte Eddie. *Ich meine natürlich, nicht meine Frau. Colonel Bolivars Frau. Eine wunderschöne Frau! Wie kann der Colonel sie nur so schlecht behandeln!*

»Das ist das erste Mal seit einem Jahr, daß du in mein Schlafzimmer kommst!«

»Tatsächlich? Ich meine … ja, ja, ich weiß.«

Ihre Stimme wurde sanft. »Gibt es etwas, das ich für dich tun kann, Schatz?«

Eddie bekam ganz große Augen. Da lag diese wunderschöne Frau im Bett und fragte ihn, ob sie etwas für ihn tun könne! *Und ob sie das konnte! Nur würde Mary darüber kaum sehr erfreut sein!*

Er war in Versuchung, aber es war ihm klar, daß er es doch nicht wagen würde.

»Nein, nein«, sagte er also hastig. »Ich wollte lediglich …« Gott, war sie schön! » … Gute Nacht sagen.«

Sie setzte sich auf. »Möchtest du vielleicht, daß ich zu dir in dein Schlafzimmer komme?«

»Nein, nein«, wehrte er schnell ab. »Ich bin sehr müde. Wir sehen uns dann morgen früh.«

Sie lächelte. »Wirst du mit mir frühstücken?«

»Wir werden sehen.«

Er zog sich schnell in sein Schlafzimmer zurück und machte die Tür hinter sich zu. *Das war knapp*, dachte er. Was wohl gewesen wäre, wenn er sich zu ihr ins Bett gelegt hätte? Hätte sie gemerkt, daß er gar nicht ihr wirklicher Mann war? Die Überlegung gab ihm zu denken.

In dieser Nacht träumte Eddie, daß er Diktator eines Landes namens Amador sei. Er fuhr in einer gewaltigen Limousine auf dem Boulevard Eddie Davis, und sein Volk jubelte ihm zu und winkte und ließ ihn hochleben und rief seinen Namen.

»Eddie Davis ... Eddie Davis!« Er spürte, wie ihn jemand schüttelte. »Eddie Davis!« Er machte die Augen auf. Vor ihm stand Capitán Torres.

»Zeit aufzustehen und den Tag zu beginnen.« Eddie setzte sich auf. In seinem Kopf war noch immer sein Traum. »Warum haben Sie mir nicht gesagt«, fragte er, »daß Colonel Bolivar eine Frau hat?«

»Weil es«, sagte Capitán Torres achselzuckend, »nicht wichtig ist. Sie haben seit einem Jahr kein Wort miteinander gesprochen.«

»Oh.«

Eddie beschloß, ihm lieber nicht zu sagen, was in der Nacht passiert war.

»Sie haben einen vollen Terminplan heute«, erklärte ihm Capitán Torres. »Aus dem Waisenhaus kommen ein paar Kinder und bedanken sich dafür, daß sie so gut von Ihnen behandelt wurden.« Torres schaute auf das Blatt mit den Terminen, das er in der Hand hielt. »Dann kommt noch am Vormittag eine Bauerndelegation. Sie bedankt sich für Ihre Großzügigkeit. Am Nachmittag verleihen Sie Orden an Ihre tapfere Palastwache, die einige Rebellen tötete, welche Ihnen etwas antun wollten.«

»Wieso wollten sie mir etwas antun?« fragte Eddie.

»Ach Gott«, meinte Capitán Torres achselzuckend, »Unzufriedene und Verrückte gibt es überall und immer. Aber sonst werden Sie im ganzen Land geliebt.« Dann korrigierte er sich hastig. »Ich will sagen, das ganze Land liebt den großen Diktator Ramón Bolivar!«

Es war schon eine merkwürdige Erfahrung für den Capitán, diesem Schauspieler gegenüberzustehen, der so heruntergerissen seinem geliebten Colonel glich. Er schaute wieder auf seinen Zettel. »Ja, und dann haben wir zum Essen den Verleger der Zeitung *El Tiempo* zu Gast. Sein Name ist Naveiro. Er jammert dauernd wegen der Pressefreiheit.« *Hätte auch schon längst beseitigt werden sollen*, dachte er im stillen dazu. Das Problem war nur, Naveiro war der Bruder von Bolivars Frau, und sie wollte einfach nicht, daß man ein Attentat auf ihren Bruder verübte. Colonel Bolivar andererseits erlaubte niemandem, ihn zu kritisieren, und haßte seinen Schwager. Eines Tages hatte er zu ihm, Torres, gesagt: »Irgendwann muß man mal für den was arrangieren, das wie ein Unfall aussieht. Dann kann meine Frau nicht mich beschuldigen, daß ich für seinen Tod verantwortlich sei.«

Capitán Torres dachte an eben dies, als er zu Eddie sagte: »Er ist ein sehr einflußreicher Verleger.«

Eddie war verwirrt. »Sie sagen, er beschwert sich dauernd wegen der Pressefreiheit? Ja, haben Sie denn hier in Amador keine Pressefreiheit?«

»Aber selbstverständlich doch«, antwortete Capitán Torres im Brustton der Überzeugung. »Aber Colonel Bolivar entscheidet, was Pressefreiheit ist. Wir können die doch nicht jeden Schmutz drucken lassen, der ihnen gerade so einfällt. Das würde die Leser ja nur verwirren. Das verstehen Sie, oder?«

Eddie verstand es keineswegs.

»Bei mir zu Hause«, sagte er, »können die Zeitungen alles drucken, was sie wollen.«

Capitán Torres sah ihm tief in die Augen und erklärte ihm: »Señor, Sie sind hier aber nicht bei sich zu Hause.«

»Ja, schon, nur ...«

»Bei diesem Essen heute hören Sie Naveiro einfach nur zu und sagen Nein zu allem, was er verlangt.«

»Aber wenn er …«

»Einfach Nein sagen.«

Eine Stunde später war Eddie, jetzt in einer anderen der prächtigen Uniformen des Colonel, bereit zum Empfang der Waisenkinder. Sie waren in Begleitung einer kräftigen, säuerlich dreinblickenden Frau, die sie zur Tür hereinschob und aufforderte: »Nun stattet dem großen Colonel Ramón Bolivar euren Dank ab!«

Die Kinder sahen überhaupt nicht aus, wie Eddie sie sich vorgestellt hatte. Es waren an die zwanzig. Sie waren mager und blickten traurig und machten überhaupt einen sehr verschreckten und verhärmten Eindruck. Ein etwa zehnjähriges Mädchen trat vor und kam mit einem Blumenstrauß zu Eddie.

»Großer Colonel Ramón Bolivar«, sagte sie auf, »wir danken Ihnen dafür, daß Sie uns Heimat und Brot geben.« Sie hatte es auswendig gelernt. Als sie ihm den Blumenstrauß hinhielt, sah er, daß sie zitterte.

»Wie heißt du denn?« fragte Eddie.

Das kleine Mädchen sah angstvoll zu der Frau hinter sich, als wollte sie um Erlaubnis bitten, zu antworten. Die Frau mit dem säuerlichen Gesicht nickte, und das kleine Mädchen sagte: »Rosita.«

»Sieh mal an!« rief Eddie. »Und Rosen sind meine Lieblingsblumen!« Er hatte keine Ahnung, daß ihm in der vergangenen Nacht auch eine Rose das Leben gerettet hatte. Er wartete, daß das kleine Mädchen »Danke« sagte. Statt dessen aber blickte es wieder nur fragend die säuerliche Frau an, die noch einmal nickte.

Und Rosita sagte artig: »Danke!« Aber in ihrer Stimme klang Furcht mit.

Hier gehen aber seltsame Dinge vor, dachte Eddie. Er sah das kleine Mädchen an und fragte: »Hast du Angst?«

Rosita blickte erneut erst zu der Frau hin, die den Kopf schüttelte, was »Nein« bedeutete.

Rosita sagte also: »Nein.«

Eddie merkte, daß alle diese Kinder sich offensichtlich vor dieser Frau fürchteten. »Gehen Sie mal hinaus«, sagte er mit der Stimme Colonel Bolivars.

»Kommt, Kinder!« sagte die Frau.

»Nein, nein!« fuhr Eddie dazwischen. »Die Kinder sollen hier bleiben. Sie gehen hinaus. Ich schicke sie Ihnen in ein paar Minuten nach.«

»Jawohl«, sagte die Frau verdattert und entfernte sich eilig.

Eddie versammelte die Kinder um sich herum. »So, und jetzt erzählt mir mal, wie das so ist in eurem Waisenhaus.«

Zuerst hatten sie alle Angst zu reden. Er sah, wie mager sie alle waren. »Bekommt ihr genug zu essen?«

Ein kleines Mädchen sagte zaghaft: »Wir haben immer Hunger.«

Und ein anderes Mädchen ergänzte: »Einmal am Tag kriegen wir Suppe und abends einen Getreidemampf.«

»Was denn, das ist alles?«

»Aber, aber wir sind Ihnen sehr dankbar.«

»Habt ihr Spielsachen?«

»Nein –«

»Was macht ihr denn da den ganzen Tag?« wollte Eddie wissen.

»Wir arbeiten im Waisenhaus. Wir machen die Betten und schrubben den Boden und waschen das Geschirr nach dem Essen.«

»Geht ihr zur Schule?«

»Nein.«

Eddie wurde immer zorniger. Er war sich sicher, wenn der echte Colonel Bolivar wüßte, wie diese Waisenkinder behandelt wurden, dann würde er dies niemals gutheißen. *Na gut*, dachte er, *der Colonel hat es mir überlassen, etwas in der Sache zu unternehmen.* Er drückte auf einen Summerknopf. Ein Diener kam.

»Bringen Sie mir Schreibzeug und Papier«, befahl er ihm.

»Sofort, Colonel.« Und im Nu war der Mann zurück mit Schreibzeug und Papier.

Eddie begann zu schreiben. *Ab so fort gelten neue Regeln für das Waisenhaus von Amador. 1. Die Kinder bekommen drei Mahlzeiten pro Tag. Ein Arzt hat zu überprüfen, ob diese nahrhaft und ausreichend sind. 2. Die Kinder haben keine Arbeit im Waisenhaus selbst mehr zu verrichten. 3. Ein Lehrer wird abgestellt, der dort einen ordentlichen Schulbetrieb versieht. Es muß jemand sein, der Kinder liebt.*

Eddie sah die Kinder an. »Wie heißt die Frau, die euch hergebracht hat?«

»Frau Ponce.«

»Danke.« Und er schrieb weiter. *4. Frau Ponce wird ab sofort ihres Postens enthoben, eine neue Heimleiterin wird eingestellt.* Und er unterschrieb: *Colonel Ramón Bolivar.*

Dann blickte er wieder die Kinder an. »Ihr sollt alles hören.«

Er las ihnen laut vor, was er geschrieben hatte. Die Kinder waren zuerst ganz stumm und starr vor Verwunderung. Dann brachen sie in lauten Jubel aus und umarmten und küßten ihn.

»Langsam, langsam«, lachte Eddie. »Von jetzt an wird alles gut. So wie bisher wird es euch nie mehr gehen.«

Die Kinder quittierten dies wieder mit lautem Jubel.

Eddie befahl: »Frau Ponce soll wieder hereinkommen.«

Als diese eintrat und das laute Geschrei der Kinder hörte, schrie sie: »Sofort seid ihr still! Alle!«

Eddie stand auf. *»Sie* sind still, Señora! Sie sind entlassen!«

Er überreichte ihr die Verfügung, die er geschrieben hatte. Sie las.

»Es hat sofort ausgeführt zu werden«, erklärte Eddie.

Jetzt war es an der Frau, vor Angst zu zittern. »Jawohl, Colonel, wie Sie befehlen. Es tut mir leid. Ich habe nur meine Anweisungen ausgeführt.«

»Die haben sich ab sofort geändert. Und jetzt fort!«

»Jawohl, Colonel.« Sie sagte zu den Kindern: »Nun kommt alle, Kinder, bitte.« Aber das war nicht mehr ihr strenges Schreien. Señora Ponce war eine gebrochene Frau.

Eddie sah den Kindern nach, wie sie sich entfernten, und dachte: *Colonel Bolivar wird sehr zufrieden sein, wenn er erfährt, was ich getan habe.*

Capitán Torres war zu Besuch bei Colonel Bolivar im Krankenhaus. Der Diktator war dort natürlich unter einem anderen Namen registriert, und man hatte ihn hineingeschmuggelt, so daß niemand wußte, daß er überhaupt da war.

Der Colonel war nervös. Es war nicht so sehr die bevorstehende Operation, die ihn beunruhigte, als vielmehr die Angst, daß diese bekannt und dann ein Umsturz versucht werden würde.

»Wie macht sich der Schauspieler?« fragte er.

Capitán Torres lächelte. »Sie haben nichts zu befürchten, Colonel. Er ist vollkommen harmlos. Er sieht aus wie Sie. Er geht wie Sie. Er spricht wie Sie. Ich habe heute morgen noch mit dem Palastpersonal gesprochen. Nicht einer hat auch nur den leisesten Verdacht.«

»Das ist gut.«

»Wirklich, Colonel, machen Sie sich keine Sorgen. Ich passe schon auf, daß er in keine Schwierigkeiten kommt. Wann werden Sie hier wieder herauskommen?«

»Sie wollen morgen operieren, und nach einer oder zwei Wochen soll ich entlassen werden können.«

»Sehr gut. Ich kümmere mich darum, daß der Schauspieler noch am Tag Ihrer Rückkehr beseitigt wird und irgendwo vergraben, wo ihn bestimmt niemand wiederfindet.«

»Ich bin froh, Capitán«, sagte Colonel Bolivar, »daß ich Sie habe und mich immer auf Sie verlassen kann.« Es fiel ihm etwas ein. »Sollten Sie nicht eigentlich jetzt bei ihm sein?«

»Ich begleite ihn bei dem Essen nachher mit Ihrem Schwager«, sagte Capitán Torres. »Heute vormittag besteht keine Gefahr, daß er irgend etwas anstellt. Es stehen nur Termine mit Waisenkindern und einigen Bauern an.«

Die Bauerndelegation wurde in das riesige Arbeitszimmer Colonel Bolivars geführt. Eddie saß auf dessen Stuhl, die Bauern waren deutlich sichtbar aufgeregt.

»Guten Morgen«, sagte Eddie.

Einer der Bauern nahm sich ein Herz. »Guten Morgen, Colonel.« Er zitterte fast. »Wir sind heute früh gekommen, um Ihnen für Ihre Großzügigkeit zu danken. Sie sind ein großer Führer des Volkes, und wir wissen alles, was Sie für uns tun, zu schätzen. Sie sind der freundlichste Mann der Welt, und wir lieben Sie alle sehr und bleiben Ihnen absolut loyal verbunden.«

Eddie wußte natürlich als Schauspieler von Beruf, wann eine Ansprache einstudiert war. Der Mann meinte nicht eines seiner Worte aufrichtig und ernst.

»Wer hat Ihnen gesagt, das alles vorzutragen?« fragte er.

Der Bauer sah noch ängstlicher drein. »Was ... wieso?«

»Wer Ihnen aufgetragen hat, das alles zu sagen.«

»Na ja, Capitán Torres.«

»Verstehe«, sagte Eddie. »Gehören euch Leuten eure Bauernhöfe?«

Der Mann sah verwirrt aus. »Wissen Sie das nicht?«

Eddie bemerkte seinen Fehler sogleich. Natürlich mußte er das wissen. Schließlich war er ja Colonel Bolivar, nicht wahr?

»Klar weiß ich das«, sagte er, »aber ich will es eben von euch selbst hören, nicht?«

»Nein, Colonel, unsere Bauernhöfe gehören uns nicht. Sie gehören Ihnen. Wir bezahlen Sie dafür, daß Sie es uns erlauben, Obst und Gemüse anzubauen, das Sie uns dann wieder verkaufen.« Es klang durchaus bitter, wie der Mann das sagte.

»Also verdient ihr nicht besonders viel, wie?«

»Ha!« rief der Mann fast verächtlich. »Wir haben kaum genug zu essen!« Dann beeilte er sich aber, schnell hinzuzufügen: »Ich meine, wir beklagen uns nicht. Sie sind ein guter und ein sanfter Herrscher und ...!«

»Ja, ja, schon gut«, unterbrach ihn Eddie. Er saß da und dachte nach. Colonel Bolivar war also der Besitzer des Lands, auf dem diese Leute arbeiteten, und sie mußten ihm ihr Obst und Gemüse, das sie darauf anbauten, auch noch abkaufen! Er drückte wieder auf den Summerknopf, woraufhin erneut der Diener hereingeeilt kam.

»Ja, Colonel?«

»Schreibzeug und Papier!«

»Sofort, jawohl.« Der Diener entfernte sich, war im Handumdrehen wieder da und brachte das Gewünschte.

Eddie begann erneut zu schreiben. *Ab sofort gehört allen Bauern von Amador das Land, das sie bewirtschaften, ohne Einschränkung, und sie dürfen frei verkaufen, was sie darauf anbauen.* Und er unterschrieb es wieder mit: *Colonel Ramón Bolivar.*

Er las es noch einmal durch und war sehr zufrieden. Er war sich ganz sicher, daß Colonel Bolivar wohl überhaupt nicht wußte, was diesen armen Bauern angetan wurde, und daß er sehr zufrieden sein würde, wenn er erfuhr, daß er, Eddie, dieses Unrecht in seinem Namen beseitigt hatte.

Er las den Bauern seine Verfügung vor. Nach einem Augenblick völlig schockierten Verstummens begannen sie frenetisch zu jubeln und griffen nach Eddies Hand, um sie zu schütteln.

»Sie sind so gut ...«

»Sie sind so großzügig ...« .

»Großer Führer, was sollen wir sagen ...«

»Wartet, bis meine Frau das hört ...!«

Ja, dachte Eddie, *bis jetzt habe ich an diesem Morgen wirklich gute Arbeit geleistet.*

In der Klinik sagte Capitán Torres zur selben Zeit gerade: »Machen Sie sich keine Sorgen, Colonel. Nichts kann passieren. Ich gehe jetzt, um Eddie Davis zu dem Essen mit Naveiro zu begleiten und auf ihn aufzupassen.«

»Dieser Naveiro!« sagte Colonel Bolivar stirnrunzelnd. »Ich hasse den Kerl. Wenn er nicht mein Schwager wäre ...« Er sah zu Torres auf. »Er wird natürlich wieder tausend Dinge verlangen. Geben Sie ihm nichts. Verstanden? Absolut nichts!«

»Selbstverständlich«, sagte Capitán Torres.

Bei seiner Rückkehr in den Palast sagte Capitán Torres zu Eddie Davis: »Señor Naveiro ist schon auf dem Weg. Denken Sie daran, was er auch verlangt, sagen Sie zu allem einfach nur nein!«

»Gut!« sagte Eddie, »ich denke daran.«

Naveiro war ein grauhaariger, aristokratisch und würdevoll wirkender Mann. Er begrüßte den Mann, den er für seinen Schwager hielt, nur mit kalter Höflichkeit.

»Guten Tag, Ramón.«

»Guten Tag«, sagte Eddie.

Naveiro wandte sich auch knapp an Capitán Torres. »Capitán.«

»Guten Tag, Señor. Ich denke, das Essen ist serviert. Wenn ich bitten darf, Platz zu nehmen.«

Sie setzten sich alle drei im Speisesaal an die riesige Tafel. Drei Butler begannen zu servieren.

Eddie hatte noch niemals an einer so üppigen Tafel gesessen. Es begann mit Meeresfrüchten – Shrimps, Hummer und Langusten –, gefolgt von einer köstlichen Suppe und danach Steaks mit Bratkartoffeln und Gemüse sowie einem Berg von Salat. Dazu gab es verschiedene hervorragende Weine.

»Das war mal ein prima Essen«, sagte Eddie.

»Ich bin allerdings nicht wegen des Essens gekommen«, erklärte Naveiro steif und förmlich, »sondern um dich zu bitten, mich nicht dauernd zu belästigen und zu bedrängen.«

Eddie blickte verwundert auf. »Belästigen? Bedrängen?«

»Tu nicht so unschuldig! Schließlich war es deine Polizei, die allein im vergangenen Monat achtmal das Erscheinen meiner Zeitung verhinderte. Und meine Druckerpressen zerstörte. Das muß aufhören!« Seine Stimme wurde unwillkürlich lauter. »Ich verlange mein Recht, zu drucken, was ich will, ohne daß mich deine Gauner in Uniform dabei dauernd bedrohen. Also, wirst du damit aufhören oder nicht?«

Capitán Torres saß da und wartete gelassen auf Eddies bestellte Antwort. Eddie aber war richtig geschockt von dem, was er da gehört hatte, und deshalb stark in Versuchung, *ja* zu sagen, erinnerte sich aber an die Ermahnungen des Capitán. Also sagte er zögernd: »Nein, werde ich nicht.«

Naveiro sah ihn lange an und nickte dann. »Na gut, das wäre dann dieses.«

»Ist wohl so«, sagte Eddie. Er wünschte zwar im stillen, dem Mann helfen zu können. Doch schließlich spielte er eine Rolle. Und Anweisungen waren Anweisungen.

Was freilich weder Capitán Torres wußte, noch Eddie, war, daß Naveiro inzwischen schon ein sehr verzweifelter Mann war und zu dem Entschluß gekommen war, daß er den Colonel töten mußte, wenn er ihm nicht die Pressefreiheit zugestand. Er hatte mit Entsetzen verfolgt, wie sein Schwager mit der Zeit immer rücksichtsloser und brutaler vorging und alle umbringen oder zumindest ins Gefängnis werfen ließ, die ihm im Weg standen. Er hatte hart und lange um die Freiheit gekämpft, aber bisher vergeblich. Jetzt war er bei dem Entschluß angelangt, daß dies das einzige war, was noch übrigblieb. Er mußte den brutalen Diktator beseitigen, und wenn es sein eigenes Leben kostete.

Als die Bediensteten abzuräumen begannen, ließ einer von ihnen einen Teller fallen, und Eddie und Capitán Torres drehten sich beide danach um. Da holte Naveiro aus seiner Tasche eine kleine Phiole hervor und schüttete den Inhalt, während die anderen beiden noch abgelenkt waren, in Eddies Weinglas. Es war Strychnin, ein Gift, das in Sekunden wirkt.

Er hob sein Glas. »Auf deine Gesundheit, Colonel Bolivar!«

Eddie hob sein Glas ebenfalls. »Und auf deine, Schwager.«

Naveiro wartete ungeduldig, als Eddie das Glas an die Lippen setzte.

4. Kapitel

Eddie wollte eben an seinem Wein nippen, als ihm etwas einfiel. Er setzte das Glas wieder ab und fragte seinen Schwager: »Wie viele Zeitungen haben wir eigentlich in Amador?«

»Na, drei«, antwortete Naveiro. Er drehte sich herum und funkelte Capitán Torres an. »Aber die meine ist die einzige, die wenigstens versucht, die Wahrheit zu sagen.« Er hob sein Glas noch einmal. »Auf die Freiheit der Presse!«

Eddie hob seinerseits das Glas erneut: »Auf die Freiheit der Presse!«

Naveiro beobachtete gespannt, wie Eddie sein Glas erneut an die Lippen führte – bis ihm noch ein Gedanke kam und er das verdammte Glas zum zweiten Mal absetzte und sich Capitán Torres zuwandte.

»Wissen Sie«, sagte er, »ich verstehe nicht so recht, warum die Zeitungen nicht schreiben dürfen, was sie wollen.«

»Es würde das Volk nur verwirren«, erklärte Capitán Torres. »Die Zeitungen sollen mit einer Stimme sprechen, und diese eine Stimme steht nur Colonel Bolivar zu.« Und er korrigierte sich wieder schleunigst. »Ihnen, wollte ich natürlich sagen!«

Naveiro war schon ganz verzweifelt. Bolivar sollte endlich den Wein trinken, zum Teufel! Also prostete er ihm noch einmal zu: »Auf das Volk!«

Eddie hob auch richtig wieder sein Glas und pflichtete ihm bei: »Auf das Volk!«

Naveiro beugte sich vor und wandte kein Auge von Eddie. Er versuchte ihn geradezu zu hypnotisieren, sein Glas endlich auszutrinken. Er ertrug es kaum, als Eddie das Glas doch tatsächlich wieder abstellte, bevor er noch daran genippt hatte, und zu überlegen begann: »Zensur ist nicht gut, finde ich. Die Zeitungen sollten schreiben können, was sie wollen, und die Leute lesen, was sie wollen.« Er winkte einem der Butler. »Bringen Sie mir Schreibzeug und Papier!«

»Wozu wollen Sie denn jetzt Schreibzeug und Papier haben?«

»Weil ich einiges ändern werde«, erklärte Eddie. »Ab sofort sollen die Zeitungen die Wahrheit drucken können.«

»Aber das können Sie doch nicht tun!« rief Torres, dem aber auch sogleich klar war, daß er nicht aussprechen konnte, was er dachte. »Ich meine, Colonel, halten Sie es für eine weise Entscheidung, das ausgerechnet jetzt zu ändern? Warum warten wir damit nicht wenigstens noch eine oder zwei Wochen?«

»Nein«, sagte Eddie. »Das wird jetzt gleich gemacht.«

Der Butler reichte ihm Schreibzeug und Papier. »Hier, bitte sehr.«

»Danke«, sagte Eddie und begann zu schreiben. Als er fertig war, las er es laut vor. »An die Zeitungen in Amador. Ab sofort ist jede Zensur abgeschafft. Sie können ohne jede Strafandrohung unbehindert drucken, was Sie wollen.«

Capitán Torres war blaß geworden. »Sie ... das können Sie doch nicht ...« Aber mehr brachte er nicht mehr heraus.

Naveiro saß wie vor den Kopf geschlagen da. »Ist das ernst gemeint, Ramón?«

»Absolut. Ab sofort gibt es keine Zensur mehr.«

Capitán Torres hatte es auch noch den Rest seiner Sprache verschlagen. Dafür jagten sich die Gedanken in seinem Kopf. *Colonel Bolivar*, dachte er, *bringt mich um, wenn er aus der Klinik kommt und das erfährt.* Dabei konnte er überhaupt nichts unternehmen und etwas daran ändern, ohne zuzugeben, daß Eddie gar nicht Colonel Bolivar war. Er saß in seiner eigenen Falle.

»Ab sofort«, verkündete Eddie, »werden die Leute die Wahrheit zu lesen bekommen.« Und er hob sein Glas. »Auf die Wahrheit!«

Naveiro sah, nun völlig entsetzt, zu, wie Eddie das Glas zum Mund führte. Er schlug es ihm mit einer schnellen Bewegung aus der Hand und sprang auf.

»Oh, das tut mir furchtbar leid«, sagte er, »wie ungeschickt von mir!« Er versuchte, Eddies Uniform abzuputzen, auf die der Wein gespritzt war.

»Ach, das macht nichts«, sagte Eddie. »Ist ja nichts weiter passiert.«

Naveiro dachte nach. *Da habe ich den Mann fast umgebracht, wo er uns gerade die Freiheit zurückgegeben hat. Wie sich mein Schwager verändert hat!*

»Ich bitte tausendmal um Entschuldigung«, sagte er.

»Aber ich bitte dich«, sagte Eddie. »Ist doch keine Affäre. Solche Sachen passieren nun mal gelegentlich.«

Capitán Torres beobachtete sie alle beide. Er dachte bei sich: *Also wie ein Mißgeschick hat das ja nun nicht ausgesehen. Was geht da vor?* Er konnte natürlich nicht wissen, daß Gift in dem Wein gewesen war und daß Naveiro deshalb Eddie gerade das Leben gerettet hatte.

Als das Essen vorbei war, sagte Naveiro zu dem Mann, den er für Colonel Bolivar hielt: »Ich kann dir gar nicht genug danken, Ramón. Du hast heute eine wirklich gute Tat getan. Das ist eine hervorragende Sache für unser Land.«

»Ach, das ist nicht weiter der Rede wert«, sagte Eddie bescheiden.

Naveiro nahm die Verfügung, die Eddie geschrieben und mit *Colonel Ramón Bolivar* unterzeichnet hatte, an sich und sagte: »Ich veranlasse, daß alle Zeitungen dies gleich auf ihrer ersten Seite abdrucken.«

Capitán Torres saß dabei und kochte innerlich. Er konnte nichts machen!

Als sie wieder allein waren, hätte der Capitán Eddie am liebsten umgebracht, so wütend war er auf ihn. *Aber das kann ich nicht,* dachte er bei sich. *Noch nicht. Aber wenn Colonel Bolivar aus der Klinik entlassen wird und in den Palast zurückgekehrt ist, dann bringe ich diesen Schauspieler um. Und es wird mir ein Vergnügen sein. Ganz langsam mache ich es, damit er richtig leiden muß.*

Eddie sagte: »Ich bin sicher, der Colonel wird sehr zufrieden damit sein, wenn er von der Geschäftsreise kommt. Wissen Sie, ich glaube, er weiß gar nicht, was hier alles vorgeht. Er ist so ein gutmütiger Mensch. Er würde es doch niemals zulassen, daß man die Zeitungen so behandelt, nicht?«

Capitán Torres hatte Mühe, sich zu beherrschen. »Ja, ja, ich bin auch sicher«, sagte er, »daß sich Colonel Bolivar sehr darüber freuen wird.« Aber er erstickte fast an diesen Worten, so schwer fielen sie ihm. *Gut*, dachte er, *noch ist ja kein wirklicher Schaden angerichtet. Sobald der Colonel aus dem Krankenhaus heraus ist, schreibt er eben eine neue Verfügung und setzt diese hier einfach wieder außer Kraft. Kein Problem. In einer Diktatur wird den Leuten nun einmal gesagt, was sie zu tun haben.*

»Was steht für heute sonst noch auf dem Plan?« fragte Eddie.

»Nichts«, sagte der Capitán schroff. »Ich meine, wir wollen Sie ja auch nicht überanstrengen. Sie sollten sich jetzt ein wenig ausruhen.«

»Keine schlechte Idee«, sagte Eddie.

»Ich muß für eine oder zwei Stunden weg«, sagte Capitán Torres. »Würden Sie mir den Gefallen tun und in dieser Zeit in Ihrer Suite bleiben? Und reden Sie bitte mit niemandem. Und ich meine wirklich, mit nie-man-dem!«

Das klang bedrohlich genug, daß Eddie sich denken konnte, es sei gar nicht auszudenken, in welche Schwierigkeiten er andernfalls geraten könne.

»In Ordnung«, sagte er also.

Und Capitán Torres ging und begab sich in das Krankenhaus.

Sobald Capitán Torres weg war, griff Eddie zum Telefon und rief Mary zu Hause an. Es tat ihm leid, daß er sie allein gelassen hatte, jetzt, wo sie jeden Tag das Baby bekommen konnte. Er fühlte sich wie ein Deserteur.

Mary antwortete nach dem ersten Klingeln.

»Hallo, Schatz!«

»Eddie! Ich bin so froh, daß ich deine Stimme höre! Geht es mit dem Stück immer noch so gut?«

Sie hat überhaupt keine Ahnung, wie gut, dachte Eddie. Nur, daß er eben inzwischen ein ganz anderes Stück spielte. Statt *My Fair Lady* hieß das Stück jetzt *My Fair Colonel*, und er war der Star darin.

»Es geht prächtig«, sagte er. »Die Leute lieben mich!«

»Ich bin so stolz auf dich, Darling!«

Wenn sie erfährt, was ich wirklich gespielt habe, wird sie noch viel stolzer sein, dachte Eddie.

Das Zimmermädchen streichelte sein Bein.

»Lassen Sie das!« zischte Eddie.

»Wer soll was lassen?« fragte Mary.

»Ich habe nicht mit dir gesprochen«, sagte Eddie.

»Mit wem denn?«

Das Zimmermädchen fuhr ihm inzwischen mit den Fingern durch die Haare.

»Ach, mit einem der Butler.«

»Mit was denn für einem Butler? Eddie, wo bist du?«

»Ich wollte sagen, mit einem der Butler aus dem Stück. Wir proben gerade.«

Jetzt huschte das Zimmermädchen bereits mit den Lippen über sein Gesicht. »Sie sollen das lassen!« zischte Eddie wieder.

»Seid ihr gerade mitten in einer Probe?«

»Ja«, sagte Eddie.

»Oh, Darling. Du hast eigens unterbrochen, um mich anzurufen? Das ist lieb von dir! Du bist so ein wundervoller Ehemann!«

Das Mädchen hatte jetzt die Arme um ihn gelegt.

»Ich muß aufhören«, sagte Eddie.

»Schon gut, Darling. Schöne Probe noch!«

»Ja, ja«, sagte Eddie. Er legte auf und wandte sich dem Zimmermädchen zu. »Was tun Sie denn hier, sagen Sie mal?«

»Colonel mir gesagt, ich soll kommen und Nachmittag wieder mit Ihnen verbringen.«

Eddie fiel erst jetzt wieder ein, wer er war, oder vielmehr, wer er nicht war. »Ich habe es mir anders überlegt«, sagte er mit der strengsten Stimme des Colonels. »Ich habe eine Menge zu tun.«

»Morgen dann?« erkundigte sich das Mädchen.

»Nein«, sagte Eddie. »Morgen habe ich auch zu tun. Ich lasse es Sie schon wissen.«

»Bitte sehr.« Sie sah ihn an und machte eine kleine Schnute. »Sie lieben mich nicht mehr, glaube ich.«

Eddie dachte: *Wie viele Frauen hat dieser Colonel eigentlich?* Er sah dem Mädchen nach, wie es sich entfernte. Die Versuchung war schon groß. Überall rund um ihn herum waren Frauen, die mit ihm ins Bett gehen wollten. *Aber ich tue das nicht. Nein. Ich bleibe meiner Frau treu.* Er hatte es noch nicht fertig gedacht, als seine Frau ins Zimmer kam. Nein, natürlich nicht seine Frau, sondern die Frau von Colonel Bolivar. Sie hatte ein dünnes Negligé an.

»Schatz«, sagte sie, »mein Bruder hat mich gerade angerufen. Er hat mir erzählt, was du getan hast! Das ist wunderbar! Daß du wirklich allen Zeitungen die Pressefreiheit gegeben hast! Und es gibt keine Zensur mehr!«

»Das war nicht weiter der Rede wert«, sagte Eddie wieder ganz bescheiden.

»Nicht der Rede wert?« rief sie aus. »Aber das Volk wird begeistert sein! Was du da getan hast, war etwas ganz Großartiges!« Sie kam näher an ihn heran. »Ich habe dich offensichtlich ganz falsch eingeschätzt, Ramón. Ich dachte, du wärst wirklich an nichts weiter interessiert als an deiner Macht. Aber jetzt sehe ich, daß dir auch andere Menschen am Herzen liegen.« Sie legte ihre Hände auf seine Schultern. »Hast du immer noch ein wenig für mich übrig, Schatz?«

»Aber ja«, sagte Eddie nervös, »natürlich.«

Sie seufzte. »Oh, Ramón, du hast mir so sehr gefehlt. Kommst du heute abend zu mir?«

Ihr Parfüm machte ihn ganz schwindlig, und sie war ihm sehr nahe. Er wußte, er mußte sie aus seinem Schlafzimmer kriegen, bevor es zu spät war.

»Wir werden sehen«, sagte er.

Sie lächelte. »Oh, Schatz!« und küßte ihn auf den Mund. »Ich warte auf dich.«

Er sah ihr nach, wie sie in ihr Schlafzimmer zurückging. *Was mache ich nur?* dachte er.

Er beschloß, ein wenig Luft zu schnappen. Er ging durch den langen Korridor und zu einer der Seitentüren hinaus. Dieser Palast erschien ihm als das größte Gebäude, das er je erlebt hatte. Er schien überhaupt nicht mehr aufzuhören. Draußen, auf dem Weg an der Seite des Gebäudes entlang, kam er an eine eiserne Tür, vor der ein Wachtposten stand. Sobald ihn dieser erblickte, nahm er stramme Haltung an.

»Guten Tag«, sagte Eddie.

Der Posten schaute ihn völlig perplex an. Noch nie hatte Colonel Bolivar auch nur Kenntnis von ihm genommen.

»Guten Tag, Colonel«, stammelte er schließlich.

»Was ist denn da hinter dieser Tür!« fragte Eddie.

Der Posten fragte ganz dumm: »Was hinter dieser Tür ist?«

»Ja.«

»Na, der Zoo. Ihr Zoo.«

»Machen Sie mal auf«, sagte Eddie. »Den möchte ich mir anschauen.«

»Selbstverständlich, Colonel.« Der Posten holte einen großen Schlüssel hervor, steckte ihn ein und drehte ihn herum. Die Tür öffnete sich.

Das wird sicher lustig, dachte Eddie. *Bin gespannt, was sie da für Tiere haben.* Er trat ein und sah sich vor einigen Stufen. *Wieso halten sie die Tiere da unten?* überlegte er. Er ging die Stufen hinunter. Ein ziemlicher Gestank drang ihm entgegen. Er blieb überrascht stehen. Der »Zoo« bestand aus zwanzig Zellen voller Menschen, von denen die meisten nur noch Lumpen anhatten.

Eddie war total schockiert. Von den vier bewaffneten Wächtern, die anwesend waren und aufpaßten, kam einer zu ihm geeilt.

»Colonel … Colonel Bolivar … Man hat mir nicht gesagt, daß Sie kommen werden.«

»Schon gut«, sagte Eddie und ging auf die erste Zelle zu. »Weswegen sind diese Leute hier?«

Der Wächter sah ihn verwirrt an. Schließlich war er, Colonel Bolivar, es doch selbst gewesen, der sie hierher bringen ließ. »Nun, Sie wissen ja, Colonel … Gefährliche Verbrecher, alle. Die meisten warten darauf, erschossen oder gehängt zu werden, nicht?« Er grinste. »Manchmal lassen wir sie selbst wählen.«

Eddie war entsetzt. »Was denn, Sie meinen, das sind alles Todeskandidaten?«

»Ja, sicher, Colonel. Auf Ihren Befehl hin.«

In der ersten Zelle waren zwei Mann. Der eine war noch ein Junge, ein Teenager, der andere ein älterer Mann.

»Weshalb bist du hier?« fragte Eddie den Jungen.

Der Junge sah zu ihm auf und erwiderte: »Weil ich gesagt habe, daß Sie das Land zugrunde richten. Das ist die Wahrheit. Und deshalb soll ich sterben.«

Eddie starrte ihn eine Weile an, dann wandte er sich an den älteren Mann. »Und weshalb sind Sie hier?«

»Ach, erinnern Sie sich nicht? Weil ich Ihr Auto angespuckt habe, als Sie vorbeifuhren.«

»Was denn, und dafür will man Sie jetzt umbringen?« sagte Eddie.

»Ja, deswegen.«

Eddie konnte nicht glauben, was er da hörte. Was für einen Mann vertrat er hier eigentlich? Er ging an allen Zellen vorüber und fragte jeden einzelnen Gefangenen aus.

Ihre Geschichten waren buchstäblich alle dieselben. Alle hatten sie den Fehler begangen, den großen Diktator zu kritisieren. Und dafür waren Sie nun dem Tod geweiht.

»Ich sagte, wir bekommen nicht einmal genug zu essen …«

»Ich trat nach einem Soldaten, als sie meinen Sohn fortschleppten …«

»Ich stahl Brot für meine hungernden Kinder …«

»Ich verweigerte den Kriegsdienst in der Armee …«

Und für all das, dachte Eddie erschüttert, *hat man sie gleich zum Tod verurteilt?* Nicht einmal ein einziger wirklicher Verbrecher war unter ihnen.

Er befahl einer der Wachen: »Besorgen Sie mir Papier und Schreibzeug.«

»Jawohl.«

Als er beides hatte, begann er zu schreiben. »Hiermit werden alle Gefangenen, die sich gegenwärtig in den Zellen unter dem Palast befinden, sofort freigesetzt und entlassen und können in ihre Häuser und zu ihren Familien zurückkehren. Es wird in Zukunft in Amador keine Hinrichtungen mehr ohne ordentliches Gerichtsverfahren geben.« Und er unterzeichnete es mit *Colonel Ramón Bolivar.*

Der Wächter las es, und es fielen ihm fast die Augen heraus. »Ist das Ihr Ernst, Colonel?«

»Sieht es vielleicht nicht danach aus?« fuhr ihn Eddie mit seiner besten Colonel-Stimme an. »Oder wagen Sie etwa meine Befehle zu kritisieren?«

»Nein, selbstverständlich nicht. Wann befehlen Sie die Entlassung der Leute?«

»Sofort natürlich, jetzt gleich. Und Sie kümmern sich darum, daß sie alle nach Hause gebracht werden.«

»Jawohl.«

Eddie drehte sich um und wandte sich an die Gefangenen in den Zellen. »Ihnen allen«, sagte er, »ist schreckliches Unrecht widerfahren. Ich werde versuchen, dafür zu sorgen, daß sich dies niemals mehr wiederholt. Sie sind alle frei und können heimkehren.«

Die Gefangenen trauten ihren Augen und Ohren nicht. Dann begannen sie zu jubeln und zu weinen.

Eddie stand da und sah zu, wie die Wachen die Zellen aufschlossen und die Männer freiließen. *Ich bin sicher*, dachte er. *Colonel Bolivar wird sehr zufrieden darüber sein.*

Im Krankenhaus war inzwischen Capitán Torres beim Colonel und erkundigte sich: »Wann soll die Operation nun stattfinden?«

»In ein paar Stunden«, sagte Colonel Bolivar. »Erzählen Sie, was sich im Palast so tut. Was macht der närrische Schauspieler so?«

»Ach«, sagte Capitán Torres, »alles geht bestens.« Er würde sich schön hüten, dachte er, dem Colonel zu erzählen, was sich wirklich getan hatte. Er hatte inzwischen auch erfahren, was Eddie mit den Kindern und mit den Bauern gemacht hatte, und war deshalb ziemlich wütend auf ihn. Aber er konnte ja nichts dagegen unternehmen, solange der Colonel noch in der Klinik war und nicht wieder zurück im Palast. Also sagte er ihm nichts von alledem. »Er spielt seine Rolle sehr gut. Alle glauben, daß er Sie ist.«

»Gut«, sagte Colonel Bolivar. »Sagen Sie ihm, er soll so weitermachen.«

Der Arzt kam herein. »Wir bereiten Sie jetzt für die Operation vor, Colonel.«

»Ich bin bereit.« Der Colonel wandte sich noch einmal an Capitán Torres. »Machen Sie sich keine Sorgen, es wird alles gutgehen, und wenn ich wieder herauskomme, ist alles wie immer.«

Capitán Torres sah ihn nachdenklich an und dachte: *Wenn das mal stimmt.*

Als Eddie von den Kerkerzellen unten zurückkam, wartete »seine« Frau schon auf ihn. Sie umarmte ihn und sagte: »Schatz, ich habe eben gehört, was du für diese Gefangenen getan hast! Du bist so wundervoll! Großartig ist das! Du wirst von Minute zu Minute ein größerer Mann! Es tut mir leid, daß ich dich so falsch beurteilt habe.«

»Es war nicht der Rede wert«, sagte Eddie. »Nicht der Rede wert? Da solltest du mal hören, wie die Leute jetzt über dich reden! Du bist mit einemmal ihr großer Held!« Sie schmiegte sich noch etwas näher an ihn. »Und meiner auch.«

»Danke sehr«, sagte Eddie verlegen und gab ihr die Hand. »Gute Nacht.«

Capitán Torres war in großen Schwierigkeiten. Es war seine Idee gewesen, diesen Schauspieler anzuheuern und ihn Colonel Bolivars Rolle spielen zu lassen. Aber dies begann sich in eine Katastrophe zu verwandeln. Der verdammte Schauspieler benahm sich und handelte, als sei er tatsächlich der Diktator selbst. Und er, Torres, konnte nichts dagegen unternehmen, ohne daß er andere Leute mit in das Geheimnis einweihte. Er hatte keine andere Wahl, als ihn gewähren zu lassen und selbst mitzumachen, bis Colonel Bolivar wieder aus dem Krankenhaus zurückkam. *Aber dann*, dachte er grimmig, *erwürge ich ihn mit meinen bloßen Händen, den verdammten kleinen Idioten. Bis dahin aber muß ich mir unbedingt etwas ausdenken, wie ich ihn von weiteren katastrophalen Eigenmächtigkeiten abhalte.* Und er hatte auch schon eine Idee. Er suchte Eddie. »Wir werden heute abend ein Bankett zu Ihren Ehren veranstalten«, sagte er zu ihm, als er ihn gefunden hatte. »Wir engagieren Unterhaltungskünstler und Tanzmädchen und sonst noch ein paar Sachen zu Ihrem Vergnügen.«

»Klingt prima«, sagte Eddie.

Das Bankett war sehr schön. Das Essen war hervorragend, und wie Capitán Torres versprochen hatte, gab es Tanzmädchen und verschiedene Unterhaltungsnummern, Jongleure und Feuerschlucker und sogar ein paar Tierdressuren. Es war fast wie eine richtige Zirkusvorstellung.

Eddie amüsierte sich prächtig und Capitán Torres ebenso, weil ihm wenigstens hier und jetzt dieser Schauspieler keinen Kummer machen konnte.

Schließlich war es zu Ende. Es war schon spät geworden und Zeit, den Schauspieler zu Bett zu bringen, wo er ebenfalls nichts anstellen konnte. Alle Künstler und Artisten waren schon fort.

Capitán Torres erhob sich. »Zeit zum Schlafengehen«, sagte er zu Eddie.

»Ja, richtig«, sagte Eddie. »Gute Nacht denn auch.«

»Gute Nacht.«

Capitán Torres sah auf die Uhr. *Die Operation sollte inzwischen vorüber sein*, dachte er. Alles hing davon ab, daß sie erfolgreich verlaufen war. Sollte Colonel Bolivar auf dem Operationstisch sterben, wäre alles ruiniert. Es gab dann keine Diktatur mehr, und das Volk würde sich gegen sie erheben und sie alle umbringen. Capitán Torres ging in sein Zimmer und rief im Krankenhaus an. Er verlangte den Arzt, der die Operation ausgeführt hatte.

»Ist es schon vorbei?«

»Ja, Capitán.«

Capitán Torres holte tief Luft, ehe er die entscheidende Frage stellte. »Und, ist sie erfolgreich verlaufen?«

»Das wissen wir noch nicht.«

»Was soll das heißen?«

»Der Colonel hat die Operation zwar überlebt, aber er hat mittendrin zu atmen aufgehört und liegt seitdem im Koma. Es ist noch zu früh, um zu wissen, ob das Gehirn geschädigt wurde.«

Capitán Torres merkte, wie ihm plötzlich der Schweiß aus allen Poren brach. »Und wann wissen Sie das?«

»Er liegt jetzt auf der Intensivstation. Es kann noch zwei Tage dauern, bis wir die Situation beurteilen können.«

»Aha, verstehe. Halten Sie mich auf dem laufenden.«

»Gewiß, Capitán.«

Zwei Tage lang. Achtundvierzig Stunden, dachte Capitán Torres. Eine halbe Ewigkeit. Und sein Leben hing davon ab, was mit Colonel Bolivar geschah.

Eddie war am nächsten Tag auf dem Weg zu seinem Zimmer, als eine schöne Frau in einem prächtigen Modellkleid auf ihn zukam. Sie sah sich um, ob auch niemand in der Nähe war, und sagte dann: »Weißt du, welcher Tag heute ist?«

Eddie dachte einen Moment lang nach. »Gewiß. Samstag.«

Ihr Ausdruck veränderte sich abrupt. »Laß doch die dummen Scherze.«

»Welche Scherze? Über was?«

Sie beugte sich nahe zu ihm. »Heute ist bekanntlich der Tag, an dem du deine Frau umbringst, damit wir heiraten können.«

5. Kapitel

Heute ist bekanntlich der Tag, an dem du deine Frau umbringst, damit wir heiraten können. Eddie starrte die Frau verständnislos an und glaubte, nicht recht gehört zu haben. »Was werden wir?« stammelte er schließlich.

»Es ist alles schon arrangiert. Um zwei Uhr nachmittags ist sie immer im Musikzimmer und spielt Klavier. Da ist sie allein. Eine der Palastwachen schleicht sich hinein und erwürgt sie.«

»Erwürgt sie?«

»Ja!« Sie sah ihn verwirrt an. »Du hast es dir doch nicht etwa anders überlegt, oder, Schatz?«

»Nein«, sagte Eddie hastig. »Natürlich nicht.«

»Na, siehst du.« Sie küßte ihn schnell auf die Wange und verschwand.

Eddie stand da und starrte ihr nach, als sie die Tür hinter sich zumachte. Er sah auf die Uhr. Zwölf.

In zwei Stunden also sollte die Frau von Colonel Bolivar ermordet werden. Er mußte etwas unternehmen, um das zu verhindern. Aber was? Er hatte ja nicht einmal die leiseste Ahnung, wer diese fremde Frau war. Doch offensichtlich hatte Colonel Bolivar ihr tatsächlich versprochen, sie zu heiraten. *Mein Gott*, dachte er, *ist der Mann beschäftigt! Ich bin doch nur ein einfacher Schauspieler, kein Mensch kann von mir verlangen, daß ich pausenlos Menschenleben rette. Ich habe immer nur in Stücken gespielt, die andere Leute geschrieben haben. Ich wollte, ich hätte jetzt einen guten*

Stückeschreiber hier. Der könnte mir wenigstens sagen, wie ich aus dieser Situation herauskomme.

Capitán Torres trat ein. »Sie werden ein paar Minuten lang im Konferenzraum gebraucht.«

»Aber doch nicht jetzt«, sagte Eddie. »Ich bin beschäftigt. Ich habe eine Menge Dinge im Kopf.«

»Sie haben gar nichts im Kopf«, sagte Capitán Torres ungehalten. »Weil Sie nämlich nicht tatsächlich Colonel Bolivar sind! Da ist eine Delegation von Bürgern. Sie wollen den Colonel sprechen. Er erlaubt ihnen üblicherweise ein solches Gespräch einmal pro Monat. Sie werden mißtrauisch sein, wenn man sie nicht empfängt.«

»Wie lange dauert das?« fragte Eddie.

»Nur ein paar Minuten. Sie bitten wie üblich um Steuersenkungen. Sie sagen einfach nur nein und fertig, wie es der Colonel üblicherweise macht, und dann gehen sie auch schon wieder.«

Eddie wunderte sich. »Wenn er sowieso immer nur nein sagt, warum macht er sich dann die Mühe, sie ständig zu empfangen?«

»Weil das den Leuten das Gefühl gibt, daß er sich durchaus für ihre Probleme interessiert.«

»Aha.« Eddie sah auf die Uhr. Die Zeit wurde knapp. »Also gut, dann erledigen wir das schnell noch.«

Capitán Torres führte ihn in den Konferenzraum. Dort wartete etwa ein halbes Dutzend Leute. Sie waren alle mager und ärmlich gekleidet.

»Guten Morgen, Colonel Bolivar«, sagten sie im Chor.

Eddie setzte sich hinter den gewaltigen Schreibtisch, und Capitán Torres stellte sich an seine Seite.

»Guten Morgen«, sagte Eddie. »Was kann ich für Sie tun?«

Einer trat vor. »Wir bitten Sie, uns zu helfen, Herr. Letztes Jahr haben Sie die Steuern um zehn Prozent erhöht.«

»Das war notwendig«, sagte Capitán Torres, »um neue Schulen und Straßen zu bauen.«

»Aber wir haben keine neuen Schulen und Straßen!« wandte der Mann ein.

»Es wird daran gearbeitet«, beschied ihn Torres kurz.

Der Mann sprach weiter. »Colonel, wir haben gerade erst erfahren, daß Sie die Steuern um weitere zehn Prozent erhöhen wollen. Schon jetzt gehen achtzig Prozent unseres Geldes an den Staat. Es bleibt uns nicht mehr genug zum Lehen übrig.«

Eddie reagierte schockiert. »Was? Achtzig Prozent?«

Capitán Torres sagte hastig: »Amador muß eine große Armee unterhalten. Wir müssen gewappnet sein gegen Angriffe unserer Feinde!«

»Was denn für Feinde?« rief der Mann. »Wir haben doch Frieden! Aber nicht genug Geld, um unsere Kinder zu ernähren!«

»Einen Moment mal«, sagte Eddie. »Das möchte ich jetzt genau wissen. Es bleiben euch tatsächlich nur zwanzig Prozent von eurem Einkommen?«

»Ja«, sagte der Mann, »so ist es.«

»Das ist ja unmöglich!« empörte sich Eddie.

Capitán Torres sah ihn eindringlich an. »Colonel ...«

Aber Eddie sagte bereits: »Da müssen wir schleunigst etwas tun, hören Sie mal.«

»Colonel ...!«

»Ich sorge augenblicklich dafür, daß diese Steuern reduziert werden.«

»Colonel ...!«

Doch Eddie hatte sich schon wieder Schreibzeug genommen und begann zu schreiben. »Ab sofort werden alle Steuern der Bürger von Amador reduziert auf …« Er dachte kurz nach. » … zehn Prozent.«

Die Leute ließen einen Jubelschrei los.

Capitán Torres schluckte schwer. »Colonel …!«

Eddie beachtete ihn nicht und unterschrieb: *Colonel Ramón Bolivar.*

Dann hielt er den Leuten das Blatt hin, damit sie es genau sahen. »So, das wäre dieses.«

Die Delegation applaudierte und ließ ihn hochleben. Eddie stand auf. »Wenn Sie mich jetzt entschuldigen«, sagte er und verließ den Konferenzraum. Er mußte schließlich das Leben »seiner« Ehefrau retten …

Capitán Torres rief wieder im Krankenhaus an und sprach erneut mit dem Arzt, der Colonel Bolivar operiert hatte. »Geben Sie mir einen genauen Bericht über den Zustand von Colonel Bolivar«, befahl er.

»Ich kann Ihnen leider nicht mehr sagen, als Sie schon wissen, Capitán«, sagte der Arzt bedauernd.« Er zögerte kurz. »Ich fürchte, es sieht nicht gut aus.«

Capitán Torres lief ein eiskalter Schauer über den Rükken. »Was bedeutet das?«

»Colonel Bolivar liegt noch immer im Koma.«

»Wie lange wird das dauern?«

»Das kann man nie sagen.«

»Kommt er überhaupt wieder zu sich?«

»Das zu sagen, ist es zu früh. Sie können sicher sein, daß wir ihn pausenlos sehr sorgfältig beobachten. Die Lebensfunktionen sind an sich ganz gut. Es ist immer noch möglich, daß er wieder völlig genesen wird.«

»Das ist nicht gut genug!« fuhr ihn Capitán Torres an. »Sie *müssen* ihn wieder völlig gesund machen!«

»Capitán«, sagte der Arzt, »ich bin nicht der liebe Gott. Ich kann lediglich ...«

» Sie sorgen besser dafür, daß Colonel Bolivar überlebt und gesund wird, oder Sie kommen eher, als Ihnen lieb ist, zu Ihrem lieben Gott!«

Capitán Torres warf zornig den Telefonhörer auf die Gabel. *Ich muß mich selbst überzeugen*, dachte er, *wie sein Zustand ist.*

Fünf Minuten darauf war er auf dem Weg in die Klinik.

Colonel Bolivar lag auf einer Sonderstation der Klinik, die hermetisch abgeriegelt worden war, so daß kein Besucher oder selbst Personal des Krankenhauses sie betreten und in seine Nähe kommen konnte. Er war unter dem Namen Perón registriert, und dem Personal hatte man gesagt, der Patient habe eine hochansteckende Krankheit und müsse deshalb total isoliert bleiben. Die einzigen, die Zutritt zu der Sonderstation hatten, waren der Arzt, der ihn operiert hatte, sein Assistent und eine auf absolutes Stillschweigen eingeschworene Krankenschwester.

Capitán Torres ließ den Arzt kommen. »Irgendwelche Veränderungen in seinem Zustand?« fragte er.

»Wir haben doch erst vor zehn Minuten telefoniert«, sagte der Arzt. »Nein, er ist noch immer im Koma.«

»Wie groß ist die Gefahr einer Gehirnschädigung, wenn er daraus erwacht ist?«

»Das zu sagen, ist unmöglich, Capitán. Manchmal erwachen solche Patienten aus dem Koma und sind wieder völlig normal. Manchmal bleiben aber auch Hirnschäden.«

Dann zögerte er etwas, ehe er weitersprach. »Manchmal erwachen sie auch nicht mehr und sterben.«

Capitán Torres packte den Arzt an der Kehle. »Wenn er stirbt, werden Sie sich wünschen, nie geboren zu sein!« Er ließ ihn wieder los. »Wer weiß sonst noch, daß der Colonel hier ist?«

»Außer mir nur mein ärztlicher Assistent und die Krankenschwester.«

Sie müssen alle drei sterben, dachte Capitán Torres.

»Sie melden mir telefonisch jede kleinste Veränderung in seinem Zustand«, befahl er dem Arzt. »Und zwar noch in derselben Minute.«

»Jawohl, Capitán.« Der Arzt war zu Tode erschrocken. Er haßte den Colonel genauso wie das ganze Volk von Amador. Als man ihm gesagt hatte, daß er den Diktator operieren müsse, hatte er mit seiner Frau darüber gesprochen.

»Was, der Colonel braucht eine Bypass-Operation?« hatte diese gesagt. »Das ist ja wunderbar. Da kannst du ihn doch leicht bei der Operation sterben lassen!«

»Daran habe ich auch schon gedacht«, hatte er zugegeben. »Aber da gibt es natürlich ein Problem.«

»Wieso?«

»Nun ja, seine Leute werden mich selbstverständlich umbringen, wenn ich ihn sterben lasse.«

»Aber du kannst doch sagen, daß nichts zu machen war. Es kommt doch immer wieder vor, daß Menschen Herzoperationen nicht überleben.«

»Ja schon, aber sie werden mir doch niemals glauben.«

Da hatte ihn seine Frau besorgt angesehen. »Ja aber, was passiert denn dann, wenn er wirklich unabsichtlich bei der Operation stirbt?«

Er hatte traurig den Kopf geschüttelt. »Auch dann werden sie es mich büßen lassen.«

Als Capitán Torres von der Klinik zurück war, kam sein Adjutant, Teniente (das heißt Leutnant) Gomez, sogleich mit sorgenvoller Miene in sein Büro.

»Was ist eigentlich los?« fragte er. »Gerade höre ich, daß der Colonel alle politischen Gefangenen freigelassen hat.«

»Was?« rief Capitán Torres und war total geschockt.

»Ja. Er schenkt den Bauern Land, er verteilt Lebensmittel an die Waisenkinder ... Was ist mit ihm passiert, ist er auf einmal verrückt geworden?«

Capitán Torres sah seinen Adjutanten eindringlich an und beschloß, daß es an der Zeit und unumgänglich war, ihn einzuweihen und ihm die Wahrheit zu sagen. Er wußte, daß er sich auf die Verschwiegenheit von Gomez verlassen konnte.

»Setzen Sie sich«, sagte er. »Ich muß Ihnen etwas mitteilen.«

Gomez setzte sich.

»Colonel Bolivar ist im Krankenhaus. Er mußte sich einer schwierigen Herzoperation unterziehen.«

Gomez starrte ihn verständnislos an. »Aber ... ich habe ihn doch eben erst auf dem Flur gesehen!«

»Das war nicht der Colonel, lieber Freund. Der Mann, den Sie gesehen haben, war ein Schauspieler namens Eddie Davis.«

»Ein was?«

»Ja, Sie haben schon richtig gehört. Der Colonel hat ihn ausgesucht, daß er ihn während seiner Abwesenheit im Krankenhaus vertritt.«

»Das ist ja – das ist ja unglaublich!«

»Wenn das Volk Verdacht schöpfen würde, daß Colonel Bolivar ernsthaft krank ist, würden Aufrührer die Gelegenheit zu einem Umsturz ergreifen. Dieses Risiko konnten wir nicht eingehen.«

»Also das«, sagte der Teniente langsam, »ist die Erklärung dafür, warum die Gefangenen freigelassen wurden.« Er sah zu seinem Capitán hoch. »Ja, aber warum haben Sie denn diesen Schauspieler nicht daran gehindert, all das zu tun?«

»Ja, wie denn? Wenn ich etwas gegen seine Anordnungen unternehmen würde, wäre doch erst recht offenbar, daß etwas nicht stimmt! Niemand widerspricht Colonel Bolivar, das wissen Sie doch so gut wie ich. Aber keine Sorge. Sobald der Colonel wieder da ist, wird das alles sogleich wieder zurückgenommen.«

»Und was passiert mit dem Schauspieler?«

»Der wird beseitigt.«

»Aber was machen wir jetzt, bis dahin, Capitán?«

»Wir warten einfach ab. Ich war gerade in der Klinik. Sie sind sich nicht sicher, ob der Colonel überhaupt überlebt.«

Gomez hatte Stirnfalten. »Und wenn er stirbt, was dann? Dann gibt es eine Revolution im Volk.«

»Die werden wir verhindern, Gomez. Wenn der Colonel tatsächlich stirbt, dann behalten wir einfach den Schauspieler weiter, aber unter unserer strikten Kontrolle.«

Es war ein Uhr. *In einer Stunde*, dachte Eddie, *wollen sie die Frau des Colonel Bolivar umbringen.* Er mußte sie zuvor aus dem Palast schaffen. Vielleicht fuhr er mit ihr zusammen irgendwohin. Es war ein schöner Tag. Er konnte sie zu einer Spazierfahrt einladen.

Er eilte hinaus in die riesige Garage, in der alle Autos des Colonel Bolivar standen. Da gab es einen Rolls-Royce und einen Mercedes und ein Ferrari-Cabrio. Eddie sah sie sich der Reihe nach an und bewunderte sie. Besonders den Ferrari fand er toll. Er hatte noch nie in einem gesessen.

Einer der Fahrer kam herbeigeeilt. »Kann ich Ihnen helfen, Colonel?«

»Ja«, sagte Eddie. »Es ist so ein schöner Tag, ich dachte mir, ich mache eine kleine Spazierfahrt.«

»Selbstverständlich, Colonel. Welchen Wagen sollen wir nehmen?«

»Ich fahre allein«, sagte Eddie. »Das heißt, zusammen mit Señora Bolivar. Ich denke, ich nehme den Ferrari. Und ich fahre ihn selbst.«

Der Fahrer war verblüfft. »Jawohl. Ich lasse ihn gleich vor den Palast vorfahren.«

»Danke«, sagte Eddie. Jetzt mußte er nur noch die Señora zu der Fahrt überreden.

Sobald Eddie die Garage verlassen hatte, eilte der Fahrer zum nächsten Telefon, wählte eine Nummer, und eine Stimme meldete sich, als abgehoben wurde:

»Hallo? Hier spricht Juan.«

»Juan«, sagte der Fahrer aufgeregt, »ich glaube, deine große Gelegenheit ist gekommen!«

»Wieso, was?«

»Er fährt in einer Stunde mit dem Auto spazieren und fährt selbst.«

»Sehr gut. Ich bin gleich da.«

Als Juan auflegte, war er sehr zufrieden. Sein mißlungener erster Versuch, den Diktator im Park mit dem Gewehr zu erschießen, nagte noch immer an ihm. *Diesmal*, dachte er, *soll es nicht noch einmal schiefgehen.* Er ging hinüber in den anderen Raum, wo die Rebellen gerade wieder eine Sitzung hatten, und wo über alle denkbaren anderen Möglichkeiten gesprochen wurde, wie man den Diktator töten könnte.

»Gute Nachrichten!« gab er bekannt. »In einer Stunde ist Colonel Bolivar tot!«

Sofort gab es aufgeregte Unruhe.

»Wieso, was …?«

»Bist du sicher …?«

»Wie soll es geschehen …?«

Juan hob die Hand und gebot Ruhe. »Augenblick, so laßt mich doch erklären! Wie ihr wißt, fährt der Colonel an sich niemals allein aus. Immer hat er ein halbes Dutzend Leibwächter um sich. Aber jetzt hat er aus irgendeinem Grund seinem Fahrer soeben mitgeteilt, daß er mit seiner Frau eine Spazierfahrt machen will, und zwar ganz allein mit ihr.«

»Großartig!« rief einer. »Da brauchen wir nur noch herauszufinden, wohin er fährt, und können ihn auf der Straße abpassen.«

Und ein anderer sagte: »Wir können einen unserer Lastwagen nehmen und ihn rammen. Das überlebt er nicht.«

»Ich glaube«, erklärte Juan jedoch, »ich habe eine bessere Idee.« Er wandte sich an einen aus der Gruppe, der Pedro hieß. »Wie lange brauchst du, um eine Bombe zu basteln?«

Pedro machte eine unbestimmte Bewegung. »Eine halbe Stunde vielleicht.«

»Du mußt es noch schneller schaffen. Ich bring' sie in den Palast hinüber und schmuggel' sie in sein Auto. Und sobald er den Motor anläßt –«, er klatschte die Hände zusammen, »– geht sie hoch.«

Alle applaudierten begeistert.

»Großartige Idee …«

»Wundervoll …«

»Er verdient es nicht anders …!«

Juan gebot wieder Schweigen. »Aber wir müssen uns beeilen. Viel Zeit haben wir nicht.«

»Ich fange sofort an«, versicherte Pedro. »In zwanzig Minuten bin ich wieder da.«

Und tatsächlich kam er nach genau zwanzig Minuten wieder mit einem Schuhkarton. »Hier«, sagte er und hob den Deckel. In der Schachtel lag ein kleiner, ganz harmlos aussehender Gegenstand.

»Bist du sicher, daß sie funktioniert und ausreicht?« fragte Juan.

»Darauf kannst du dich verlassen. Vom ganzen Auto und vom Diktator bleiben nur kleine Fetzen übrig, glaube mir.«

»Gut«, sagte Juan und war schon auf dem Weg zum Palast.

Die Frau von Colonel Bolivar setzte sich gerade an den Mittagstisch, als Eddie hereinkam. Sie sah überrascht auf und sagte freudig: »Kommst du, um mit mir zu essen, Ramón?«

»Nein«, sagte Eddie. »Ich habe etwas anderes vor. Was hältst du davon, in einem Landgasthaus draußen zu essen? Wir könnten eine kleine Spazierfahrt machen.«

»Nur wir beide? Meinst du das wirklich, im Ernst?«

»Ja!« sagte Eddie.

Sie strahlte. »Aber liebend gern!« Sie stand sogleich auf. »Nur ein paar Minuten, bis ich mich zurechtgemacht habe, Schatz!«

Eddie sah auf die Uhr. Es war bereits halb zwei. »Aber brauche nicht zu lange«, sagte er. »Ich will um zwei weg sein.«

»Was?«

»Ich meine, ich will nicht so lange warten. Ich bin hungrig.«

Sie küßte ihn auf die Wange. »Schon gut, ich beeile mich.«

Zumindest, dachte Eddie, *kann ich ihr vorerst das Leben retten. Aber ich muß mir noch mehr ausdenken.*

In der Palastgarage waren Juan und der Fahrer inzwischen dabei, die Bombe unter die Kühlerhaube des Ferrari zu praktizieren.

»Seid ihr auch sicher, daß sie funktioniert?« fragte der Fahrer.

»Hundertprozentig«, sagte Juan. »Sobald er startet, geht sie hoch. Und dann fliegen nur noch tausend winzige Colonel Bolivars durch die Luft.«

Der Fahrer lächelte zufrieden. »Darauf warten wir schon so lange.«

»Wie ganz Amador«, nickte Juan.

Sie machten die Motorhaube zu.

»Ich habe einen Draht lose gelassen«, sagte Juan. »Fahr den Wagen vor, und dann machst du die Motorhaube noch einmal auf und schließt diesen Draht auch an. Dann ist die Zündung der Bombe scharf. Auf keinen Fall darfst du danach mehr starten.«

»In Ordnung«, sagte der Fahrer. Er schüttelte Juan die Hand. »Das ganze Volk von Amador wird stolz auf dich sein.«

Juan sah noch zu, wie der Fahrer in den Ferrari einstieg, den Motor anließ und aus der Garage fuhr. Er sah auf die Uhr. *In ein paar Minuten*, dachte er, *gibt es keinen Colonel Bolivar mehr. Und dann ist Amador frei.*

Der Fahrer parkte den Ferrari vor dem Hauptportal des Palastes. Er sah sich um, ob auch niemand da war. Dann machte er die Motorhaube auf und schloß den losen Draht an. Alles war nun bereit. Er ließ die Schlüssel stecken, stieg aus und rannte zurück in die Garage.

Es war fünf Minuten vor zwei. Eddie wartete in der Halle, aber von Señora Bolivar war immer noch weit und breit nichts zu sehen. Dabei war in fünf Minuten ihr Mörder da! Er lief zu ihrem Schlafzimmer und klopfte an. Dann wollte er sie beim Namen rufen. Aber er wußte ja gar nicht, wie sie hieß. Und jemanden fragen, ging nicht gut. *Ach, sagen Sie doch mal schnell, wie heißt meine Frau gleich wieder?* Nein, wirklich. Also klopfte er noch einmal an und rief einfach: »Bist du soweit, Schatz?«

Kurz darauf ging wirklich die Tür auf, und sie stand vor ihm. Sie sah wunderschön aus. *Wozu braucht der Colonel andere Frauen*, wunderte sich Eddie, *wenn er doch diese hier hat?*

»Ich bin soweit, Ramón«, sagte sie.

»Gut.« Eddie schaute wieder auf die Uhr. Nur noch zwei Minuten Zeit. Er nahm sie am Arm und zog sie hastig mit sich den Korridor entlang.

»Was eilt es denn so?« fragte sie.

»Ich bin halb verhungert«, sagte Eddie.

Sie gelangten zum Hauptportal und gingen hinaus. Da stand der schöne Ferrari. Das Dach war unten.

»Ach du lieber Gott!« sagte Señora Bolivar. »Das wußte ich nicht, daß das Dach offen ist. Ich gehe mir schnell noch einen Hut holen.«

Und sie hatte sich schon umgedreht, aber da packte Eddie sie am Arm. »Nein … keinen Hut.«

»Aber wieso denn nicht?«

»Weil … ich dein Haar im Wind flattern sehen möchte«, sagte Eddie, weil ihm sonst nichts einfiel. Es war eine Stelle aus einem Stück, das er einmal gespielt hatte. *Die Sonnenstrahlen streicheln dein schönes Haar, Geliebte. Du bist eine Göttin!* Das Stück war nach zwei Vorstellungen wieder abgesetzt worden.

Er half ihr in den Wagen und setzte sich dann selbst ans Steuer.

»Weißt du eigentlich, Ramón«, sagte die Señora, »wie lange es her ist, daß wir zuletzt allein waren? Als wir erst kurz verheiratet waren, fuhren wir oft so aus.«

»Ja, ja, ich weiß es noch gut.«

Aus der Entfernung, in der Garage, sahen Juan und der Fahrer gespannt zu. Sie sahen, wie Eddie den Zündschlüssel packte.

»Jetzt!« sagte Juan freudig erregt. »In einer Sekunde hat es Colonel Bolivar und seine Frau in tausend Stücke zerrissen.«

6. Kapitel

Eddie Davis wollte eben starten, was ihn zusammen mit der Señora in der Tat in tausend Stücke zerrissen hätte, als ein Offizier gerannt kam und ihm zurief: »Colonel! Rasch, kommen Sie!«

Eddies Hand schwebte unschlüssig über dem Zündschlüssel. »Was ist denn?« fragte er ungehalten.

»Auf der anderen Palastseite ist ein Aufruhr im Gange! Sie kommen besser, schnell!«

Eddie sah die Frau von Colonel Bolivar an. »Ach, herrje. Weißt du was, fahr doch allein zum Essen, irgendwo in der Stadt. Ich lasse dir den Chauffeur kommen.« Er wollte sicherstellen, daß sie auf keinen Fall allein war.

Sie stiegen wieder aus.

Aus der Ferne beobachteten es Juan und der Fahrer mit Verzweiflung.

»Wir hatten ihn schon so gut wie tot diesmal!« rief der Fahrer enttäuscht.

»Die Bombe muß schleunigst aus dem Wagen«, sagte Juan.

Eddie folgte dem Offizier zurück in den Palast. Eine große Menge war davor versammelt und rief Sprechchöre: »Wir wollen Colonel Bolivar sehen! Wir wollen Colonel Bolivar sehen!«

Eddie trat vor sie hin. »Da bin ich«, sagte er. »Wo fehlt's denn?«

Capitán Torres kam an seine Seite geeilt. »Sie müssen nicht hiersein«, sagte er. »Ich mache das schon.«

»Was machen?« fragte Eddie. »Was geht hier vor? Was wollen diese Leute?«

»Nichts weiter von Bedeutung«, versuchte Capitán Torres zu versichern. »Das sind nur die üblichen Unruhestifter. Die haben immer etwas zu jammern!«

»Worüber denn?« wollte Eddie wissen.

»Es ist wirklich nichts«, wiederholte Capitán Torres ungeduldig. »Ich lasse das gleich von den Soldaten bereinigen.«

»Na gut«, sagte Eddie und wandte sich zum Gehen.

Da rief einer aus der Menge: »Wir haben es satt, auf der Straße schlafen zu müssen! Wir wollen ein Dach über dem Kopf!«

Eddie blieb stehen. »Was denn, die Leute wissen nicht mal, wo sie schlafen sollen?« fragte er. »Sind das Obdachlose?«

»Glauben Sie mir«, beschwichtigte ihn Capitán Torres, »diese Leute sind durchaus daran gewöhnt, auf der Straße zu schlafen. Das Wetter bei uns in Amador ist immer schön. Die Leute können unter dem Sternenzelt schlafen. Was will man mehr?«

Eddie starrte ihn verständnislos an. »Was? Alle diese Leute hier sind obdachlos?«

»Das ist doch nicht Ihr Problem«, sagte Capitán Torres schon etwas scharf.

»Moment mal«, sagte Eddie. »Solange ich Colonel Bolivar bin, ist das sehr wohl mein Problem.« Er wandte sich an die Leute. »Hat irgend jemand von Ihnen ein Zuhause?«

»Nein!« schrien sie ihm alle zusammen entgegen. »Wir können uns keine Wohnung leisten.«

»Aber das ist ja schrecklich!« sagte Eddie. »Da muß man etwas unternehmen.«

Capitán Torres wurde blaß. »Ich flehe Sie an«, flüsterte er Eddie zu, »tun Sie diesmal nichts, überhaupt nichts. Sie richten noch das ganze Land zugrunde!«

»Also für mich«, sagte Eddie, »sieht das so aus, als wären Sie derjenige, der das Land zugrunde richtet.«

»Ich werde Ihre Eigenmächtigkeiten nicht länger zulassen«, zischte Capitán Torres zwischen den Zähnen hervor. »Sie vergessen wohl, daß Sie nicht wirklich Colonel Bolivar sind. Sie sind nur ein Schauspieler.«

»Ach ja?« sagte Eddie. »Na schön.« Er wandte sich an die Leute. »Capitán Torres hat Ihnen etwas zu sagen. Na los, Capitán, sagen Sie den Leuten, was Sie mir soeben sagten!«

Capitán Torres kochte vor Wut. Er konnte es natürlich nicht wagen, den Leuten zu sagen, daß ein Imitator vor ihnen stand und daß der echte Colonel Bolivar im Krankenhaus lag und womöglich starb. Das hätte mit Sicherheit eine sofortige Revolution und den Sturz der Regierung zur Folge gehabt. Und er wäre der erste gewesen, den die Menge in der Luft zerrissen hätte.

Er rang sich also mühsam ein Lächeln ab und sprach: »Meine Damen und Herren, ich wollte lediglich zum Ausdruck bringen, daß wir selbstverständlich alles tun werden, was möglich ist, um uns Ihrer anzunehmen.«

Das meinte er sogar so. Nämlich, daß er als erstes den Befehl an das Militär ausgeben wollte, sämtliche Unruhestifter über den Haufen zu schießen.

Eddie wandte sich an ihn. »Wie viele Häuser und Wohnungen besitzt der Colonel in Amador?«

»Zwölf«, sagte Capitán Torres. »Warum?«

»Geben Sie sie diesen Leuten da.«

»Kommt überhaupt nicht in Frage«, sagte Capitán Torres. »Ich weigere mich.«

»So? Na gut.« Eddie wandte sich erneut an die Leute. »Meine Herrschaften«, rief er, »ich habe etwas anzukündigen. In diesem Augenblick ist Colonel Bolivar –«

»Oh nein!« zischte Capitán Torres. »Hören Sie auf. Ich mache es ja.«

»Gut«, sagte Eddie und sprach weiter zu den Leuten. »– in diesem Augenblick ist Colonel Bolivar erfreut, Ihnen mitzuteilen, daß wir noch vor Einbruch der Nacht heute Unterkünfte für Sie alle finden werden.«

Die Leute jubelten.

»So«, sagte Eddie zu dem Capitán. »Und jetzt bringen Sie mich zu den diversen Villen des Colonel.«

Wenn Blicke töten könnten, dann wäre Eddie auf der Stelle tot umgefallen, so finster waren die Blicke des Capitán. »Bitte sehr«, malmte er durch die Zähne. »Gehen wir.«

»Sogleich, nur noch einen Augenblick. Ich muß zuvor noch etwas erledigen.« Eddie ging in den Palast zurück und sprach mit dem Sicherheitschef. »Ich mache mir Sorgen um meine Frau«, sagte er. »Veranlassen Sie, daß sie rund um die Uhr bewacht wird.«

»Jawohl, Colonel. Wie Sie befehlen.«

Nach ein paar Minuten waren Eddie und Capitán Torres unterwegs zu den verschiedenen Villen des Diktators.

Die erste Villa lag versteckt abgelegen hoch in den Bergen hinter Bäumen, so daß sie von Passanten nicht zu sehen war. Bewaffnete Wachtposten patrouillierten vor dem Eingang und salutierten, als Colonel Bolivars Limousine angefahren kam. Die Villa hatte dreißig Zimmer und sechzig Bediente. Sie war mit kostbaren, alten französischen Möbeln und unbezahlbaren Antiquitäten eingerichtet.

»Sind alle Villen so wie diese?« erkundigte sich Eddie.

»Noch größer«, antwortete Capitán Torres knapp und verdrossen.

Die nächste Villa, zu der sie kamen, lag am Meer, war aber von hohen Mauern umgeben, so daß niemand auch nur wußte, daß es sie gab.

»Wie viele Zimmer gibt es hier?« fragte Eddie.

»Vierzig.«

Eddie notierte es sich.

Sie fuhren weiter zur dritten Villa und dann zu allen anderen, bis Eddie sie alle besichtigt hatte.

»Wir bringen die Obdachlosen darin unter«, erklärte er.

»Das können Sie doch nicht machen!« protestierte Capitán Torres noch einmal. »Colonel Bolivar würde das nie und nimmer zulassen.«

»Sie vergessen eines«, erklärte ihm Eddie kühl. »*Ich* bin Colonel Bolivar!«

Capitán Torres war so wütend, daß er sich fast verschluckte. »Aber nur vorübergehend«, sagte er. »Nur vorübergehend! Colonel Bolivar wird bald wieder zurück sein, und dann können Sie Ihr blödes Geld nehmen und wieder hingehen, wo Sie hergekommen sind.« Tatsächlich hatte er natürlich nicht die leiseste Absicht, Eddie wirklich das Geld mitnehmen und ihn wieder aus Amador hinauszulassen. *Es wird mir das größte Vergnügen sein*, dachte er statt dessen, *dich mit eigenen Händen umzubringen, du Unglücksmensch!*

Als sie in den Palast zurückkamen, schrieb Eddie sofort ein Dekret aus, in dem er anordnete, daß die Obdachlosen in die Villen Colonel Bolivars eingewiesen wurden und daß sofort mit dem Wohnungsbau für Arme begonnen werden sollte. Und unterschrieb es mit: *Colonel Ramón Bolivar.*

Capitán Torres traf sich mit Teniente Gomez.

»Noch mehr ertrage ich jetzt nicht!« sagte er. »Der Schauspieler dreht durch. Der tut, als wäre er wirklich der Colonel! Er hält sich tatsächlich selbst für den Diktator von Amador! Na, der wird sich wundern. Der Vorhang von seinem kleinen Stück fällt sehr schnell, das kann ich ihm schwören!«

»Wie schnell?« wollte Teniente Gomez wissen. »Ist Colonel Bolivar bald wieder gesund?«

»Keine Ahnung«, sagte Capitán Torres. »Jedenfalls fahre ich jetzt noch einmal in die Klinik und stelle es fest. Behalten Sie inzwischen den Schauspieler im Auge. Passen Sie auf, daß er uns nicht noch das ganze Land ausverkauft!«

Capitán Torres war im Krankenhaus und sprach erneut mit dem Arzt, der Colonel Bolivar operiert hatte.

»Wie steht es?« begehrte er ungehalten zu wissen. »Hat es irgendwelche Veränderungen gegeben?«

»Gar keine bisher«, konnte der Arzt nur sagen.

»Wird der Colonel nun wieder gesund oder nicht?«

»Ich weiß es nicht«, entfuhr es dem Arzt hilflos. »Ich habe Ihnen doch schon erklärt, das läßt sich überhaupt nicht voraussagen.«

»Ich will ihn sehen«, sagte Capitán Torres.

»Wenn er aber doch immer noch im Koma liegt!«

»Ist mir egal, bringen Sie mich zu ihm!«

Der Arzt führte Capitán Torres in das Sonderzimmer, das ganz am hintersten Ende des Flurs lag. Dort lag Colonel

Bolivar in seinem Bett mit geschlossenen Augen und völlig regungslos. Sein Gesicht war fahl.

Capitán Torres ging ganz zu ihm hin. »Colonel, hören Sie mich?«

Aber weder ein Laut noch eine Bewegung kamen von dem Mann in dem Bett.

»Colonel, hören Sie mich?«

Nichts.

Der Capitán wandte sich an den Arzt. »Er könnte also sterben, wie?«

Der Arzt überlegte sich seine Antwort gut. »Ja, Capitán, die Möglichkeit besteht natürlich.«

Da wußte Capitán Torres, was er zu tun hatte. »Gut. Ich kehre jetzt in den Palast zurück. Aber Sie verständigen mich auf der Stelle, wenn sich auch nur die kleinste Veränderung ergibt.«

»Jawohl, Capitán.«

Torres kam zu Eddie. »Wir müssen miteinander reden«, sagte er.

Eddie blickte auf. »Ja?«

»Was würden Sie davon halten, auf immer Colonel Bolivar zu bleiben?«

»Wie bitte?« fragte Eddie verdutzt.

»Ich meine … wenn Sie Ihre … Rolle auf Dauer spielen würden … also ganz wirklich das Land regierten?«

»Sie meinen … hier leben und so weitermachen?«

»Ganz genau. Sie hätten soviel Geld, wie Sie nur wollten, so viele Frauen, wie Sie wollten, und wären ein echter, richtiger Diktator.«

»Was ist mit Colonel Bolivar geschehen?« fragte Eddie.

»Nichts«, sagte Capitán Torres zögernd. »Jedenfalls noch nicht. Aber ... also gut: Es besteht die Möglichkeit, daß er stirbt. Sollte das eintreten, dann möchten wir, daß Sie seinen Platz für immer einnehmen, auf Dauer. Natürlich, ohne daß irgend jemand erfährt, was geschehen ist.«

In Eddies Kopf rasten die Gedanken. »Sie meinen, ich müßte dann auch für ewig hier in Amador leben?«

»Ja.«

Da schüttelte Eddie den Kopf. »Nein, vielen Dank, aber das möchte ich dann doch nicht. Sehen Sie, ich bin nun mal in New York zu Hause und –«

»Sie müssen das anders sehen«, sagte Capitán Torres. »Sie sind doch Schauspieler. Und ein großartiger dazu. Ich war wirklich sehr beeindruckt, als ich Sie auf der Bühne sah. Aber Ihre Rolle in diesem Stück war doch nur sehr winzig, nicht? Und hier haben Sie nun die Chance, die größte Rolle Ihrer Karriere zu spielen, ein Star zu sein! Sie regieren ein ganzes Land, und das in der Wirklichkeit! Welcher Schauspieler könnte denn einer solchen Gelegenheit widerstehen?«

Das brachte Eddie nun tatsächlich zum Nachdenken. Und er gab zu: »Es hat mir schon viel Spaß gemacht, das leugne ich nicht.«

»Selbstverständlich!« sagte Capitán Torres. »Und es wird Ihnen in der Zukunft noch sehr viel mehr Spaß machen!«

»Könnte ich auch meine Frau und unser Baby hierherholen?«

Capitán Torres lächelte. »Aber selbstverständlich, auch dies. Im Gegenteil, ich würde sogar darauf bestehen.« *Sie wären ideale Geiseln*, dachte er. Wenn Eddie nicht genau tat, was man ihm sagte, konnte man ihm seine Frau und sein Kind wegnehmen und töten.

»Ich muß darüber nachdenken«, sagte Eddie. »Es hört sich interessant an.«

»Na, sehen Sie. Sie überlegen es sich, und dann reden wir weiter, ja?«

An diesem Nachmittag kam einer von Colonel Bolivars Adjutanten zu Eddie.

»Entschuldigen Sie, Colonel, aber es ist Zeit zum Aufbrechen.«

Eddie starrte ihn an. »Aufbrechen? Wohin denn?«

»Haben Sie es denn vergessen, Colonel? Heute ist doch die große Flugschau. Auf die freuen Sie sich doch immer ganz besonders.«

»Tatsächlich? Ich meine … Ja, natürlich.« Kein Mensch hatte ihm bisher auch nur ein Sterbenswörtchen von einer Flugschau gesagt.

»Man erwartet Sie bereits, Colonel.«

»Schön.« Das einzige, was Eddie von Flugzeugen wußte, war, daß in ihnen miserables Essen serviert wurde. Er haßte es zu fliegen. Auf dem Flug von New York nach Amador war ihm die meiste Zeit schlecht gewesen. *Allerdings, eine Flugschau anzusehen*, dachte er sich, *konnte ganz nett sein.* »Also gut, fahren wir hin.«

Die Fahrt dauerte eine halbe Stunde. Als sie am Flughafen angekommen waren, wunderte Eddie sich sehr. Eine riesige Menschenmenge war versammelt, und es standen Dutzende Flugzeuge da, die meisten Düsenjäger, mit aufgemalter Flagge von Amador an der Seite. Seine Limousine fuhr direkt bis auf das Flugfeld, wo die Flugzeuge aufgestellt waren.

»Da sind wir. Colonel«, sagte sein Begleitoffizier. Er deutete auf einen schnittigen Jet. »Das hier ist Ihre Maschine, die Sie heute fliegen werden.«

Eddie starrte ihn an. »Was denn, ich fliege?«

»Ja, aber sicher doch. Sie fliegen doch jedes Jahr Ihre eigene Maschine bei der Flugschau, Colonel! Und Sie freuen sich doch sehr darauf, nicht?«

Eddie freute sich natürlich keineswegs.

»Sind Sie bereit?«

Nicht nur war Eddie nicht bereit, er geriet sogar in helle Panik. Jetzt hatte er den Salat. »Ach, wissen Sie«, sagte er schnell, »ich fühle mich heute gar nicht gut. Ich glaube, ich lasse das Fliegen heute lieber sein. Morgen vielleicht.«

»Das wird aber schlecht gehen, Colonel. Die Leute warten doch nur darauf, daß Sie aufsteigen.« Dem Adjutanten schien etwas einzufallen. »Aber wenn Sie sich nicht in Form fühlen, um selbst zu fliegen, kann einer Ihrer Piloten mitfliegen. Und Sie sitzen dann nur als Passagier mit in der Maschine. Ich weiß ja, wie sehr Sie sich auf den Flug gefreut haben.«

In einem Düsenjäger zu fliegen, war nun wirklich das allerletzte, auf das Eddie sich gefreut hätte. »Nein, ich denke doch, ich sollte es ganz sein lassen heute«, sagte er noch einmal. »Vielleicht ein anderes Mal.«

»Aber Colonel, Sie enttäuschen doch damit alle die vielen Leute, die extra deswegen gekommen sind! Es ist in einer Viertelstunde alles vorbei.«

Na ja, das müßte auszuhalten sein, dachte Eddie. *Eine Viertelstunde, das war tatsächlich nicht lange.*

»Also gut«, sagte er schließlich, »wenn es denn soviel bedeutet und die Leute sonst enttäuscht sind –«

»Sie wären sogar sehr enttäuscht.«

»– dann machen wir es eben in Gottes Namen.«

Der Adjutant war sichtlich erleichtert. »Vielen Dank, Colonel. Dann lasse ich jetzt das Flugzeug startfertig machen.«

Er eilte zum Hangar, wo eine Gruppe Männer bereits wartete. »Also, wir sind soweit«, sagte er.

»Gut«, sagte Juan, der sich in der Gruppe befand, »Dieses Mal entgeht er uns bestimmt nicht mehr.«

Der Adjutant wandte sich an einen der Männer. »Du bist der Pilot. Colonel Bolivar fliegt heute nicht selbst, sondern nur mit.« Und zu einem Mechaniker sagte er: »Richte das Flugzeug so her, daß der Motor nach zehn Minuten ausfällt.« Und einen dritten Mann wies er an: »Und du sorgst dafür, daß der Fallschirm von Colonel Bolivar sich nicht öffnet.«

Der Mann grinste. »Kannst dich darauf verlassen.«

Juan wandte sich an die ganze Gruppe. »So, Leute. Das Land wird sehr stolz auf uns sein. Wir befreien es von dem Diktator.«

Der Adjutant kam zusammen mit dem ausgewählten Piloten zurück zu Eddie.

»Wir sind startbereit, Colonel.«

Eddie betrachtete sich noch einmal den schnittigen Jet. Der Gedanke, in dieser Maschine in die Luft aufzusteigen, verursachte ihm eine Gänsehaut. Schlimm genug, in einer der großen Verkehrsmaschinen zu fliegen. Aber in so einer Rakete angeschnallt zu sein und darin mit Überschallgeschwindigkeit am Himmel herumzusausen, ängstigte ihn kolossal.

»Ich habe es mir anders überlegt«, sagte er. »Ich möchte wirklich nicht fliegen.«

Der Pilot wurde ganz aufgeregt. »Colonel Bolivar! Mit allem Respekt, aber es wird doch jeden Moment angesagt, daß Sie gleich fliegen! Ich sitze am Steuer, aber das müssen die Leute ja nicht wissen. Sie glauben, daß Sie selbst die Kunstflugfiguren fliegen.«

Eddie zwinkerte mit den Augen. »Kunstflugfiguren?«

»Ja, Sie wissen doch, die Loopings und die Rollen und das Trudeln.«

Eddie drehte sich bei der bloßen Erwähnung schon der Magen um. »Loopings … Rollen … Trudeln?«

»Ja, sicher, wie Sie es jedes Jahr machen!«

Eddie bekam weiche Knie. »Ich glaube nicht, daß ich das heute schaffe.«

Da kam aber auch schon die Ansage über die Lautsprecher. »Meine Damen und Herren, unser großer und geliebter Diktator, Colonel Ramón Bolivar, besteigt jetzt sein Flugzeug und wird uns einen Beweis seiner außergewöhnlichen Flugkünste liefern! Spenden wir ihm einen rauschenden Applaus!«

Sofort brauste auch schon der geforderte Applaus auf und der Jubel der Menge. »Da sehen Sie es!« sagte der Pilot. »Alle warten auf Sie!«

Eddie konnte natürlich nicht ahnen, daß die Leute alle deshalb so applaudierten und jubelten, weil sie sehen wollten, wie er aufstieg und abstürzte.

Er schluckte. »Na also gut.« *Wird ja wohl sicher sein*, dachte er im stillen. *Mit dem Flugzeug von Colonel Bolivar gehen sie bestimmt besonders sorgsam um, damit nichts passiert.*

Der Pilot reichte ihm den Fallschirm.

»Was ist das denn?« fragte Eddie.

»Na, Ihr Fallschirm, Colonel!« sagte der Pilot. »Der ist Vorschrift, nicht?«

»Ja, ja«, sagte Eddie. Und er ließ ihn sich, wenn auch widerwillig, auf den Rücken schnallen und mit den Gurten vorne festmachen. Der Pilot hatte bereits dafür gesorgt, daß sich der Fallschirm auf keinen Fall öffnen würde.

Er sah Eddie zufrieden an. »So, jetzt ist alles klar.«
Der Diktator war schon so gut wie tot.

Eddie stieg in den engen hinteren Sitz ein.

»Schnallen Sie sich bitte an. Colonel«, sagte der Pilot. »Wir starten sofort.«

Wird schon nicht so schlimm werden, dachte Eddie bei sich. *Und dann kann ich, wenn ich heimkomme, immerhin Mary allerhand erzählen. Wie viele Leute haben schon Gelegenheit, in einem richtigen Düsenjäger zu fliegen!*

Capitán Torres kam gerade noch rechtzeitig auf dem Flugfeld an, um Eddie in den Jet klettern zu sehen.

»Fahren Sie mich zu meinem Flugzeug, schnell!« befahl er und saß schon ein paar Minuten darauf startbereit in der Maschine.

Da fegte Eddies Flugzeug bereits über die Startbahn und zog hoch in den Himmel. Eddie hatte das Gefühl, als lasteten zehn Tonnen Gewicht auf seiner Brust, so ein Druck war das. Schon in fünfzehn Sekunden war der Jäger zehntausend Meter hoch in der Luft. Sein Herz klopfte heftig. Also so war das, wenn man in einem Jet flog.

»Alles in Ordnung?« fragte ihn der Pilot über das Bordtelefon.

»Ja, ja«, sagte Eddie, und tatsächlich fühlte er sich wirklich auf einmal ganz großartig. Seine anfängliche Panik war völlig verschwunden. Es war vielmehr ein tolles und aufregendes Gefühl, so hoch zu fliegen und dabei auch noch so schnell. Die Sache fing an, ihm zu gefallen. *Vielleicht*, dachte er, *spiele ich ja auch einmal die Rolle eines Jagdfliegers, und da weiß ich dann bereits genau, was das für ein Gefühl ist. Für einen Schauspieler ist es nur gut, wenn er viele verschiedene Erfahrungen sammelt.* In diesem Moment hörte er, wie der Pilot sagte: »Achtung, Colonel!« Und gleich danach fiel ihm das Herz in die Hose. Das Flugzeug begann, gewaltige Loopings am Himmel zu fliegen.

Eddie sah nach unten und sagte: »Großer Gott, wir fliegen ja mit dem Kopf nach unten!«

Der Pilot vollendete den Luftkreis des Loopings und begann zu trudeln. Sie wackelten wie verrückt durch die Luft und sausten nach unten auf die Köpfe der Zuschauer zu.

»Noch immer alles in Ordnung, Colonel?« Eddie wartete mit der Antwort, bis sein Magen wieder am richtigen Platz war. »Ja, ja«, sagte er dann, »alles bestens.« Aber sein Magen war wie ein einziger Knoten. »Wann landen wir?«

»Gleich, Colonel, nur noch ein paar Minuten.« Capitán Torres war mit seiner Maschine hinter ihnen.

Sie waren auf dreizehntausend Meter Höhe. Der Pilot zog einen Hebel, und der Motor begann zu stottern. »Was ist das für ein Geräusch?« fragte Eddie. »Da scheint etwas nicht zu stimmen«, sagte der Pilot. »Was soll das heißen, es scheint etwas nicht zu stimmen?«

Aus der Triebwerksturbine kam Rauch.

»Scheint Feuer gefangen zu haben!« rief der Pilot. »Wir steigen lieber aus!«

»Was soll das heißen«, schrie Eddie erneut, »wir steigen aus? Ich kann doch gar nicht!«

»Sie müssen aber. Colonel!«

Eddie sah, wie der Pilot vorne sein Kanzeldach öffnete und von seinem Sitz aufstand.

»Ich springe jetzt ab. Colonel! Folgen Sie mir nach!« Und er sprang aus dem Flugzeug. Nach drei Sekunden ging sein Fallschirm auf, und er begann langsam nach unten zu schweben.

Eddies Herz klopfte so heftig, daß er befürchtete, es falle ihm direkt aus der Brust. »Kommen Sie zurück!« schrie er dem Piloten nach. »Sie können mich doch hier nicht allein lassen! Hilfe! Hilfe!«

Aber natürlich konnte ihn kein Mensch hören.

Der Rauch wurde inzwischen immer dicker.

Na gut, sagte sich Eddie. *Immerhin habe ich ja wenigstens einen Fallschirm.* Er schob sein Kanzeldach zurück, stellte sich auf seinen Sitz und sprang aus dem Flugzeug. Vorne am Gurt des Fallschirms hatte er einen kleinen Ring, und an diesem zog er, wie er es im Kino schon oft von Piloten gesehen hatte.

Aber nichts geschah. Der Fallschirm ging nicht auf.

Er begann zu ahnen, daß er direkt in den Tod stürzte.

7. Kapitel

Der Fallschirm ging nicht auf, und Eddie ahnte, daß er in den Tod stürzen würde, der ihn weit dort unten auf der Erde erwartete.

Capitán Torres raste in seinem Flugzeug an Eddie vorüber, öffnete die Kanzel und sprang hinaus. Er zog die Reißleine. Sein Fallschirm öffnete sich.

Eddie war noch über ihm und kam wie ein Stein auf ihn heruntergesaust. Aber er bekam ihn zu fassen und hielt ihn fest. So schwebten sie beide an einem einzigen Fallschirm zu Boden.

»Sie haben mir das Leben gerettet!« sagte Eddie voll Dankbarkeit. »Ich werde Ihnen einen Orden dafür verleihen.«

Capitán Torres ließ ihn fast fallen. »Was werden Sie? Sie sind wohl ganz übergeschnappt, was? Sie haben wohl schon vergessen, daß Sie nur ein Schauspieler sind!«

Als sie auf dem Boden landeten, herrschte dort bereits große Aufregung. Das Publikum hatte ja gesehen, was sich in der Luft abgespielt hatte. Einige Leute jubelten, weil Colonel Bolivar am Leben geblieben war, die meisten anderen waren verdrossen, daß er nicht am Leben geblieben war.

Gomez kam zu Capitán Torres. »Das war tapfer von Ihnen«, sagte er.

»Ich hätte ihn eigentlich umkommen lassen sollen«, sagte Capitán Torres, »aber das geht ja nicht, solange wir nicht wissen, ob Colonel Bolivar sich wieder erholt. Kommen Sie, schaffen wir ihn zurück in den Palast.«

Eddie hatte in seinem ganzen Leben noch nie solche Angst gehabt. Noch nie war er dem Tod so nahe gewesen. *Nie wieder steige ich in ein Flugzeug*, schwor er sich.

Es war ein schlimmer Tag. *Warum habe ich mich darauf überhaupt eingelassen*, fragte er sich. *Ich bin schließlich kein Held. Ich bin nur Schauspieler. Und doch …* Er dachte daran, was er schon alles vollbracht hatte. Er hatte die Lebensbedingungen der Waisenkinder verbessert, er hatte den Bauern ihr Land zurückgegeben und der Presse die Freiheit. Und den Bürgern von Amador hatte er die Steuern reduziert und … *Das ist doch gar nicht schlecht*, dachte er, *für einen Schauspieler.* Da kam ihm eine neue Idee.

Er schickte nach dem Finanzminister. »Sie wollten mich sprechen. Colonel Bolivar?«

»Ja«, sagte Eddie. »Sagen Sie mal, wieviel Geld haben wir in der Kasse?«

»Sechs Milliarden in der Staatskasse«, antwortete der Mann und senkte seine Stimme. »Und weitere sechs Milliarden in Ihrer persönlichen.«

»Meiner *persönlichen?*«

»Ja, Colonel. Aber zu Jahresende werden es dann schon acht Milliarden sein. Stimmt etwas nicht?«

»Nein, nein«, sagte Eddie. »Schon gut.« Er dachte angestrengt nach. Sechs Milliarden Dollar hatte Colonel Bolivar seinem Volk gestohlen, das dafür hungern mußte und obdachlos war!

»Also, ich sage Ihnen jetzt mal«, erklärte er, »was Sie mit dem Geld von meinem persönlichen Konto tun. Sie übergeben es demjenigen, der für die Schulen und Krankenhäuser zuständig ist. Und dessen Leute sollen es dorthin geben, wo es gebraucht wird.«

Der Finanzminister starrte ihn völlig verständnislos mit offenem Mund und großen Augen an. »Habe ich Sie richtig verstanden, Colonel, daß ich –?«

»Sie haben gehört, was ich sagte.«

»Und … wann soll das geschehen?«

»Na, auf der Stelle, jetzt gleich, sofort!« Eddie setzte sich hin und schrieb wieder einmal eine Anweisung, Und unterzeichnete sie wieder mit: *Colonel Ramón Bolivar.*

»Hier. Da haben Sie das Dokument darüber.«

»Jawohl, Colonel. Ich kümmere mich sogleich darum.«

»Tun Sie das.« *Nicht schlecht für einen Schauspieler,* dachte Eddie wieder, *gar nicht schlecht. Wenn ich nach Hause komme, habe ich allerhand zu erzählen.*

Und dann kam ihm überhaupt die Erleuchtung. *Aus dieser ganzen Geschichte könnte man ein prima Theaterstück machen,* dachte er. *Und ich könnte darin die Hauptrolle spielen.* Er griff zum Telefon und sagte zu einem Adjutanten: »Bringen Sie mir eine Schreibmaschine und viel Papier.«

»Jawohl, Colonel. Sofort!«

Ich muß einfach nur, dachte Eddie, *all das aufschreiben, was ich hier erlebt habe.* Die Idee beflügelte ihn immer mehr. Während er noch auf die Schreibmaschine wartete, rief er Mary an.

»Oh, Eddie, du bist das? Ich habe mir schon Sorgen um dich gemacht! Du hast eine ganze Weile nicht angerufen! Wann kommst du denn nun wieder nach Hause?«

»Nun ja, ich war ziemlich beschäftigt, weißt du«, sagte Eddie. Eigentlich war er ganz wild darauf, ihr alles zu erzählen,. was er so erlebte, aber dann sagte er lieber doch nichts. Er wagte es nicht.

»Wie geht es mit dem Stück?« wollte Mary wissen.

Als ob er die leiseste Ahnung davon gehabt hätte. »Prächtig«, sagte er jedoch.

»Besichtigst du viel tagsüber?«

»Na ja, so einiges habe ich schon gesehen«, erklärte er. »Dieses Amador ist ein sehr interessantes Land, kann ich dir sagen.«

»Ich wäre gerne auch dort und mit dir zusammen.«

»Das wünschte ich mir auch, mein Darling.«

»Eddie«, sagte Mary, »ich habe heute früh mit dem Doktor gesprochen. Er meinte, in zehn Tagen wäre es soweit mit dem Baby.«

»Zehn Tage!« Eddie geriet fast in Panik. »Das geht nicht, es muß noch warten, sag's ihm!«

»Was?«

»Ich weiß nicht, ob ich in zehn Tagen schon zurück sein kann!« Er konnte ihr doch unmöglich am Telefon erklären, wie alles war und in welcher Situation er sich befand! »Ich versuche es jedenfalls, Darling!«

»Na gut.«

Wenn er ihr erklären würde, daß das Schicksal eines ganzen Landes von ihm abhing, würde sie nur denken, er sei verrückt geworden. »Mach dir mal keine Sorgen, Darling. Ich werde schon einen Weg finden, rechtzeitig zurück zu sein.«

Es war ihm klar, daß er darüber wohl ein ernstes Wort mit Capitán Torres würde reden müssen.

»Ich verlasse mich darauf, Eddie! Ich liebe dich.«

»Ich dich auch, Mary. Auf Wiedersehen.«

Er legte auf. Gleich danach klopfte es an die Tür, und ein Mann mit einer Schreibmaschine trat ein. »Die Schreibmaschine, Colonel.«

Die hatte er fast schon wieder vergessen gehabt, so überrascht war er über die Nachricht, daß das Baby schon so bald kam.

»Ja, ja, gut. Stellen Sie sie da auf den Tisch.«

»Jawohl, Colonel.«

Ist mir ganz egal, dachte Eddie, *ob Colonel Bolivar nun stirbt oder am Leben bleibt. Ich reise jedenfalls heim. Und ich schreibe mein Theaterstück und spiele die Hauptrolle darin, und es wird ein Riesenerfolg werden.* Er setzte sich sogleich an die Schreibmaschine und begann zu tippen: *Erster Akt.*

Einem plötzlichen Einfall folgend, rief er seinen Agenten Johnson an.

Johnson kam ans Telefon und schrie in den Hörer: »Eddie?«

»Ja, Mr. Johnson?«

»Was ist los mit Ihnen, zum Teufel? Ich werde hier angerufen, daß Sie einfach ausgestiegen und verschwunden sind, ohne ein Wort zu sagen. Stimmt das etwa?«

»Ja und nein. Jemand sollte eigentlich der Leitung der Truppe Bescheid sagen, daß ich kündigte.« *Dieser verdammte Capitán Torres hat mich angelogen*, dachte er, *und nichts unternommen.*

»Wie kommen Sie dazu, einfach auszusteigen, sagen Sie mal? Und mir haben Sie vorgejammert, wie dringend Sie die Rolle brauchten!«

»Ich habe eine andere angeboten bekommen.«

»In Amador?«

»Richtig.«

»Was können Sie denn in Amador anfangen?«

Lieber Freund, wenn du wüßtest, dachte Eddie. *Ich regiere ja bloß das ganze Land.* Aber er sagte lieber doch nichts davon. »Ach, da gibt es schon das eine oder andere, was ich hier anfangen kann«, antwortete er statt dessen.

»Na, jedenfalls war die Theaterleitung ziemlich verschnupft. Ich mußte mir irgendeine Ausrede einfallen lassen und habe gesagt, daß Sie krank geworden und heimgereist seien. Damit Sie nicht gleich auf die Schwarze Liste kommen.«

»Vielen Dank«, sagte Eddie. »Ich bin Ihnen sehr verbunden.«

»Wann wollen Sie zurückkommen, Eddie?«

»Spätestens in zehn Tagen«, sagte Eddie. Wie, das wußte er allerdings noch nicht. Er wußte lediglich, daß er einfach da sein mußte, wenn das Baby kam.

»Vielleicht habe ich dann etwas für Sie«, sagte Johnson. »Es ist zwar eine kleine Rolle, aber für die Miete reicht es.«

Eddie hätte jetzt fast laut aufgelacht. Eine winzige Rolle, und das für einen Mann, der hunderttausend Dollar in bar besaß! Ein Mann, der dabei war, ein Theaterstück zu schreiben, das ein Welterfolg werden würde!

»Vielen Dank«, sagte er noch einmal. »Wir reden darüber, wenn ich zurück bin.«

»Okay. Und passen Sie gut auf sich auf.«

»Mache ich. Wiederhören.«

Als er aufgelegt hatte und hochsah, stand Capitán Torres an der Tür.

»Wer war das?« fragte der Capitán.

»Mein Agent in New York.«

»Sie haben ihm doch hoffentlich nicht etwa von Ihrer Rolle hier erzählt?«

»Nein, nein«, sagte Eddie.

Capitán Torres kam näher. »Weil nämlich«, sagte er, »verstehen Sie, wenn auch nur ein Mensch etwas davon erfährt, ich gezwungen bin, Sie zu beseitigen.«

Eddie sah ihn groß an und begriff, daß dies ernst gemeint war.

Er sagte nervös: »Ja, ja, gewiß, ich verstehe.«

»Gut.«

Als Capitán Torres in sein Büro zurückkam, klingelte das Telefon. Es war der Arzt aus der Klinik.

»Ich habe gute Nachrichten«, sagte er. »Colonel Bolivar erwacht gerade aus dem Koma. Er ist schon bei Bewußtsein.«

Capitán Torres war freudig erregt. »Ich komme sofort.« Er wandte sich an seinen Adjutanten Gomez. »Unser Colonel«, sagte er, »wird wieder gesund. Sobald es nur geht, bringe ich ihn hierher in den Palast zurück, und wir entledigen uns des Schauspielers.«

Den ganzen Weg zum Krankenhaus freute er sich, daß Colonel Bolivar wieder bei Bewußtsein war. Allerdings machte ihn ein bestimmter Umstand besorgt. Manchmal kam es ja vor, daß Leute, die aus einem Koma erwachten, einen Gehirnschaden davongetragen hatten. Wenn irgend so etwas dem Colonel widerfahren, er also nicht mehr imstande war, das Land wirklich zu regieren, gab es ein Chaos.

Er betrat das Büro des leitenden Arztes. »Und? Ist er immer noch bei Bewußtsein?« fragte er als erstes.

»Ja.«

»Führen Sie mich zu ihm.«

Der Doktor führte ihn in das Privatzimmer des Diktators ganz am Ende des langen Klinikflurs.

Der Capitán holte tief Luft, bevor er die Tür öffnete und eintrat. Würde ihn der Colonel überhaupt erkennen? War er wirklich ganz im Besitz seiner Geisteskräfte? Würde er derselbe sein wie zuvor?

Er öffnete entschlossen die Tür und ging hinein.

Colonel Bolivar blickte hoch und begann, sobald er ihn nur erkannte, zu schreien:

»Idiot! Sie Idiot! Sie Idiot!«

Da wußte der Capitán bereits, daß alles gut wurde.

»Guten Tag, Colonel!«

»Guten Tag? Sie wagen es auch noch, mir Ihr häßliches Gesicht zu zeigen, nach allem, was Sie getan haben?«

Capitán Torres war verdutzt. »Wieso, was habe ich denn getan?«

»Mein Land haben Sie mir kaputtgemacht, das ist alles!«

»Ich? Ganz im –«

»Sie mit Ihrem verdammten Schauspieler! Wenn nur die Hälfte von den ganzen Gerüchten stimmt, die ich da so höre, werfe ich Sie alle beide in siedendes Öl!«

»Wieso, was haben Sie denn gehört, Colonel?« Capitán Torres war jetzt doch einigermaßen nervös.

»Stimmt es vielleicht nicht, daß er neue Verordnungen über die Waisenkinder erlassen hat?«

»Doch, Colonel, schon.«

»Und stimmt es, daß er alle meine Villen dem schmutzigen, ungewaschenen Obdachlosenpack überlassen hat?«

»Ja, Colonel.«

»Und hat er meinem Schwager eröffnet, daß er drucken kann, was ihm nur paßt?«

»Ja, Colonel.«

»Und da fragen Sie noch scheinheilig, was Sie getan haben? Wollen Sie mal wissen, warum ich nach dieser Herzoperation nicht gestorben bin? Weil ich zuvor unbedingt noch Sie alle beide aus der Welt schaffen wollte. Und ich dachte. Sie seien mein Freund! Ich habe Ihnen vertraut! Wie konnten Sie das alles zulassen?«

»Colonel, ich hatte doch überhaupt keine Möglichkeit einzuschreiten! Er hat diese Anordnungen alle vor der gesamten anwesenden Menge erlassen. Was hätte ich denn da machen sollen, ohne zuzugeben, daß er gar nicht Sie ist? Schließlich haben wir ihn dazu geholt, daß er Ihre Rolle spielt!«

»Niemand hat ich zu sein! Es gibt nur einen Ich, und das bin ich! Kapiert?«

»Gewiß, normalerweise gibt es nur einen Sie, aber im Augenblick eben doch zwei.« Torres kam näher an das Bett seines Diktators. »Sehen Sie mal. Colonel, so schlimm, wie es vielleicht aussieht, ist es im Grunde nicht. Sicher, dieser Malefizschauspieler hat alle diese Anordnungen erlassen. Aber das bedeutet doch in Wirklichkeit nichts weiter. Sobald Sie wieder zurück im Palast sind, werden sie einfach sofort wieder aufgehoben, und alles ist wieder wie zuvor.«

Colonel Bolivar wurde nachdenklich. »Stimmt eigentlich«, sagte er schließlich. »Nur«, und er erhob seine Stimme, »werde ich diesmal nicht so gnädig mit dem Volk umspringen. Die sind doch alle nur Dauer- und Berufsjammerer. Zum Hals heraus hängen sie mir.«

»Ich kann es Ihnen nicht verdenken. Colonel«, beeilte sich Capitán Torres beizupflichten. »Wie bald, sagt der Doktor, dürfen Sie raus?«

»Anfang nächster Woche. Mein Herz ist besser denn je.«

»Nächste Woche?« Der Capitán freute sich sichtlich. »Sehr gut. Wundervoll!« Er stellte sich bereits lebhaft vor, wie er Eddie Davis umbringen wollte. Es gab ja so viele schöne Möglichkeiten. In Öl sieden klang gar nicht schlecht. Oder vielleicht sollte man ihn von zwei Pferden auseinanderreißen lassen? O doch, er würde noch viel Spaß mit dem Ende dieses Schauspielers haben!

»Tatsache ist«, erklärte Colonel Bolivar, »daß ich mich schon sehr viel besser fühle. Schicken Sie mir eine meiner Mätressen oder zur Not auch eines von den Zimmermädchen vom Palast herüber.«

»Oh, das ist aber keine besonders gute Idee«, wandte der Capitán ein.

»Was soll denn das heißen?«

»Überlegen Sie, Colonel! Wenn Sie zur gleichen Zeit im Palast und hier in der Klinik gesehen werden, fangen die Leute doch an, Fragen zu stellen und zu reden! Sie dürfen hier nicht gesehen werden, oder unser ganzes Spiel ist ruiniert.«

»Haben Sie auch wieder recht«, knurrte Colonel Bolivar mißmutig. »Naja, bis nächste Woche werde ich es schon noch aushalten. Aber tun Sie mir inzwischen wenigstens den Gefallen, Capitán, diesen Schauspieler keinen Augenblick mehr aus den Augen zu lassen.«

»Bestimmt nicht. Colonel. Darauf können Sie sich verlassen.«

Als Capitán Torres ging, schritt er aus wie auf Wolken und pfiff sich ein Liedlein. Alles kam wieder in Ordnung. Sobald der Colonel seine Amtsgeschäfte wieder selbst übernahm, würde es keinerlei Probleme mehr geben.

Eddie bekam Besuch von einigen kirchlichen Würdenträgern.

Einer davon sagte: »Vergebung, Exzellenz, wenn wir stören, aber wir haben so erstaunliche Dinge von den wundervollen Anordnungen vernommen, die Sie erlassen haben. Sie haben zwar in der Vergangenheit alle unsere Bitten und Anträge abgelehnt, aber nach den jüngsten Ereignissen fragen wir uns, ob wir unsere Anliegen nicht doch noch einmal vortragen dürfen.«

»Worum handelt es sich?«

»Nun, daß wir unsere Kirchen wieder öffnen dürfen.«

»Wieso, soll das heißen, sie waren geschlossen?«

Der Geistliche sah ihn völlig perplex an. »Aber Sie selbst haben Sie doch geschlossen. Colonel! Vor fünf Jahren.«

»Ach so, ja«, sagte Eddie schnell. »Ja, ja, ja, das hatte ich ganz vergessen. Sind alle Kirchen geschlossen worden damals?«

»Ja, Euer Exzellenz.«

»So, so. Aha. Ja, und wohin gehen die Leute seitdem zum Beten?«

Der Geistliche war noch verblüffter als zuvor. »Ja, aber es ist doch verboten zu beten.«

»So?« sagte Eddie. »Das ist aber schlimm. Na gut, ab sofort darf jeder wieder beten.«

Der Geistliche strahlte. »Ist das Ihr Ernst?«

»Absolut!« bekräftigte Eddie, drehte sich um und schrieb bereits wieder seine neueste Anordnung. Unterzeichnet mit *Colonel Ramón Bolivar.*

»Seien Sie gesegnet, Exzellenz! Das Volk von Amador wird Ihnen das nie vergessen!«

Eddie dachte an Capitán Torres und sagte nachdenklich: »Ja, ja. Sagen Sie dem Volk, es soll auch für mich beten.«

Im Flur draußen lief Eddie in die Dame, die ihm erzählt hatte, daß »seine« Ehefrau getötet werden sollte.

»Ich habe dich schon die ganze Zeit gesucht«, sagte sie. »Unser Mann begab sich in das Musikzimmer, aber deine Frau war nicht dort. Jemand sagte, sie sei mit dir zusammen gesehen worden! Und daß jetzt rund um die Uhr Leibwächter um sie herum sind.«

»Stimmt«, sagte Eddie. »Ich habe das veranlaßt. Ich habe nämlich beschlossen, daß, wenn sie schon umgebracht werden soll, ich das selbst erledige. Bis dahin wünsche ich nicht, daß ihr irgend jemand auch nur ein Haar krümmt.«

Die Frau sah ihn eiskalt an. »Sag mal, Ramón, seit wann kümmert es dich einen Deut, was mit deiner Frau geschieht? Schließlich haßt du sie doch!«

»Ach, hassen«, sagte Eddie. »Ich hasse sie nicht.«

»Was?« sagte die Frau. »Was hat denn das alles zu bedeuten? Was für ein Spiel treibst du da mit mir?« Sie war sehr aufgebracht. »Mir erzählst du, ich bin die einzige Frau der Welt für dich und daß du deine Frau loswerden und mich heiraten willst. Und jetzt auf einmal ist alles anders? Willst du mir klarmachen, daß du es dir anders überlegt hast?«

Tatsache war, daß Eddie überhaupt nicht wußte, was er ihr klarmachen wollte oder nicht. *Wieso*, dachte er, *kann dieser Colonel Bolivar sich nicht anständig benehmen?*

»Ach«, sagte Eddie, »laß mir einfach noch etwas Zeit.«

»Was denn für Zeit? Wofür?« wollte sie wissen. »Zeit, mich loszuwerden? Oder eine andere zu finden?«

»Darum handelt es sich doch überhaupt nicht«, versuchte Eddie zu erklären. Er wußte nur, er mußte verhindern, daß die Frau des Colonel ermordet wurde.

»Wir reden in ein paar Tagen noch einmal darüber.«

»Nein, das werden wir nicht!« schrie sie ihn an. »Sondern wir reden jetzt darüber. Hier und sofort.«

»Nicht so laut«, mahnte Eddie. »Es könnten uns doch Leute hören!«

»Das ist mir ganz egal«, rief sie zornig. »Ich will nun mal nicht ohne dich leben, Ramón. Wenn du mich nicht heiratest, bringe ich mich um!«

O Gott, dachte Eddie, *das wird kompliziert. Genausowenig wie ich zulassen kann, daß die Frau des Colonel umgebracht wird, kann ich zulassen, daß seine Geliebte Selbstmord begeht.* Eine sehr erfreuliche Alternative war dies nicht.

»Wollen wir nicht lieber über alles noch einmal gründlich nachdenken?« schlug er vor.

»Nachdenken! Da wird nichts mehr nachgedacht. Du wirst mir deine Antwort hier und jetzt geben. Ich habe lange genug gewartet und Geduld gehabt, daß du dein Versprechen einlöst!«

Eddie dachte verzweifelt nach. Wenn er ihr versprach, sie zu heiraten, mußte sie die Frau des Colonel ermorden lassen. Und wenn er ihr erklärte, er heirate sie nicht, dann tat sie sich womöglich wirklich selbst etwas an.

Eddie überlegte, ob er nicht vielleicht sogar Capitán Torres über das Problem zu Rate ziehen sollte. Doch dann entschied er sich doch anders. *Nein, nein, nein,* dachte er, *das geht nicht. Schließlich bin ich der Diktator. Ich entscheide, was geschieht.*

»Also, wie lautet deine Antwort?«

Na, vielleicht ist das mit dem Selbstmord ja doch nur eine Drohung, dachte er, *die sie letzten Endes gar nicht wahrmachen will. Genau: Sie blufft nur. Keine Frau wird sich doch wegen Bolivar umbringen! Sie versucht mich mit dieser leeren Drohung nur zu erpressen, daß ich sie heirate. Oder vielmehr der Colonel Bolivar. Ich meine …*

Teufel noch mal, das ist alles wirklich ziemlich kompliziert.

»Also?« drängte die Frau erneut.

Eddie holte tief Luft. »Na gut, dann ist meine Antwort nein. Ich habe bereits eine Frau, und wenn ich dich heiraten würde, wäre das Bigamie.«

Sie sah ihn lange stumm und ratlos an. Dann flüsterte sie fast: »Also gut, Ramón. Wenn das dein Wunsch ist und du mich nicht mehr haben willst, dann muß ich mich damit abfinden, aber dann hat auch mein Leben keinen Sinn mehr. Dann bringe ich mich um.«

»Das kannst du doch nicht tun«, sagte Eddie.

»Und ob ich das kann«, antwortete sie und dachte: *Und wenn ich dich nicht haben kann, soll dich auch keine andere haben. Ich bringe dich mit mir um.*

8. Kapitel

Eddie Davis gewöhnte sich immer besser an die Rolle, die er spielte. Wie jeder gute Schauspieler war er ganz in seiner Rolle aufgegangen. In seinem Kopf war er bereits Colonel Bolivar. Er brauchte es gar nicht mehr bewußt zu spielen. Ganz instinktiv und automatisch sprach er und bewegte sich inzwischen wie der Diktator selbst. Capitán Torres bewunderte im Grunde, wie tatsächlich perfekt Eddie den Diktator darstellte. Das Problem war nur, daß Eddie auch versuchte, das Land wirklich zu regieren. *Und genau deshalb muß er eben sterben*, dachte er.

Eddie begann das Theaterstück zu schreiben, das ihn berühmt machen sollte: das Stück über einen Schauspieler, der engagiert wird, als Doppelgänger eines Diktators aufzutreten. Jeden Morgen nach dem Aufstehen verbrachte er jetzt zwei Stunden an der Schreibmaschine.

»Was machen Sie da eigentlich?« fragte ihn Capitán Torres schon bald.

»Ach, das ist nichts weiter«, sagte Eddie, »nur eine kleine Geschichte, die ich niederschreibe.«

Ihm die volle Wahrheit zu sagen riskierte er denn doch nicht.

»Übrigens«, fragte er, »wie lange werden Sie mich eigentlich voraussichtlich noch brauchen?«

»Ihre Aufgabe«, antwortete Capitán Torres, »wird in Bälde erfüllt sein, soviel kann ich Ihnen sagen. Der Colonel ist auf dem besten Wege der Genesung, und sobald es ihm wieder gut genug geht, bringen wir ihn hierher zurück in den Palast, und dann sind Sie entlassen und können nach Hause reisen.«

»Sehr schön«, sagte Eddie, ohne zu ahnen, was der Capitán im stillen zu seinen Worten dazudachte, nämlich: *Dein Zuhause, mein Lieber, wird aber ein Grab sein, in das du reisen wirst. Und über dieses können dann schöne Blumen und viel Gras wachsen.*

Eddie aber war fest entschlossen, in zehn Tagen zu Hause zu sein, weil dann ja sein Baby auf die Welt kommen sollte. Doch das wollte er dem Capitán Torres ebenfalls nicht auf die Nase binden. *Und wenn der Colonel Bolivar*, dachte er, *nicht rechtzeitig aus der Klinik kommt, ist es mir auch egal. Ich bin so oder so weg, da können die gar nichts machen. Ist ja schließlich ein freies Land hier.*

Oder?

Er rief Mary wieder an. Sie freute sich sehr, seine Stimme zu hören.

»Wie geht es dir?« fragte Eddie.

»Ach, ich gehe weiter auf wie ein Hefeteig, Eddie«, klagte Mary. »Und das Baby strampelt und tritt in einer Tour. Es will raus.«

»Was sagt der Doktor? Ist alles normal?«

»Das schon, alles ist in Ordnung. Nur, daß du mir eben fehlst. Wirst du auch wirklich rechtzeitig da sein?«

»Nichts auf der Welt kann mich davon abhalten«, erklärte Eddie mit Überzeugung. »Übrigens, ich überweise dir zehntausend Dollar.«

»Was??« Marys Stimme war ganz schrill vor Verwunderung. »Wo hast du denn zehntausend Dollar her?«

»Na ja«, log Eddie, daß sich die Balken bogen, »ich hatte solchen Erfolg in dem Stück, daß ich gleich einen ordentlichen Vorschuß bekam.«

»Oh, Darling, das ist ja wundervoll!«

Er wagte ihr nicht zu gestehen, daß er außerdem noch weitere neunzigtausend Dollar hatte. Das konnte er ihr alles in Ruhe erklären, wenn er wieder zu Hause war, dachte er.

»Da kann ich ja die ganzen Arztrechnungen bezahlen«, freute sich Mary überglücklich, »und den Lebensmittelhändler. Oh, Eddie, ich bin so stolz auf dich!«

»Paß du nur gut auf dich auf«, ermahnte er sie gönnerhaft. »In zehn Tagen bin ich da. Auf Wiedersehen, mein Darling.«

»Wiedersehen, Eddie!«

Ich bin doch eigentlich der glücklichste Mann der Welt, dachte Eddie. *Ich habe eine wundervolle Frau, und in zehn Tagen kriegen wir unser erstes Baby. Nichts kann jetzt mehr schiefgehen.*

Er blickte hinauf zu dem großen Gemälde von Colonel Bolivar an der Wand. Dessen Augen schienen auf ihn herabzufunkeln. Aber Eddie wischte das gleich von sich weg. *Das ist natürlich nur meine Einbildung*, dachte er.

In Amador war jeder Sonntag Stierkampftag. Dieses südamerikanische Volk liebte Stierkämpfe ebenso wie die Spanier, und die Toreros waren seine Helden.

Eddie saß gerade wieder im Arbeitszimmer des Diktators und arbeitete an seinem Theaterstück, als Capitán Torres bei ihm eintrat.

»Wir haben ein Problem.«

»So?« sagte Eddie. »Was für eines?«

»Es gibt hier einen Brauch im Land. Jeden Sonntag finden Stierkämpfe in der Arena statt. Das hält die Leute bei

Laune. Colonel Bolivar selbst ist einer unserer berühmtesten Stierkämpfer, und jeden vierten Sonntag geht er gegen den größten und stärksten Bullen in die Arena. Und heute ist wieder ein solcher vierter Sonntag.«

»Verstehe«, sagte Eddie. »Das ist das Problem. Er ist nicht da, um den Stierkampf zu bestreiten.«

»Richtig«, sagte Torres. »Und es ist ganz unmöglich, es dem Volk zu erklären!«

»Tja«, sagte Eddie, »das mag ja sehr bedauerlich sein. Aber dann sagt man eben den Leuten einfach, daß er heute mal nicht kämpft.«

»Das geht nicht«, erwiderte Capitán Torres. »Er hat noch niemals einen Stierkampf ausgelassen. Das würde sofort Verdacht erregen.«

»Ja, aber was sonst wollen Sie tun?«

»Na, Sie bestreiten den Stierkampf!«

Eddie lachte laut auf. »Sie spinnen wohl!« sagte er und wandte sich ohne weiteres Wort wieder seiner Schreibmaschine zu.

»Das ist mein voller Ernst«, erklärte Capitán Torres.

»Sie spinnen, habe ich gesagt! In meinem ganzen Leben habe ich noch keine Stierkampfarena von innen gesehen. Ich wüßte doch überhaupt nicht, was ich tun und wie ich mich bewegen soll. Der Stier würde mich beim ersten Anlauf in Stücke reißen.«

»Aber nein«, widersprach der Capitán. »Sie sind sicher wie in Abrahams Schoß. Ich habe da nämlich einen Plan.«

»Was denn für einen Plan?« erkundigte sich Eddie mißtrauisch.

»Das Landgut, von dem die Stiere kommen, hat zwei Sorten Stiere. Wilde und ganz sanfte. Der Colonel hat zwar immer gegen die ganz Wilden gekämpft, aber für Sie nehmen wir einfach einen von den Sanften.«

»Wie sanft?« wollte Eddie wissen. Die Aussicht auf einen Stierkampf machte ihn doch ziemlich nervös.

»Mit den sanften Bullen«, erklärte ihm Capitán Torres, »üben die kleinen Jungen, die einmal Torero werden wollen. Sie brauchen sich überhaupt keine Sorgen zu machen. Ich kann es schließlich nicht riskieren. Sie in Gefahr zu bringen und Ihr Leben aufs Spiel zu setzen.«

Da hat er recht, dachte Eddie. *Er ist schließlich auf mich angewiesen und braucht mich.*

Er raffte sich also zu einem Entschluß auf.

»Also gut, dann machen wir es so.«

Es würde auch eine gute Szene für sein Stück ergeben.

Die Stierkampfarena von Amador war riesig und an diesem Sonntag bis auf den letzten Platz gefüllt. Viele tausend Menschen waren von nah und fern gekommen, um das Schauspiel zu erleben und ihre Alltagsprobleme zu vergessen. Die Toreros waren in ihre kostbaren und schönen Kostüme mit viel Silber gekleidet, und die Menge jubelte den tapferen Männern, die sich dem Kampf gegen die Stiere stellten und dabei sogar ihr Leben riskierten, bei ihrem Einzug in die Arena frenetisch zu.

Die Stiere wurden einer nach dem anderen aus dem Tor gelassen, jeder für den auf ihn wartenden Torero. Die Toreros reizten die Stiere auf kunstvolle Art, bis diese erschöpft und müde waren, und töteten sie dann. Und die Menge jubelte dazu.

An diesem Tag aber herrschte große Spannung, weil alle wußten, daß Colonel Bolivar wieder einmal kämpfte. Es waren mehr Leute da als sonst, weil die meisten hofften, der Diktator werde endlich einmal von einem der Stiere getötet. Er war ja nun einmal der gehaßteste Mann in ganz Amador.

Auf dem Weg zur Stierkampfarena sagte Eddie zu Capitán Torres: »Ich bin ein wenig nervös. Sind Sie auch wirklich sicher, daß nichts passieren kann?«

»Absolut nichts kann passieren«, versicherte ihm Capitán Torres. »Ich habe bereits veranlaßt, daß der kleinste und zahmste Stier für sie hinausgeschickt wird. Sie haben doch schon einmal Stierkämpfe gesehen, oder?«

»Nur im Film«, sagte Eddie.

»Gut, das genügt. Da wissen Sie, was Sie tun müssen. Man gibt Ihnen einen Degen und ein rotes Cape. Das schwingen und wirbeln Sie herum. Wenn der Stier auf Sie zukommt, treten Sie einfach einen Schritt zur Seite. Selbst wenn er sie zufällig treffen sollte, wird es harmlos sein, weil er so klein ist, daß nichts Ernsthaftes passieren kann.«

»Ich war ja auch mal Tänzer«, sagte Eddie. »Ich bin ziemlich flink auf den Beinen.«

»Um so besser.«

Und da waren sie auch schon an der gewaltigen Stierkampfarena angekommen.

Bei den Stallkojen für die Stiere hinter der Arena, wo das Publikum nicht hinsehen konnte, hielt sich Juan auf und sprach mit einigen Männern. Juan war verärgert, daß Colonel Bolivar nun schon dreimal seinen Anschlägen entgangen war, das eine Mal mit dem Gewehr, dann mit dem Auto und das dritte Mal mit dem Flugzeug. Aber diesmal sollte es auf keinen Fall schiefgehen.

»Habt ihr die Nachrichten gehört?« fragte Juan. »Capitán Torres hat angerufen. Colonel Bolivar wird heute wieder einen Kampf bestreiten, aber aus einem bestimmten Grund, den ich nicht so ganz verstehe, hat Capitán Torres veranlaßt, daß man ihm nur einen der kleinen und zahmen Bullen hinausschickt.«

»Das ist tatsächlich eigenartig«, nickte einer der Männer. »Wo der Colonel sonst doch immer ausdrücklich gegen den größten und wildesten Stier im Stall kämpft.«

»Den kriegt er auch heute trotzdem«, sagte Juan. »Das habe ich schon organisiert. Ich habe die Stiere ausgetauscht. Er bekommt den *El Negro.*«

Der andere bekam ganz große Augen. »Den *El Negro!* Der schon fünf Toreros auf dem Gewissen hat?«

»Genau den. Und heute wird er das halbe Dutzend vollmachen.«

Capitán Torres führte Eddie in die Garderobe, wo die Toreros und Matadore sich für ihre Kämpfe ankleideten und vorbereiteten. Ein ungewöhnlich schöner und kostbarer Silberanzug hing dort in dem Schrank, der allein Colonel Bolivar vorbehalten war. Eddie zog ihn an und betrachtete sich im Spiegel.

Ich sehe wie ein echter Stierkämpfer aus, dachte er. *Das macht wirklich Spaß.*

Capitán Torres sagte: »Also, denken Sie daran, daß Sie einen sehr sanften Stier vor sich haben, wenn Sie draußen sind. Den heißen sie sogar nur die *kleine Kuh.* Er ist ganz ungefährlich. Aber Sie müssen natürlich einen echten und wilden Kampf spielen. Passen Sie vor allem auf, daß er sich nicht mitten in der Arena zum Schlafen hinlegt. Halten Sie ihn wach. Wenn es sein muß, stechen Sie ihn ein bißchen.«

»Keine Sorge«, sagte Eddie. »Ich mache schon, daß es wie ein echter Kampf aussieht.«

Aus der Arena draußen hörten sie die Stimme des Ansagers über die Lautsprecher.

»Meine Damen und Herren, es ist uns eine Ehre und ein Vergnügen, Ihnen jetzt den geliebten Führer unseres Landes anzukündigen, unseren großherzigen und wohltätigen Diktator Colonel Ramón Bolivar!«

Alles blieb still. Niemand applaudierte oder jubelte.

Eddie war verblüfft.

»Die Leute sind ja so still«, sagte er.

Capitán Torres lieferte hastig eine Erklärung. »Das ist deswegen, weil sie so viel Respekt für den Colonel hegen, daß sie vor Ehrfurcht stumm bleiben.«

»Aha.«

»Begeben Sie sich jetzt hinaus in die Arena. Und denken Sie daran, was wir besprochen haben. Es muß aufregend wirken.«

»Schon gut«, sagte Eddie.

Und er ging hinaus in die riesige Stierkampfarena. Dort saßen viele tausend Menschen und warteten auf den Anfang des Schauspiels. Und sie hofften, daß ihr verachteter Diktator ums Leben käme.

In den Stallungen für die Stiere führte Juan den kleinen, zahmen Bullen weg und dafür den wilden *El Negro* in den Pferch für die Arena. *El Negro* war ein riesiger, pechschwarzer Stier von schnaubendem Temperament. Er schlug und stieß und versuchte jeden, der ihm nahekam, mit seinen Hörnern aufzuspießen. Alle nahmen sich in acht vor ihm. Seine Hörner waren rasiermesserscharf, und seine Hufe und Klauen konnten tödlich sein. Schließlich aber hatten sie ihn an Ort und Stelle.

»Gut«, sagte Juan, »auf das Gatter.«

Das Sperrgatter wurde hochgezogen, und *El Negro* stürmte schnaubend hinaus in die Arena. Dort blieb er stehen, und seine funkelnden Augen wanderten über die versammelte Menge hin.

Der ist größer, als ich dachte, sagte Eddie zu sich selbst, als er ihn erblickt hatte.

Eddie hob sein Cape. »Also gut, Junge, dann komm«, murmelte er. »Lassen wir es wie einen richtigen Kampf aussehen.«

Der Stier sah das rote Tuch, schnaubte und raste los wie ein Schnellzug, direkt auf Eddie zu.

So jetzt, dachte Eddie, *nun mal elegant, daß es gekonnt aussieht.*

Knapp vor dem Stier trat er leichtfüßig einen Schritt zur Seite. *El Negro* trampelte an ihm vorbei.

Er sieht richtig wild aus, dachte Eddie. *Würde man nie glauben, daß das ein Zahmer ist.*

In der Ehrenloge sah Capitán Torres mit Entsetzen, was sich da begab. Er traute seinen Augen nicht. Entgegen seiner ausdrücklichen Anweisung hatte jemand ausgerechnet den Killerstier *El Negro* in die Arena hinausgelassen!

O mein Gott, dachte er, *der bringt den Eddie um, und das ist dann das Ende von uns allen.*

Eddie aber machte die Sache bereits Spaß.

Einige alte Tanzschritte, die er einmal in einem Musical gebraucht hatte, fielen ihm wieder ein, und mit diesen tänzelte er seitwärts, als der Bulle daherstürmte, und ließ ihn erneut ins Leere laufen.

Das Publikum begann unwillkürlich in Begeisterung zu geraten und ihm zuzujubeln, eigentlich gegen alle Absicht. Den Mut des Mannes in der Arena mußte man anerkennen. Alle wußten, wie wild dieser *El Negro* war und wie viele Toreros er schon auf dem Gewissen hatte. Und jetzt stellte sich sogar ihr Diktator zum todesmutigen Kampf gegen ihn.

Eddie hatte den Spaß seines Lebens. Er hielt sich mit Tänzelschritten immer ordentlich auf Distanz von dem

Stier und triezte ihn. »Na, nun komm schon, *kleine Kuh*, komm, hab keine Angst vor mir!«

Schließlich war der Stier so außer Atem und erschöpft, daß er schwer schnaufend stehenblieb, weil er diesen seltsamen Menschen, der ihm ständig so geschickt herumtänzelnd auswich, nicht auf die Hörner bekam.

Es war Zeit, den Stier zu töten, Eddie aber dachte gar nicht daran. Er hob seinen Degen und sah ins Publikum.

Und die Leute schrien: »Laß ihn leben, laß ihn leben.«

Und Eddie nickte zufrieden dazu.

Noch immer verfolgt vom Jubel des Publikums kam er zurück in die Garderobe. *Hätte nie geglaubt*, dachte er, *daß Stierkampf so einfach ist.*

Capitán Torres erwartete ihn bereits. Er war kreidebleich.

»Das hat richtig Spaß gemacht«, sagte Eddie. »Kann ich das nächsten Sonntag wieder machen?«

Capitán Torres atmete tief durch, ehe er antwortete. »Jemand«, sagte er, »hat die Stiere vertauscht, wissen Sie. Sie haben soeben gegen den wildesten und gefährlichsten Stier von ganz Amador gekämpft.«

Da fiel Eddie in Ohnmacht.

Juan und seine Gruppe diskutierten wieder einmal, wie man Colonel Bolivar endlich beseitigen könnte.

»Der Mann muß einen besonderen Schutzengel haben«, sagte Juan kopfschüttelnd. »Viermal habe ich es jetzt versucht, und jedesmal schien es ganz sicher zu sein, aber jedesmal ging es schief. Als wäre ein Zauber um ihn.«

»Da ist kein Zauber«, widersprach einer der anderen Männer zornig. »Er ist genauso sterblich wie wir alle. Er kann also auch getötet werden.«

»Er *muß* sogar getötet werden. Das Volk hungert.«

»Nun, Moment mal«, sagte da jedoch ein Dritter. »Überlegt mal, was er kürzlich alles getan hat. Er hat die Steuern gesenkt, den Waisenkindern und Bauern geholfen, die Pressefreiheit wieder eingeführt, die politischen Gefangenen freigelassen und seine Villen den Obdachlosen geöffnet. Er scheint ein völlig veränderter Mensch zu sein.«

»Das ist alles nur Vorwand«, beharrte Juan. »Einer wie Colonel Bolivar ändert sich nie. Denkt an das alte Sprichwort: Macht verdirbt, und vollständige Macht verdirbt vollständig. Genau dies beschreibt den Mann exakt. Er ist rücksichtslos und geht über Leichen. Seht euch nur die Liste seiner Opfer an, die er umbringen ließ, weil sie ihm widersprachen, und all die Familien, die er zerstört hat.« Er schüttelte heftig den Kopf. »Nein, meine Freunde, so ein Mann ändert sich nicht. Ich sage euch, er muß beseitigt werden. Ich persönlich bin bereit, mein Leben dafür hinzugeben.«

»Ich ebenfalls«, sagte ein anderer.

»Genauso wie ich.«

»Und ich.« Und so waren sie am Ende doch wieder alle einer Meinung: Colonel Bolivar mußte beseitigt werden. Die Frage war nur, wie.

»Er hat seine Truppen zum Schutz um sich herum«, sagte Juan frustriert. »Wir müssen also irgendeine Möglichkeit finden, an diesen vorbeizukommen.«

Sie diskutierten noch lange, aber am Ende wußten sie doch nicht, wie sie es nun anstellen sollten. Einig waren sie lediglich in der Überzeugung, wie unerläßlich es sei, daß sie ein weiteres Attentat auf ihn verübten.

»Er richtet unser Land zugrunde«, stellte Juan fest, »und das können wir einfach nicht länger hinnehmen.«

Am nächsten Morgen nahm Eddie zehntausend Dollar von seinem Geld und ging damit zur Post. Die Arbeiter waren verdutzt, als sie ihn dort auftauchen sahen. Noch nie hatte er sich in dieser Umgebung blicken lassen.

»Ich möchte Geld verschicken«, sagte er.

»Jawohl.«

Alle Postbeamten griffen in ihre Taschen und holten alles Geld heraus, das sie einstecken hatten, um es ihm zu überreichen.

Eddie sah sie verwundert an. »Aber nein, nein, doch nicht euer Geld!« Er holte seine zehntausend Dollar heraus und legte sie auf den Schaltertisch. »Dieses Geld hier will ich schicken.«

»Oh, entschuldigen Sie«, sagte einer, »das wußten wir nicht. Das haben wir mißverstanden.«

Er schrieb Marys Namen und Adresse auf einen Umschlag. »Es geht nach New York«, sagte er. »Ich weiß nicht, wie rasch die Post hier arbeitet.«

Wieder sahen ihn alle überrascht an. »Aber die Post gehört doch Ihnen, Colonel.«

Eddie beeilte sich wieder zu versichern: »Ja, ja, das weiß ich schon. Ich meine ja auch nur, wie schnell sie heute ist.«

Er reichte dem Schalterbeamten seinen Umschlag. »Wie viele Tage braucht dieser Brief nach New York?«

»Morgen früh wird er dort sein. Colonel.«

»Ach ja?« Eddie war ungläubig. »Schon morgen früh, ja?«

»Gewiß. Wir fliegen ihn sofort mit Ihrem eigenen Privatflugzeug nach New York hinauf.«

»Ihr fliegt es … ach so, ja …« Die Idee gefiel ihm. Das Privatflugzeug von Colonel Bolivar wurde allein zum Transport seines Briefes an Mary nach New York geflogen! *Na, ist das ein Leben*, dachte er.

Der Schalterbeamte sagte: »Ihr Pilot wird den Brief persönlich übergeben.«

»Sehr schön. Ja. Vielen Dank denn auch.«

»Gern geschehen. Colonel. Wir danken für die Ehre Ihres Erscheinens und Ihrer Anwesenheit hier.«

»Keine Ursache«, sagte Eddie.

Das gibt dem Wort Luftpost, dachte er, als er wieder ging, *eine ganz neue Bedeutung. Es wird gar nicht einfach werden, nach alledem wieder in mein altes Leben zurückzukehren. Es macht mir ausgesprochen Spaß, dieses Land zu regieren. Wirklich zu dumm, daß ich nicht als König oder so etwas auf die Welt gekommen bin.*

Bei seiner Rückkehr in den Palast wartete Capitán Torres auf ihn.

»Wo waren Sie?« wollte er wissen. »Die ganze Zeit suche ich Sie schon.«

»Na, ich hatte etwas zu erledigen.«

»Was denn zu erledigen?«

»Ich mußte einen Brief aufgeben«, sagte Eddie.

Capitán Torres war fuchsteufelswild. »Colonel Bolivar gibt doch nicht persönlich seine Briefe auf, Mann!« schimpfte er. »Er hat seine Leute dafür.«

»Ach, ich wollte sowieso ein wenig Luft schnappen.«

»Sie haben doch hoffentlich«, sagte Capitán Torres mißtrauisch, »nicht gleich auf dem Weg wieder ein paar Verordnungen erlassen, wie?«

»Nein, nein«, beschwichtigte ihn Eddie. »Natürlich nicht.«

»Künftig«, kanzelte Torres ihn ab, »werden Sie den Palast nicht verlassen, ohne mir das persönlich vorher mitzuteilen. Sie könnten in Lebensgefahr geraten.«

»Wie meinen Sie das?«

Capitán Torres zögerte. »Nun ja …«, stotterte er schließlich, »da gibt es bestimmte Leute in Amador, die … Fanatiker, verstehen Sie …. Attentate auf unseren großen Diktator planen. Es sind natürlich nicht viele. Aber ein paar halt, verschwindend wenige. Wenn die Sie draußen unbekümmert herumspazieren sähen, könnten Sie durchaus in Lebensgefahr geraten. Also, von jetzt ab bitte ich Sie herzlich, etwas vorsichtiger zu sein.«

»Na gut«, sagte Eddie.

Aber trotzdem erzählte er dem Capitán nichts davon, daß er vorhatte, in der nächsten Woche weitere zehntausend Dollar an Mary zu schicken. Ihr würde er sagen, daß man ihm einen weiteren Vorschuß gezahlt habe. Ganz abgesehen davon paßte es ihm nicht, wenn Capitán Torres anfing, ihn herumzukommandieren.

Am selben Abend besuchte Capitán Torres wieder den Colonel im Krankenhaus.

»Wie geht es Ihnen?« erkundigte er sich.

»Ausgezeichnet«, sagte der Diktator. »Der Arzt sagt, ich kann in ein paar Tagen heraus.«

»Das ist großartig, Colonel.«

»Und wenn ich herauskomme«, sagte Colonel Bolivar, »dann will ich den Schauspieler auf der Stelle im Kerker sehen. Wir wollen ihn noch ordentlich foltern, bevor er stirbt.«

»Es wird mir ein ausgesprochenes Vergnügen sein«, sagte Capitán Torres.

»O nein«, sagte Colonel Bolivar, »der gehört mir selbst. Den nehme ich mir persönlich vor.«

9. Kapitel

»Guten Morgen, Colonel Bolivar«, sagte jemand. Es war eine sanfte Frauenstimme.

Eddie machte die Augen auf. Zwei hübsche Zimmermädchen mit Frühstückstabletts standen vor ihm.

»Ihr Frühstück.«

Eddie hatte im ganzen Leben noch nicht im Bett gefrühstückt. Er setzte sich auf und sah zu, wie die Mädchen ein zierliches Eßtablett auf seinem Bett abstellten und das Frühstücksgeschirr darauf legten. Alles roch wundervoll. Sie hatten Orangensaft, Waffeln, Eier mit Speck und eine Kanne dampfenden Kaffees.

Eines der Mädchen beugte sich über ihn und fragte leise: »Haben Sie sonst Wünsche, Colonel?«

Eddie lächelte. »Nein danke, das ist alles.« *Das ist ein Leben*, dachte er. *Frühstück im Bett. Ich muß das alles Mary erzählen, wenn ich wieder zu Hause bin. Vielleicht bringt sie mir dann ja auch einmal Frühstück ans Bett.*

Er begann zu frühstücken. Es schmeckte alles hervorragend. Als er fertig war, klingelte er, und die Mädchen kamen wieder und servierten ab.

Das Frühstück hatte ihn wieder ganz müde gemacht. *Ich werde noch ein kleines Nickerchen tun*, dachte er. *Nur ein kleines.*

Er schloß die Augen.

Eine sanfte Hand rüttelte ihn wach. »Colonel Bolivar!«

Er machte die Augen auf. Eine wunderschöne Blondine war über ihn gebeugt. Sie war nur sehr leicht bekleidet.

»Guten Morgen«, sagte Eddie. »Wer sind Sie?«

»Nun, Ihre Masseuse natürlich«, sagte die Frau. »Es ist Zeit für Ihre Massage.«

»Massage?«

»Ja. Wie jeden Mittwoch.«

»Ach so, ja.«

Er setzte sich auf. Die Frau war umwerfend schön. Sie hatte in der Mitte des Zimmers bereits einen Massagetisch aufgebaut.

»Wenn Sie sich bitte auf den Tisch legen möchten, Colonel.«

»Ich, äh … gewiß, ja.«

Eddie war noch nie massiert worden.

Er schlang das Bettlaken um sich herum und trippelte zu dem Massagetisch. Die Frau beobachtete ihn verwundert. Der Colonel hatte bisher niemals Hemmungen gehabt, splitternackt vor ihr herumzugehen und sich auf den Massagetisch zu legen.

Eddie legte sich, in sein Laken eingewickelt, auf den Tisch und sagte: »Ich bin bereit.«

Die Masseuse kam herbei, nahm ihm das Laken ab und legte dafür ein kleines Handtuch über ihn.

Dann faßte sie in eine Dose und holte etwas süßriechende Creme heraus, mit der sie ihn einrieb.

Eddie konnte kaum glauben, was für ein wunderbares Gefühl das war, massiert zu werden. Sie knetete seine Muskeln und entspannte ihn damit. Da merkte er erst, wie angespannt und verspannt er zuvor gewesen war. *Selbstverständlich angespannt*, dachte er bei sich. *Ist schließlich nicht so einfach, ein Land zu regieren. Vielleicht bleibe ich überhaupt hier. Viel-*

leicht stirbt Bolivar ja, und ich übernehme dann seine Rolle auf Dauer. Dann kann ich auch Mary und das Baby herkommen lassen. Wir werden ein prima Leben haben. Ich frühstücke jeden Tag im Bett und lasse mich massieren und …

Und dann war er eingeschlafen.

Als er wieder aufwachte, sagte die Masseuse gerade: »Fertig, Colonel.« Sie beugte sich einladend über ihn. »Haben Sie sonst vielleicht noch einen Wunsch?«

Eddie verneinte kopfschüttelnd. »Ich, äh …« Es war schon schwer, nein zu sagen. »Nein«, sagte er schließlich.

Sie sah richtig enttäuscht aus. »Bitte sehr. Ihre Sauna wartet auf Sie.«

»Sauna?«

»Ja! Sie gehen doch immer in die Sauna nach der Massage.«

Die Sauna war geradezu himmlisch. Er saß in der Hitze der Kabine und fühlte sich vollkommen entspannt und erholt.

So *läßt es sich leben,* dachte er. *Wenn ich heimkomme, lasse ich mir eventuell auch so eine Sauna bauen und veranlasse, daß ich Frühstück ans Bett bekomme und hinterher eine Massage. Mein Theaterstück über den Diktator wird ein Riesenerfolg werden und mich reich machen, da kann ich mir das alles leisten. Ich werde auch selbst berühmt sein. Wegen meiner Hauptrolle in meinem eigenen Stück.*

Er verließ die Sauna, duschte und zog sich eine von Colonel Bolivars prächtigsten Uniformen an.

Capitán Torres kam herein.

»Ich habe versucht, Ihren Terminplan so knapp wie möglich zu halten. Aber ein paar Dinge lassen sich einfach nicht vermeiden. Heute vormittag müssen Sie eine Sitzung im Petitionszimmer leiten.«

»Was ist das, das Petitionszimmer?«

»Einmal im Monat erlaubt Colonel Bolivar in seiner Großzügigkeit Bürgern vom flachen Land, herzukommen und ihm ihre Sorgen und Nöte vorzutragen, damit er ihnen helfen kann.«

Eddies Gesicht hellte sich sogleich auf. »Das finde ich aber prima. Das ist wirklich großartig, daß er. das tut.«

»Ich bin noch nicht fertig«, sagte Capitán Torres leicht ungehalten. »Natürlich ist seine Antwort immer nein.«

Eddie sah ihn wieder einmal verständnislos an. »Warum macht er sich dann die Mühe überhaupt erst?«

»Weil es gut aussieht. Lieber Mann, sagen Sie mir, wie viele Diktatoren kennen Sie, die sich aus den Problemen ihres Volkes irgend etwas machen?«

»Nicht viele«, räumte Eddie ein.

»Sehen Sie, Colonel Bolivar ist ein sehr freundlicher und verständnisvoller Mann. Aber er kennt auch das Leben und weiß, daß jeder, dem man den kleinen Finger gibt, gleich die ganze Hand haben will. Das Volk muß ständig an der kurzen Leine gehalten werden.«

»Und was ist das zweite auf meiner Terminliste von heute?« fragte Eddie.

»Ein Besuch im Zoo am Nachmittag.«

»In diesem Gefängnis?«

»Nein, im echten Zoo. Dort kommt ein neuer Panda an, und die Zeitungsfotografen wollen unbedingt ein Bild von Ihnen zusammen mit dem Tier. Das wird dem Volk zeigen, wie human Sie sind.«

»Gut«, sagte Eddie. »Zoos mag ich gern. Das wird mir Spaß machen.«

»Der Zweck Ihres Besuches ist nicht, daß es Ihnen Spaß macht«, sagte Capitán Torres scharf. »Sondern daß etwas für das gute Image von Colonel Bolivar getan wird.«

Das Petitionszimmer war ein sehr großer Raum und jetzt voller Menschen. Auf einem Podium stand ein goldener Sessel, und dorthin geleitete Capitán Torres Eddie.

Er flüsterte ihm noch zu: »Und vergessen Sie nicht, das sind alles nur Unruhestifter. Sie sagen zu allem immer nur nein, verstanden?«

»Ja, ja«, sagte Eddie.

Capitán Torres wandte sich an die Leute und gebot Ruhe. »Die Petitionen können beginnen.«

Ein kleiner, alter Mann humpelte nach vorne. »Colonel, ich bin in großen Schwierigkeiten. Ich war in der Klinik, weil ich sehr krank war und nicht mehr arbeiten konnte und meine Stellung verlor. Jetzt habe ich natürlich kein Geld, meine Krankenhausrechnung zu bezahlen.« Er deutete auf einen Mann, der weiter hinten stand. »Der dort hat mich entlassen und will mir meine Arbeit nicht wiedergeben.«

Eddie sah zu diesem Mann hin. »Kommen Sie doch mal vor«, gebot er.

»Jawohl, Colonel.«

»Haben Sie diesen Mann da entlassen?«

»Ja, natürlich. Wieso soll ich ihn bezahlen, wenn er gar nicht mehr arbeiten kann?«

»Wie lange hat er bei Ihnen gearbeitet?«

»Zwanzig Jahre.«

»Und, war er eine gute Arbeitskraft?«

»Ja, doch, das kann man nicht anders sagen.«

»Und als er krank wurde, haben Sie ihn einfach hinausgeschmissen?«

»Ja sicher!«

»Halten Sie das für fair?«

»Gott, fair«, sagte der Mann. »So ist das nun mal im Geschäftsleben. Das hat doch nichts mit fair zu tun. Sondern mit der Gewinnrechnung. Nicht?«

Eddie wandte sich an den alten Mann. »Sind Sie wieder gesund genug, um ihre frühere Arbeit verrichten zu können?«

»O ja, natürlich, gewiß. Colonel. Der Arzt sagte, ich bin wieder voll arbeitsfähig.«

»Das freut mich zu hören«, sagte Eddie.

Er wandte sich an den Arbeitgeber. »Sie werden den Mann wieder einstellen und ihm seinen ganzen Lohn nachträglich erstatten, den er bekommen hätte, während er krank war, und auch seine Krankenhausrechnung bezahlen.«

Dem Mann blieb der Mund offen. Es dauerte eine Weile, bis er die Sprache wieder fand, um zu stammeln:

»Jawohl, Colonel.«

Capitán Torres hätte Eddie am liebsten mit Blicken getötet. Er war außer sich. »Colonel –!« zischte er.

Eddie blickte unschuldig zu ihm hin. »Ja? Ist was, Capitán? Wollten Sie etwas sagen?«

»Ich, äh … nein. Colonel.«

»Gut. Dann wollen wir fortfahren.«

Der nächste Fall war eine Frau, die regelmäßig von ihrem Mann verprügelt wurde. Der Mann stand auf und verteidigte sich: »Sie ist doch meine Frau. Mit der kann ich machen, was ich will, oder? Ich gebe ihr ja schließlich ein Dach über dem Kopf und ihr tägliches Essen.«

»Aha«, sagte Eddie. »Und was tut sie dafür? Führt sie Ihnen den Haushalt und putzt?«

»Ja.«

»Und bereitet sie das Essen zu?«

»Ja.«

»Haben Sie Kinder?«

»Drei Jungen.«

»Versorgt sie die?«

»Ja.«

»Also leistet sie ihren ordentlichen Anteil«, sagte Eddie. Er beugte sich vor. »Wenn ich noch einmal höre, daß Sie sie schlagen, wandern Sie in den Kerker, ist das klar?«

Der Mann zitterte. »O nein, Colonel … ich meine, ja, gewiß … ich werde sie nicht mehr prügeln. Wie Sie befehlen.«

»In Ordnung«, sagte Eddie. »Nächster Fall.«

Capitán Torres war einem Schlaganfall nahe. »Colonel –!«

»Warum gehen Sie nicht Ihren anderen Aufgaben nach, Capitán«, sagte Eddie gelassen. »Ich kann das ganz gut allein hier erledigen.«

Die Petitionsstunde zog sich drei Stunden lang hin. Es wurden Dutzende Beschwerden vorgebracht, und Eddie sorgte dafür, daß immer die armen und kleinen Leute ihr Recht bekamen. Die Grobiane und Rücksichtslosen wies er in ihre Schranken und ließ sie für ihre Schandtaten bezahlen.

Capitán Torres, der trotzdem dageblieben war, obwohl ihn Eddie ausdrücklich fortgeschickt hatte, hörte ihm immer mißmutiger zu und dachte schließlich: *Nein, in Öl sieden ist noch viel zu milde für diesen Unglücksmenschen. Ich werde mir etwas noch Besseres ausdenken.*

Am Nachmittag war dann der Besuch im Zoo. Ein Dutzend Fotografen und Fernsehteams waren da, um Colonel Bolivar mit dem neuen, soeben aus China eingetroffenen Panda zu fotografieren und zu filmen.

Eddie war von der Größe des Zoos beeindruckt. Da waren Käfige voller Löwen und Tiger und Panther. Es gab Elefanten und Vögel mit wunderschönem Gefieder.

»Das ist ja ein großartiger Zoo«, sagte Eddie zu Capitán Torres. »Es muß sehr schön sein für das Volk, hier herumzuwandern.«

Capitán Torres starrte ihn wieder einmal ungläubig an. »Was meinen Sie denn damit? Das Volk?«

»Ja.«

Torres erklärte es ihm. »Das Volk darf doch hier nicht herein. Das hier ist Ihr Privatzoo!«

»Was?« sagte Eddie. »Sie meinen, sonst darf hier niemand herein?«

»Natürlich nicht. Nur Sie und Ihre Freunde und Gäste.«

»Das ist aber nicht richtig«, sagte Eddie. »Das wollen wir doch gleich mal umgehend ändern.«

»Also bitte. Colonel, ich flehe Sie an ...«

Aber es war schon zu spät. Schon hatte sich Eddie an die versammelten Reporter gewandt und verkündete: »Ich möchte bekanntgeben, daß dieser Zoo ab sofort für die Allgemeinheit zugänglich ist. Jedermann kann ihn betreten und besuchen. Und der Eintritt ist frei.«

Die Reporter applaudierten begeistert, und es erhob sich ein Stimmengewirr unter ihnen.

»Das ist ja wunderbar!«

»Da bringe ich gleich morgen meine Kinder her!«

»Meine Eltern haben sich schon lange einen Zoobesuch gewünscht.«

»Können wir jetzt das Foto von Ihnen mit dem Panda machen, Colonel?«

»Natürlich.«

»Gehen Sie nicht zu nahe an ihn ran. Die Viecher sehen so sanft und gemütlich aus, aber sie sind gefährlich in Wirklichkeit, wissen Sie!«

Es gab ein ganzes Gewitter von Kamerablitzen, als Eddie sich neben den Pandakäfig stellte. Die Reporterschar folgte ihm auch noch bei seinem Rundgang zu den anderen Tieren und machte Hunderte Fotos.

Im Hintergrund standen zwei Männer in Tierpflegeruniformen des Zoos. Der eine war Juan, und der andere hieß Hector.

»Ich weiß, wie wir ihn kriegen«, flüsterte Juan.

»Wie?«

»Die Schlangengrube. Sie ist voller giftiger Schlangen. Auch eine Kobra ist dabei. Deren Biß ist auf der Stelle tödlich.«

»Ausgeschlossen, den Colonel auch nur in die Nähe der Schlangengrube zu bekommen.«

»Das versuchen wir auch gar nicht erst.«

»Ja, wie denn sonst?«

»Wir bringen nicht ihn zu der Schlange, sondern die Schlange zu ihm. Ich sorge dafür, daß sie heute abend in seinem Bett liegt. Sobald er sich hineinlegt, beißt die Kobra zu. Er wird sofort tot sein.«

»Das ist eine großartige Idee! Aber kommen wir in den Palast?«

»Ich habe einen Vetter, der ist bei der Telefonentstörung. Ich besorge mir seine Uniform und sage, es muß im Zimmer des Colonel eine Störung behoben werden. Die Kobra bringe ich in meinem angeblichen Werkzeugkasten mit. Wir holen sie uns heute abend hier ab.«

Spät abends kletterten Juan und Hector über die Mauer um den Zoo herum und schlichen sich hinein. Sie hatten eine große Leinenhandwerkertasche dabei und einen langen, vorne gegabelten Schlangenstock. Sie öffneten vorsichtig die Tür zum Schlangenhaus und schlüpften hinein. Die Kobra lag zusammengeringelt in einer Ecke und schlief. Juan kam vorsichtig heran, drückte ihr mit der Schlangengabel den Kopf an den Boden und steckte sie in den Leinensack.

»Jetzt aber nichts wie weg hier«, flüsterte Hector, »bevor wir entdeckt werden.«

Eine Stunde später erschien Juan am Palasttor in einer Uniform der Telefongesellschaft und mit der umgehängten Leinwandtasche.

»Was wollen Sie denn jetzt?« fragte der Wachtposten.

»Telefongesellschaft. Colonel Bolivar hat eine Störung in seinem Schlafzimmertelefon gemeldet.«

Der Posten kratzte sich am Kopf. »Das ist aber komisch. Uns hat niemand etwas davon gesagt.«

»Sagt euch der Colonel etwa alles?« fragte Juan.

»Nein, natürlich nicht. Aber Sie müssen eine Erlaubnis zum Hineingehen haben.«

»Na, gut«, meinte Juan achselzuckend. »Dann melde ich ihm eben, daß ihr mich nicht hineingelassen habt.«

Er wandte sich zum Gehen.

»Moment, warten Sie doch erst mal«, sagte der Posten. Er wollte natürlich auch nicht verantwortlich sein, daß dem Colonel sein Telefon nicht gerichtet wurde. »Ich meine, ist ja gut. Ich denke, es ist schon in Ordnung, wenn Sie reingehen.«

»Danke.«

»Ich führe Sie zum Schlafzimmer des Colonel.«

Er ging voran und zeigte Juan den Weg den ganzen langen Korridor entlang bis zu der Tür des Schlafzimmers von Colonel Bolivar.

»So, hier ist es. Der Colonel ist jetzt nicht da. Gehen Sie rein und richten Sie das Telefon. Aber machen Sie schnell.«

»Dauert nicht lange«, sagte Juan.

Er wartete, bis der Posten wieder gegangen war, und machte dann die Tür zu. Er ging zu dem großen Bett, setzte seine Leinwandtasche ab und öffnete sie. Die Kobra schien zu schlafen, aber Juan ging kein Risiko ein. Er hob sie mit der Schlangengabel aus dem Sack heraus und legte sie in das Bett, an das Fußende, wo sie nicht zu sehen war, und deckte sie zu. In dem Moment, in dem Colonel Bolivar in sein Bett stieg und sich ausstreckte und mit dem Fuß die Schlange berührte, würde diese sofort zustoßen.

Endlich ist es mir gelungen, ihn umzubringen, dachte Juan zufrieden. *Jetzt wird Amador doch noch frei.*

Er machte seine Tasche wieder zu, verließ das Schlafzimmer und ging den Korridor zurück.

»Schon fertig?« fragte der Wachtposten.

»Ja, war nur eine Kleinigkeit«, sagte Juan. »Das Problem war schnell gelöst.« *In Wirklichkeit aber*, dachte er, *habe ich ein großes Problem gelöst.*

Eddie war müde. Es war ein langer Tag gewesen. Er war froh, daß er im Petitionszimmer so viele Probleme und Nöte der Menschen hatte lösen können, und er hatte den Zoo für die Allgemeinheit in Amador geöffnet. Jetzt war er rechtschaffen müde und hatte sich einen erholsamen Schlaf verdient.

Er ging in sein Schlafzimmer und begann sich auszuziehen.

Da klopfte es an der Tür.

»Wer ist da?« fragte er.

Eine sanfte, weiche Stimme antwortete. »Ich bin es, Schatz.«

Die Tür ging auf, und die Geliebte des Colonel Bolivar kam herein. Sie trug ein hauchdünnes Negligé.

»Tut mir leid, daß ich draußen auf dem Flur so häßlich zu dir war, Ramón«, sagte sie. »Aber du hattest mich in meinen Gefühlen verletzt. Du weißt doch, wie sehr ich mir wünsche, mit dir verheiratet zu sein.«

»Tut mir leid«, sagte Eddie. »Colonel Bolivar – ich meine, ich liebe meine Frau, und ich werde mich nicht von ihr scheiden lassen.«

»Ich verstehe es ja«, sagte die Geliebte des Colonel, »und ich will es auch akzeptieren.«

Sie ging auf sein Bett zu.

»Was machst du denn da?« fragte Eddie.

»Ich möchte, daß wir nur noch eine letzte Nacht miteinander verbringen«, sagte sie. »Dann siehst du mich nie wieder.«

Sie hielt eine Hand hinter ihrem Rücken. In dieser aber hielt sie einen Dolch, mit dem sie den Colonel töten wollte. Wenn sie den Mann, den sie liebte, nicht haben konnte, sollte ihn auch keine andere haben.

Sie ließ sich auf sein Bett nieder.

»Aber … das können Sie, äh, du doch nicht machen!« protestierte Eddie.

Doch es half nichts mehr. Sie schlüpfte bereits unter die Decke und sagte: »Komm ins Bett, Liebling. Du weißt doch noch, wie schön es mit uns sein kann.«

Eddie kam auf sie zu. »Sieh mal«, sagte er, »Sie müssen – ich meine, du mußt dieses Zimmer verlassen. Das alles ist keine gute Idee.«

Er griff nach ihr, um sie aus dem Bett zu ziehen, aber im selben Augenblick zog sie den Dolch hervor und zielte damit auf sein Herz. Doch bevor sie noch zustoßen konnte, berührte ihr Fuß die Kobra unter der Decke, und sie verspürte einen scharfen Biß in ihrem Bein.

Sie schrie auf. »Was ist …« Und war tot.

Eddie starrte völlig ungläubig auf sie hinab.

»So kommen Sie doch zu sich!« sagte er.

Dann begriff er erst. »Hilfe!«

Die Tür ging auf, und Capitán Torres stürmte herein. »Was ist los?« fragte er. »Was haben Sie –«

Da sah er die tote Frau im Bett. »O mein Gott! Sie haben die Geliebte des Colonel getötet!«

»Das habe ich nicht«, sagte Eddie beleidigt.

Capitán Torres stellte sich vor ihn: »Was hatte sie in Ihrem Bett zu suchen?«

»Schwer zu erklären«, sagte Eddie.

»Da brauchen Sie gar nichts zu erklären. Das erklärt sich von selbst. Sie haben sich mit ihr vergnügt und sie dann umgebracht.«

»Ach Quatsch«, sagte Eddie. »Das habe ich nicht getan.«

»Wie stellen Sie sich vor, daß ich das dem Colonel schonend beibringen soll? Er war total verrückt nach dieser Frau. Er wollte sie sogar heiraten.«

»Da war ich nicht so sicher«, sagte Eddie.

»Was?«

»Nichts.«

»Wenn ich das dem Colonel mitteile, reißt er Sie in Stücke.«

»Ist der Colonel denn nicht noch immer auf Geschäftsreise?« fragte Eddie.

»Ja.«

»Nun, vielleicht stirbt er ja auch«, sagte Eddie hoffnungsvoll.

Capitán Torres aber lächelte dünn und böse.

»Nein, mein Lieber«, sagte er. »Er ist nicht derjenige, der stirbt. Er nicht.«

10. Kapitel

»Wir müssen die Leiche wegschaffen«, sagte Capitán Torres.

Er zog die Bettdecke weg und erblickte die Kobra. In der nächsten Sekunde schon hatte er seine Pistole gezogen und sie getötet.

Eddie starrte völlig schockiert auf das Tier.

Der Capitán drehte sich zu ihm um. »Also so haben Sie sie umgebracht«, sagte er. »Mit einer Giftschlange.«

»Habe ich nicht«, widersprach Eddie. »Ich hatte nicht einmal eine Ahnung, daß die Schlange im Bett war.«

»Ach nein? Dann erklären Sie mir doch mal, wie diese Schlange aus dem Zoo in Ihr Bett kam.«

»Das weiß ich nicht«, sagte Eddie. »Ich schwöre es.«

»Aber ich glaube es nicht«, sagte Capitán Torres. »Und worauf es noch viel mehr ankommt, vor allem wird es Colonel Bolivar nicht glauben. Warten Sie hier. Rühren Sie sich nicht vom Fleck, verstanden?«

»Ja«, sagte Eddie.

Capitán Torres eilte davon.

Habe ich sie auf dem Gewissen? fragte sich Eddie. *War es meine Schuld? Vielleicht war das die Art, wie sie Selbstmord begehen wollte?*

Dann sah er den Dolch neben ihr. *Vielleicht wollte sie sich mit dem Dolch töten?*

Nach ein paar Minuten kam der Capitán mit zwei Palastwächtern zurück. Er deutete auf die Geliebte des Colonel Bolivar und sagte: »Herzversagen. Das arme Kind. Und noch so jung.«

Und dann sagte er: »Schafft die Leiche hier weg und legt sie in eines der Gästezimmer. Da lassen wir sie, bis Colonel Bolivar …« Er fing sich gerade noch und wandte sich Eddie zu: »– bis Sie entschieden haben, was mit ihr geschehen soll.«

»Richtig«, sagte Eddie. »Ich werde mir bei Gelegenheit etwas überlegen.«

Die beiden Wächter griffen sich die Tote und trugen sie fort.

»Wir könnten ein Staatsbegräbnis für Sie ausrichten«, sagte Eddie. »Da können wir einen großen Trauerakt draußen im Hof –«

»Halten Sie endlich den Mund!« schrie Capitán Torres außer sich. »Diese Sache geht Sie gar nichts an! Sie sind nicht Colonel Bolivar! Möchten Sie sich das endlich mal hinter die Ohren schreiben? Sie sind nichts als ein Schauspieler, der eine Rolle zu spielen hat!«

»Das weiß ich schon«, sagte Eddie. »Es sollte ja auch nur ein Vorschlag sein –«

»Ich habe genug von Ihren Vorschlägen, Herr! Und weil wir gerade dabei sind: von jetzt an werden Sie überhaupt nichts mehr tun, außer den Mund halten, ist das klar?« Der Capitán war schon wieder am Rande eines Herzanfalls.

»Mein Gott, deswegen brauchen Sie sich doch nicht so aufzuregen«, sagte Eddie.

Aber Torres brüllte ihn an: »Mann, Sie haben soeben die Geliebte unseres Diktators umgebracht! Die Frau, die er heiraten wollte! Und überhaupt geht Sie das alles einen feuchten Staub an.« Er war fast am Überschnappen. »Geht das jetzt endlich in Ihren verdammten Schädel, Sie Schauspieler, Sie? Das – alles – geht – Sie – gar – nichts – an!«

»Ich dachte doch nur –«

»Sie sollen endlich aufhören zu denken!«

Torres atmete mehrmals tief durch, um sich wieder in die Gewalt zu bekommen. Dann sagte er etwas ruhiger: »Von jetzt an überlassen Sie das Denken gefälligst mir, ja? Habe ich mich klar genug ausgedrückt?«

»Jawohl, Capitán.«

Torres sah ihn an und dachte: *Wie ist es nur möglich, daß ein einziger Mann ein ganzes Land in so kurzer Zeit in derartige Schwierigkeiten stürzt?*

Zum ersten Mal begann es Eddie Davis zu dämmern, in was für einer Klemme er nun steckte. Er stand im Verdacht, die Geliebte des Diktators getötet zu haben!

Ich sehe besser zu, dachte er, *daß ich hier schleunigst heimlich, still und leise verschwinde. Ist mir ganz egal, ob Colonel Bolivar in den Palast zurückkommt oder nicht. Das wird hier einfach zu gefährlich für mich.*

Er wollte aber auch nicht weg, ohne zuvor sein Theaterstück fertiggeschrieben zu haben. Das lag ihm sehr am Herzen, denn er war sich ganz sicher, daß es ein großer Welterfolg werden würde.

Jetzt bin ich fast schon fertig. Vielleicht schaffe ich es, daß ich es noch heute nachmittag beende.

Er sperrte die Zimmertür zu und begann den letzten Akt zu tippen.

Am Mittag klopfte es an der Tür.

»Wer ist da?«

»Ihr Mittagessen, Colonel.«

Eddie war schon dabei, die Tür aufzusperren, als ihm einfiel: *Und wenn sie mich nun vergiften wollen?*

Er hatte zwar wirklich Hunger, aber er hatte Angst, etwas zu essen.

»Ich will jetzt nichts essen«, rief er nach draußen. »Ich sage Bescheid, wenn ich etwas will.«

»Jawohl, Colonel.«

Er ging an die Schreibmaschine zurück und tippte weiter:

> *Da klopft es an der Tür. »Wer ist da?« ruft er. Eine sanfte, weiche Stimme antwortet: »Ich bin es, Liebling.« Die Tür geht auf, und Colonel Bolivars Geliebte kommt herein. Sie trägt ein hauchdünnes Negligé.*

> *»Tut mir leid, daß ich draußen auf dem Flur so häßlich zu dir war, Ramón. Aber du hattest mich in meinen Gefühlen verletzt. Du weißt doch, wie sehr ich mir wünsche, mit dir verheiratet zu sein.«*

> *»Bedaure, aber ich liebe meine Frau, und ich werde mich nicht von ihr scheiden lassen.«*

Er tippte ganz von selbst immer schneller und schneller. *Das wird den Leuten gefallen*, dachte er dabei.

Als er zu der Szene mit der Kobra kam, hielt er inne. Er hatte keine Ahnung, wie die Schlange in sein Bett gekommen war. Er mußte sich etwas ausdenken. *Eventuell ist die Kobra durch eine offene Tür am Park hier hereingekrochen*, dachte er. Ja, das war gut! *Jemand hat die Tür offengelassen, und da hat die Schlange sich hereingeschmuggelt.*

Er griff mit neuem Schwung in die Tasten der Schreibmaschine.

Um sechs Uhr abends war der letzte Akt fertig. Er las ihn noch einmal durch. *Wirklich gut geworden*, dachte er selbstzufrieden. *Ich will gleich mal eine Kopie davon an Johnson schicken. Ja, nur, wie kriege ich sie zu ihm?*

Da fiel ihm wieder ein, wie er die zehntausend Dollar an Mary geschickt hatte.

Er griff zum Telefon und wählte den Tower des Flughafens.

»Tower hier.«

»Hier spricht Colonel Bolivar. Ist mein persönlicher Pilot da?«

»Jawohl, Colonel, einen Augenblick bitte.«

Sogleich meldete sich der Pilot.

»Guten Abend, Colonel. Kann ich Ihnen mit irgend etwas behilflich sein?«

»Ja«, sagte Eddie. »Kommen Sie her in den Palast und melden Sie sich bei mir. Ich habe einen Auftrag für Sie.«

»Sofort, Colonel.«

Eddie legte auf.

Nach einer Viertelstunde war der Pilot da.

»Guten Abend, Colonel.«

»Guten Abend.«

»Ich habe Ihren Brief ordnungsgemäß abgeliefert. Die Dame schien sehr beglückt darüber zu sein.«

»Gut«, sagte Eddie. »Vielen Dank. Ich habe hier einen weiteren Auftrag für Sie.«

»Es wird mir eine Ehre sein, Colonel.«

Eddie reichte ihm das in einen Umschlag mit der Adresse Johnsons verpackte Manuskript.

»Hier. Es ist sehr wichtig. Achten Sie darauf, daß nichts damit passiert.«

»Selbstverständlich, Colonel. Ich fliege sofort los. Es wird morgen früh beim Empfänger sein.«

»Sehr gut.«

Der Pilot wandte sich zum Gehen.

»Augenblick noch«, sagte Eddie.

Der Pilot drehte sich um. »Ja, Colonel?«

Eddie hatte inzwischen so ein Gefühl, daß Capitán Torres ihn wohl nicht lebend aus dem Land lassen würde, speziell nicht nach den letzten Ereignissen.

»Es könnte sein, daß ich in den nächsten paar Tagen eine kleine Reise unternehme«, sagte er. »Veranlassen Sie, daß ständig ein Flugzeug startbereit gehalten wird.«

»Gewiß, Colonel. Ich werde es sofort Capitán Torres mitteilen, damit er –«

»Nein, nein«, sagte Eddie hastig. »Das dürfen Sie niemandem gegenüber erwähnen, absolut niemandem, verstanden? Das ist höchst vertraulich. Sehr geheime Regierungsgeschäfte, verstehen Sie?«

»Jawohl, Colonel, ich verstehe.«

»Das muß absolut zwischen Ihnen und mir bleiben. Ich lasse Sie wissen, wann ich das Flugzeug benötige.«

»Danke, Colonel.«

»Das ist alles.«

Eddie sah dem Piloten nach, wie er sich entfernte. *Das Manuskript ist jedenfalls schon mal weg*, dachte er zufrieden. *Hoffentlich gefällt es Johnson auch.*

Er telefonierte mit Mary.

»Hallo, Eddie! Ich freue mich, von dir zu hören. Denk mal an, gestern ist etwas absolut Seltsames passiert!«

»Was denn?«

»Stell dir vor, ein Militärpilot kommt hier an und übergibt mir einen Briefumschlag mit dem Geld, das du mir schicken wolltest. Wieso ein Militärpilot, sag mal?«

Gute Frage. Was sollte er darauf antworten?

»Ach, das ist eine lange Geschichte, weißt du«, sagte er. »Aber es ist einfach zu erklären.«

Er überlegte fieberhaft.

»Ja?«

»Weißt du, das war kein Militärpilot. Es war einer von unseren Schauspielern hier.«

»Er sah mir aber sehr echt aus.«

»Weil er eben ein guter Schauspieler ist. Weißt du, das war so. Er war mit uns in diesem Stück, das wir in Amador spielten, und nachdem diese Tournee zu Ende war, kehrte er nach New York heim, und da bat ich ihn eben, dir das Geld persönlich zu überbringen. Ich meine, das war doch sehr nett von ihm, findest du nicht auch?«

»Ja, sicher, schon.«

»Du bekommst übrigens noch mehr«, sagte Eddie. »Ich bekomme noch einen Vorschuß.«

Mary war freudig erregt. »Da mußt du ja großartig spielen, wenn das so ist!«

»Ja, das tue ich«, sagte Eddie mit Überzeugung.

»Darling«, sagte Mary, »aber du wirst doch bestimmt hier sein, wenn das Baby kommt, ja?«

»Aber selbstverständlich doch«, versicherte er ihr. »Nichts auf der Welt kann mich davon abhalten. In ein paar Tagen schon, Darling, bin ich auf dem Weg zu dir.«

Vorausgesetzt, dachte er, *sie machen nicht noch zuvor Hackfleisch aus mir.*

An diesem Abend um acht betrat Capitán Torres wieder Eddies Schlafzimmer.

»Kommen Sie«, sagte er. »Wir gehen gemeinsam zu einem Dinner.«

»Ach, ich bin nicht hungrig«, sagte Eddie, »ich würde lieber –«

»Ist mir ziemlich egal, ob Sie hungrig sind oder nicht. Jedenfalls müssen Sie da erscheinen. Sie müssen gesehen werden.«

»Na gut.«

Sie begaben sich in den riesigen Speisesaal des Palastes und nahmen ihre Plätze an der langen Tafel ein. Es saßen etwa ein Dutzend Leute da, lauter sehr bedeutende Persönlichkeiten aus Regierung und Wirtschaft. Es gab eine köstliche Suppe und danach wundervolles Huhn mit Reis sowie eine große Auswahl der köstlichsten Nachspeisen, aber Eddie hatte Angst, irgend etwas zu essen.

»Sie essen ja gar nicht«, sagte Capitán Torres.

Eddie griff sich an den Leib. »Ich habe einen schlechten Magen heute.«

Dabei machte ihn der wundervolle Geruch der Speisen fast wahnsinnig. *Lange halte ich das nicht mehr durch*, dachte er.

Das Dinner schien sich endlos hinzuziehen. Endlich, um elf Uhr, hatten alle fertiggegessen.

Eddie stand sofort auf. »Nun, ich denke, ich gehe schlafen«, verkündete er. »Gute Nacht, allerseits.«

Alle standen auf. »Gute Nacht, Colonel Bolivar!«

Eddie kehrte in seine Suite zurück. Er sah auf die Uhr und überlegte, wann Johnson das Stück wohl erhalten würde.

Hoffentlich, hoffentlich gefällt es ihm, dachte er immer nur. *Wenn es einschlägt, bringt es mir ein Vermögen, und Mary und ich müssen uns nie mehr Geldsorgen machen.*

Aber was ihn an der ganzen Sache am meisten erregte, war die Tatsache, daß er darin die Hauptrolle spielen würde. *Da werde ich der größte Star am Broadway*, dachte er.

Und das Verrückte daran ist, daß ich mich dann praktisch selbst spiele, ohne daß es jemand weiß.

Er dachte an die Produzenten und Regisseure, die ihn in all den Jahren abgelehnt hatten. Die sollten nun mal sehen, wie sie dann angekrochen kamen und bettelten, daß er die Hauptrollen in ihren Stücken und Filmen und Fernsehserien spielte.

Er wurde müde, wollte sich aber nicht in das Bett legen, in dem die Geliebte des Colonel Bolivar ums Leben gekommen war. Er legte sich lieber auf eine kleine Couch, die dastand, zog sich eine Decke über den Kopf und schlief schließlich ein. Es war bereits drei Uhr morgens.

Capitán Torres war wieder im Krankenhaus zu Besuch bei Colonel Bolivar. Der Colonel sah schon sehr viel kräftiger aus als beim letzten Mal.

»Ich bin fast soweit, daß ich in den Palast zurückkehren kann«, sagte Colonel Bolivar und rieb sich die Hände. »Ich kann es gar nicht mehr erwarten.«

Capitán Torres holte tief Luft. »Ich habe leider eine traurige Nachricht für Sie, Colonel.«

»Was? Noch mehr schlechte Nachrichten? Was haben Sie jetzt schon wieder angestellt?«

»Ich gar nichts. Aber dieser Schauspieler. Er hat Ihre Geliebte umgebracht!«

Der Diktator wurde mit einem Schlag blaß. »Was hat er? Sie umgebracht ...?«

»Ja, Colonel. Leider. Mit einer Kobra.«

Der Colonel sank in die Kissen zurück. »Das darf doch nicht wahr sein. Das kann doch nicht sein. Warum sollte er das denn tun, um alles in der Welt?«

»Ich habe keine Ahnung, Colonel. Sie waren zusammen im Bett.«

Der Colonel sprang auf wie von der Tarantel gestochen. »Was denn, wie denn, dieser miese Schauspieler hat meine Mätresse mit ins Bett genommen? Ja, ist der Mensch wahnsinnig? Nein, nein, das ist ganz ausgeschlossen und unmöglich. Sie würde doch nie mit einem Schauspieler schlafen!«

»Mit ihm schlief sie doch auch gar nicht. Colonel. Sondern mit Ihnen!«

»Ach Unsinn, wie denn, wenn ich die ganze Zeit hier in der Klinik –« Er brach ab, als er begriff. »Ach so, ja, verstehe. Na gut. Jedenfalls kann er sich darauf gefaßt machen, daß er nicht einen, sondern tausend Tode stirbt!«

»Ganz meine Meinung, Colonel, völlig.«

Eddie wartete noch bis zum nächsten Nachmittag, bevor er Johnson anrief.

Dessen Sekretärin antwortete. »Büro Mr. Johnson.«

»Hallo, hier ist Eddie Davis. Ist –«

»Oh, Mr. Davis! Mr. Johnson sucht Sie schon die ganze Zeit wie verrückt. Warum haben Sie keine Nummer hinterlassen, unter der Sie zu erreichen sind?«

Gott, wie sollte er ihr erklären, daß er im Palast des Diktators von Amador wohnte? Und gar, daß er selbst der Diktator von Amador war, jedenfalls im Moment?

»Naja, es ist schwierig, mich zu erreichen«, sagte er. »Ich bin eigentlich ständig unterwegs, wissen Sie.«

»Augenblick, ich verbinde Sie.«

Im nächsten Moment hörte er Johnsons aufgeregte Stimme. »Na, da sind Sie ja endlich, Eddie. Wo stecken Sie denn?«

»Nun, ich bin noch immer in Amador! Hatten Sie inzwischen schon Gelegenheit, mein Stück zu lesen?«

»Hatte ich Gelegenheit! Eddie, lieber Gott, Sie sind ein Genie!«

»Soll das heißen, es gefiel Ihnen?«

»Gefallen? Mann, es ist großartig! Ich habe es bereits verkauft!«

»Im Ernst?«

»Ich war im ganzen Leben nie ernster, Eddie. Tom Burke will es inszenieren, und Sie wissen, er ist der bedeutendste Regisseur am Broadway!«

Eddie schrie fast laut vor Freude. »Das ist ja wundervoll!« rief er.

»Er sagt, es ist das originellste Stück, das er seit Jahren in die Finger bekam. Ein Schauspieler, der einen Diktator vertritt und dessen ganzes Land regiert! Wie sind Sie bloß auf diesen Einfall gekommen, um alles in der Welt?«

»Ach, das fiel mir irgendwie einfach so zu«, sagte Eddie.

»Tja, also, jedenfalls, die *Theatre Guild* produziert es, und Tom Burke führt Regie. Und Sie können Gift darauf nehmen, es wird der größte Erfolg, den der Broadway jemals gesehen hat!«

Es war wie ein wahr gewordener Traum. Alles, was Eddie sich je gewünscht hatte, traf nun ein.

»Und ich spiele die Hauptrolle«, sagte er.

Einen Augenblick war es still in der Leitung. Dann erst sagte der Agent. »Na ja, ich werde ein Vorsprechen für Sie bei Burke arrangieren. Er entscheidet natürlich über die Besetzung.«

Aber Eddie wußte, daß es da keine Probleme gab, was seine Hauptrolle anging. Schließlich war er selbst ja auch in Wirklichkeit die Hauptperson des Stücks.

»Ich habe Ihnen hunderttausend Dollar Vorschuß ausgehandelt«, sagte Johnson, »und eine fette Tantieme.«

»Sehr schön«, sagte Eddie. »Schicken Sie das Geld doch gleich Mary, ja?«

»Gewiß doch. Wann kommen Sie heim? Es soll praktisch sofort mit den Proben begonnen werden.«

Eddie dachte darüber nach. Mary wartete zu Hause auf ihn, das Baby war inzwischen wohl jede Minute fällig, und er hatte ein Stück, das in die Proben ging.

»Ich reise morgen«, sagte er.

Das war eine große Entscheidung und ein weitreichender Entschluß. Was war, wenn Colonel Bolivar im Krankenhaus doch noch starb und sie ihn dann hier auf Dauer als Bolivar brauchten? Oder wenn Sie ihn im Gegenteil umbringen wollten oder am Ende für den Rest seines Lebens in den Kerker warfen?

»Das freut mich zu hören«, sagte Johnson dazwischen. »Sie können sich gar nicht vorstellen, wie aufgeregt alle wegen Ihres Stücks sind. Ich selbst hatte ja gar keine Ahnung davon, was da wirklich in Ihnen steckt. Diese Szene mit dem Stierkampf – wie heißt der Stier gleich noch? – *El Negro*, richtig! Ein Meisterstück, lieber Eddie!«

»Ja, die ist ziemlich gut, nicht?«

»Und dann die Fallschirmszene, wo er von diesem Capitán Torres gerettet wird! Alle sind ganz hingerissen davon. Dieser Capitán Torres ist eine tolle Rolle! Das ist so ein richtiger Finsterling, nicht?«

»Ja«, sagte Eddie, »so kann man das wirklich sagen.«

»Und dann diese wunderschöne Szene, wo der Schauspieler den Waisenkindern und den Bauern hilft und Gutes tut! Mann, was Sie für eine Phantasie und für Einfälle haben! Ganz große Klasse. Das klingt alles so echt. Ich kann es fast bildlich vor mir sehen.«

»Ich auch, glauben Sie mir«, sagte Eddie.

Als er auflegte, war er der glücklichste Mann der Welt. *Morgen*, dachte er, *schon morgen bin ich auf dem Weg heim nach New York.*

Im Krankenhaus erteilte inzwischen Colonel Bolivar Capitán Torres eine Anzahl Befehle.

»Richten Sie den Kerker her«, sagte er. »Und veranlassen Sie, daß alles da ist, was dazugehört. Heiße Ketten, Peitschen, Messer, alles. Wir massakrieren den Kerl stückweise.«

Capitán Torres lächelte böse. »Wunderbar!«

In einem Keller am anderen Ende der Stadt trafen sich Juan und seine Rebellengruppe zu einer neuen geheimen Versammlung. Ein Dutzend Männer war gekommen, und alle waren sie nach wie vor wild entschlossen, dem verhaßten Diktator von Amador endlich den Garaus zu machen. Sie trafen sich regelmäßig jede Woche, aber bis jetzt war ihnen Colonel Bolivar jedes Mal entwischt.

»Jetzt habe ich aber einen Plan«, sagte Juan, »der einfach nicht scheitern kann so wie alle bisherigen Pläne. Ihr wißt, morgen ist der Tag der Armee. Da gibt es jedesmal bekanntlich die große, pompöse Militärparade, und der Diktator hält auf dem Stadtplatz eine markige Rede. Ich werde zwölf bewaffnete Scharfschützen rund um den Platz postieren. Bolivar steht ungeschützt im Freien oben auf dem Podium. Bei dieser Sachlage ist es geradezu unmöglich, ihn nicht zu treffen. Auf mein Signal hin werden sie alle zwölf in derselben Sekunde abdrücken.«

»Brillant!« sagte einer der Männer.

»Ohne eigene Opfer wird es freilich nicht abgehen«, sagte Juan. »Einige von uns werden dabei sterben müssen. Aber er ist der erste, der stirbt, und das ist das Wichtigste, und es ist es wert. Morgen also. Tod dem Diktator!«

»Tod dem Diktator«, echoten alle.

11. Kapitel

Der Tag der großen Flucht war angebrochen. *Heute geht es also nach Hause*, dachte Eddie. *Amador muß ohne mich zurechtkommen.*

Er griff zum Telefon und rief den Flughafen-Tower an.

»Tower.«

»Hier ist Colonel Bolivar.«

»Jawohl, Colonel.«

Er hörte direkt, wie selbst die Stimme des Mannes Haltung annahm.

»Gehen Sie mir meinen Chefpiloten.«

Dieser meldete sich im nächsten Augenblick.

»Jawohl, Colonel.«

»Ich fliege heute nach New York. Bereiten Sie mein Flugzeug entsprechend vor. Daß es ausreichend Treibstoff hat.«

»Geht in Ordnung, Colonel. Um welche Zeit wollen Sie starten?«

Eddie sah auf seine Armbanduhr. Es war sechs Uhr morgens. Im Palast schliefen mit Sicherheit alle noch.

»Jetzt gleich«, sagte er. »Ich bin schon auf dem Weg zum Flughafen.«

»Geht in Ordnung, Colonel.«

Eddie legte den Hörer auf und sah sich ein letztes Mal um. *Das alles hier wird mir fehlen*, dachte er. *Das schöne Zimmer, Frühstück im Bett, Massagen, Sauna.* Doch er tröstete sich: *Aber wenn mein Stück erst ein Welterfolg ist, kann ich mir das alles auch in New York leisten.*

Er ging zur Tür und öffnete sie leise. Niemand war in der Nähe. Er ging hinaus auf den Korridor und lautlos bis zum Portal. Er ging fast auf Zehenspitzen, um ja niemanden zu wecken.

Er war schon fast am Tor, als Capitán Torres erschien.

»Wohin wollen Sie denn, sagen Sie mal?«

Eddie schreckte hoch. »W-was?«

»Wo Sie hinwollen?«

»Nirgends«, sagte Eddie. »Nur ein kleiner Spaziergang.«

»Um diese Zeit?«

»Ich gehe gerne ganz früh morgens spazieren.«

»Los, los, zurück in Ihre Suite!« Capitán Torres hatte keinerlei Absicht, den Schauspieler auch nur für kurze Zeit aus den Augen zu lassen.

»Ich will doch nur –«

»Zurück auf Ihr Zimmer!«

»Na, wenn Sie unbedingt darauf bestehen«, sagte Eddie. Er drehte sich um und ging zurück in seine Suite.

Capitán Torres blieb stehen und sah ihm nach, bevor er zu den Palastwachen ging.

»Ein Spezialauftrag!« sagte er zu ihnen. »Es steht zu befürchten, daß jemand ein Attentat auf den Colonel vorhat. Zwei Mann werden ab sofort die Tür zu seinem Schlafzimmer strikt bewachen und ihn auf Schritt und Tritt begleiten, wohin er auch geht. Der Colonel darf nicht eine Sekunde allein gelassen werden. Verstanden?«

»Jawohl, Capitán. Es wird sofort veranlaßt.«

»Gut.«

Eddie hatte nicht die geringste Chance mehr zu entfliehen. Und es war der Tag, an dem er sterben sollte.

Als Eddie in sein Schlafzimmer zurückkam, dachte er sich: *Ich warte ein paar Minuten, dann probiere ich es noch einmal.* Er wollte dem Capitán Zeit lassen, wieder zurück ins Bett zu gehen.

Nach einer Viertelstunde öffnete er leise erneut die Tür seines Schlafzimmers. Aber da standen nun zwei Wachtposten mit Maschinenpistolen.

»Was macht ihr denn hier?« fragte Eddie.

»Wir haben Befehl zu einer Sonderbewachung für Sie, Colonel. Wir haben an Ihrer Seite zu bleiben, wohin Sie auch gehen.«

»So«, sagte Eddie, dem im Augenblick kein Argument einfiel, sie fortzuschicken. »Aha. Na gut. Danke.«

Er schloß die Tür.

Da schleiche ich mich einfach zum Park hinaus, dachte er.

Aber als er die Tür zum Park hinaus aufmachte, standen auch da zwei schwerbewaffnete Wachtposten.

»Guten Morgen, Colonel.«

»Guten Morgen«, sagte Eddie.

Er ging zurück in sein Schlafzimmer und schloß auch die Tür zum Park hinaus wieder. *Mist*, dachte er. *Jetzt wird es problematisch.*

Er griff zum Telefon und rief beim Flughafen-Tower an.

»Tower.«

»Hier spricht Colonel Bolivar. Geben Sie mir noch einmal meinen Piloten.«

Der Pilot kam. »Ja, Colonel.«

»Es gibt eine kleine Verzögerung«, sagte Eddie. »Aber halten Sie das Flugzeug trotzdem startbereit. Ich komme bald.«

»Jawohl, Colonel.«

Eddie legte auf. *Wie komme ich bloß hier heraus?* fragte er sich.

In der Klinik sprach Capitán Torres mit Colonel Bolivar, der sehr guter Laune war.

»Der Arzt sagt, ich kann heute nach Hause«, erklärte er ihm.

»Das ist großartig.«

»Sie machen nur noch ein paar Tests, aber dann kann ich am späten Nachmittag heraus.«

Capitán Torres sagte mit gefurchter Stirn: »Es ist allerdings dringend notwendig, daß Sie schon heute mittag in den Palast zurückkehren.«

Der Colonel blickte auf. »Wieso denn das?«

»Erinnern Sie sich nicht, Colonel? Heute ist doch der nationale Tag der Armee. Da halten Sie doch immer mittags eine große Rede.«

Colonel Bolivar sagte, nun ebenfalls stirnrunzelnd: »Natürlich, richtig, das stimmt.«

Er klingelte nach dem Arzt.

Als er da war, erklärte ihm der Colonel: »Ich muß noch heute vormittag die Klinik verlassen.«

Der Doktor aber schüttelte entschieden den Kopf.

»Ausgeschlossen, Colonel. Sie können nicht weg, bevor wir nicht alle Tests abgeschlossen haben. Aus deren Ergebnis erfahren wir doch erst, was für Medikamente wir Ihnen verschreiben müssen, damit Sie nicht womöglich einen schweren Rückfall erleiden.«

Der Colonel und der Capitán sahen einander an.

Colonel Bolivar sagte: »Gibt es denn keine Möglichkeit, daß ich –«

»Tut mir leid«, unterbrach ihn der Arzt. »Die Tests dauern vier Stunden, da ist nichts zu machen. Sie können erst heute nachmittag in Ihren Palast zurückkehren.«

»Na gut«, sagte Colonel Bolivar. »Danke Ihnen, Doktor.«

Der Arzt ging.

»Wo ist der Schauspieler im Augenblick?« fragte der Colonel.

»Ich habe ihn unter strikter Bewachung. Er entkommt nicht.«

»Gut. Heute abend will ich ihn im Kerker haben.«

»Und was ist mit der Rede?« erkundigte sich Capitán Torres.

»Haben Sie sie geschrieben?«

»Gewiß.«

»Gut, dann geben Sie sie ihm, daß er sie liest und vorträgt. Sobald er damit zu Ende ist, lassen Sie ihn zurück in den Palast schaffen und sofort in den Kerker werfen. Lassen Sie ihn keinen Moment aus den Augen.«

»Ganz bestimmt nicht«, versicherte der Capitán.

Eddie saß noch immer in seinem Schlafzimmer und zerbrach sich den Kopf, wie er fliehen könne, als Capitán Torres wieder bei ihm eintrat.

»Wie geht es Colonel Bolivar?« fragte Eddie. Capitán Torres schüttelte betrübt den Kopf. »Der bedauernswerte Mann ist in keiner guten Verfassung«, log er. »Sieht so aus, als blieben Sie noch eine Weile Diktator.«

Eddie tat so, als freue ihn diese Eröffnung. »Großartig«, sagte er. »Weil mir das wirklich gut gefällt.«

»Sie haben wohl nicht mit dem Gedanken gespielt, heimzukehren, wie?« fragte der Capitán.

»Ich? Nein«, erklärte Eddie im Brustton der Überzeugung. »Nein, nein. Dazu macht mir das hier doch viel zuviel Spaß.«

»So, so«, sagte der Capitán. »Na gut. Da können Sie heute gleich noch mehr Spaß haben. Am Mittag gibt es eine große Kundgebung. Der Platz wird voller Menschen sein. Vor denen halten Sie eine Rede.«

»Im Redenhalten bin ich nicht so gut«, sagte Eddie.

»Das spielt keine Rolle. Die Rede habe ich Ihnen schon geschrieben.«

Er reichte Eddie das Manuskript. »Lesen Sie es durch, lernen Sie es auswendig, und ich hole Sie kurz vor Mittag ab.« Er musterte Eddie eindringlich und sagte: »Wenn Sie einen Spaziergang machen wollen … Die Wachen werden Sie überallhin begleiten.«

Eddie lächelte schwach. »Sehr aufmerksam von Ihnen, Capitán!«

»Ach, keine Ursache«, sagte Torres. »Aber lernen Sie jetzt die Rede.«

Eddie sah zum Parkfenster hinaus. Die beiden Wachtposten standen nach wie vor da. Daß auch vor der Tür zum Flur Wachen standen, wußte er bereits. Es fiel ihm nichts ein, wie er von hier hinauskommen sollte. Er saß in der Falle. *Wenn ich nur einen Autor hätte,* dachte er, *der mich hier hinausschriebe …*

Er griff nach dem Redemanuskript, das ihm Capitán Torres gegeben hatte, und begann zu lesen.

»Mein geliebtes Volk, wir sind heute hier versammelt, um unserer großen Armee zu gratulieren. Viele Jahre beschützen uns diese tapferen Männer nun schon vor unseren Feinden.«

Eddie dachte: *Was denn für Feinde?*

Er las weiter. »Da gibt es diejenigen, die unser großes Land vernichten wollen. Aber die Soldaten Amadors haben unsere Grenzen in der Vergangenheit immer gut bewacht, so wie sie es auch in der Zukunft tun werden!«

Eddie fragte sich wieder: *Wovon redet der denn da! Der einzige, der versucht, Amador zu vernichten, ist er selbst, Colonel Bolivar!*

Er las den Rest der bombastischen Rede, die bis zum Ende im gleichen Ton weiterging.

Die Leute haben vielleicht Nerven, dachte Eddie. *Die versuchen tatsächlich, jeden für dumm zu verkaufen. Wo doch der wirkliche Zweck dieser Armee eindeutig darin besteht, das eigene Volk unter der Knute zu halten.*

Er verspürte nicht die geringste Lust, diese Rede zu halten. Aber es war ihm auch klar, daß er keine andere Wahl hatte.

Ein paar Minuten vor Mittag ging die Tür seines Schlafzimmers auf, und Capitán Torres trat ein,

»Wir sind soweit«, sagte er. »Haben Sie die Rede gelernt?«

Eddie nickte. »Ja.«

»Gut.« *Das wird die letzte Rede sein*, dachte Capitán Torres im stillen, *die dieser Schauspieler hält. Nein, das stimmt nicht. Eine wird er noch halten. Nämlich die, mit der er bei Colonel Bolivar um sein Leben bettelt.*

Sie gingen den Korridor entlang, flankiert von den bewaffneten Wachtposten. Eddie war der Panik nahe. *Wie komme ich bloß zum Flugzeug!* überlegte er fieberhaft.

Da stand es startbereit auf dem Flughafen, vollgetankt für den Flug nach New York, und er war hier eingekreist von diesen Wachtposten! *Es muß einfach einen Weg geben*, dachte er. Aber so angestrengt er auch nachdachte, es fiel ihm keiner ein.

In einem Keller am Stadtrand gab Juan zu dieser Zeit automatische Waffen an seine Mitverschwörer aus.

»Heute«, sagte er, »werden wir Erfolg haben. Bolivar hält eine Rede auf einem Podium mitten auf dem Platz. Das Podium ist von kugelsicherem Glas umgeben.«

»Und wie sollen wir ihn da treffen?« fragte einer. Juan lächelte. »Vergangene Nacht haben einige unserer Männer das kugelsichere Glas gegen normales ausgetauscht. Damit ist er auf seinem Podium völlig schutzlos.«

»Das ist großartig!«

»Dieses Mal wird es klappen!«

»Aber denkt daran«, mahnte Juan, »ihr müßt, wenn ich das Zeichen gebe, alle gleichzeitig schießen. Ihr steht über den ganzen Platz verteilt in seiner Nähe. Wenn also einer vorbeischießen sollte, treffen ihn auf jeden Fall die anderen.«

»Was ist das Signal?« fragte einer.

»Ich ziehe dieses rote Taschentuch heraus«, sagte Juan und zeigte es, »und wische mir damit über die Stirn. In dem Augenblick, in dem es meine Stirn berührt, zieht ihr und schießt. Alles klar?«

»Alles klar.«

»Gut. Also seht immer auf mich. Ich warte auf den genau richtigen Augenblick. So. Und jetzt gehen wir einer nach dem anderen los. Wir sehen uns auf dem Platz wieder.«

Er sah ihnen nach und dachte: *Der große Tag ist nun endlich gekommen. Nicht mehr lange, und Colonel Bolivar ist tot.*

Eddie und Capitán Torres stiegen in einen Wagen und fuhren zum großen Stadtplatz. Sie waren noch nicht da, als Eddie bereits den Lärm der Menge vernahm. Der Platz war schwarz von Menschen, es waren Tausende, Arbeiter,

Schulkinder, normale Bürger. Alle standen sie in der heißen Sonne und warteten darauf, ihren Diktator sprechen zu hören.

»Sehen Sie mal, wieviel Publikum wir haben«, sagte Capitán Torres. »So sehr liebt das Volk Colonel Bolivar.«

Eddie mußte ja nicht unbedingt wissen, daß alle diese Leute nur deshalb da waren, weil sie bei Gefahr der Todesstrafe herbefohlen worden waren.

Mitten auf dem Platz war ein Podium für den Diktator errichtet worden.

»Gehen Sie hinauf«, sagte Capitán Torres zu Eddie.

Eddie stieg die Stufen zu dem Podium hinauf. Es war ringsum verglast.

»Das ist kugelsicheres Glas«, versicherte ihm Capitán Torres. »Sie brauchen sich also keine Sorgen zu machen.«

Eddie machte sich aber Sorgen, wenn auch nicht wegen des Glases. Seine Sorgen bestanden darin, wie er zum Flugzeug kommen könnte.

Die Rede sollte eine Stunde dauern. Er hatte natürlich keine Ahnung, daß er unmittelbar danach in den Kerker geworfen werden sollte. Allerdings hatte er ein, wenn auch unbestimmtes, so doch um so deutlicheres ungutes Gefühl ganz allgemein. Capitán Torres tat ihm auf einmal viel zu freundlich. Eddie traute ihm nicht mehr.

Capitán Torres trat vor das Mikrophon, und in der Menge wurde es still. »Mitbürger, Landsleute!« rief der Capitán. »Mein Herz ist voller Freude, wenn ich sehe, in welcher großen Zahl ihr euch heute hier eingefunden habt, nicht nur zu Ehren unserer tapferen Armee, sondern auch unseres geliebten, großen Diktators, Colonel Ramón Bolivar!«

Die Soldaten in der Menge applaudierten, sonst aber niemand.

»Wir Bürger von Amador können uns glücklich schätzen, einen so großen Führer zu besitzen, einen Mann, der sich als Beschützer seines Volks versteht!«

Wieder applaudierten nur die Soldaten.

»Und jetzt, meine Damen und Herren, habe ich die große Ehre und Freude, unseren großen Diktator anzukündigen, Colonel Ramón Bolivar!«

Er trat zur Seite und winkte Eddie ans Mikrophon.

Eddie hielt das Redemanuskript in der Hand. Aber er kannte die Rede zum größten Teil auswendig.

»Bürger von Amador!« begann er. »Wir sind heute hier versammelt, um unserer großen Armee zu gratulieren. Viele Jahre beschützen uns deren tapfere Männer nun schon vor unseren Feinden. Da gibt es diejenigen, die unser großes Land vernichten wollen. Aber die Soldaten Amadors haben unsere Grenzen in der Vergangenheit immer gut bewacht, so wie sie es auch in der Zukunft tun werden!«

Eddie zögerte etwas, bevor er weiterlas.

»Wir müssen zugeben, daß es bedauerlicherweise in unserer Mitte einige wenige gibt, ein paar Unruhestifter, die es nicht zu schätzen wissen, daß sie in einem so großen Land wie dem unseren leben. Aus diesem Grund war es leider unumgänglich, daß ich einige der Freiheiten, die unser Volk besitzt, einschränken mußte. Zuviel Freiheit kann auch gefährlich sein, weil es den Fanatikern erlaubt, ihre Stimme zu erheben und gegen Dinge zu protestieren, gegen die nicht protestiert werden sollte!«

Ein solcher Haufen von Lügen, dachte Eddie grimmig. *Einfach widerlich.*

Unten auf dem Platz sah Juan sich inzwischen um, ob auch alle seine Leute auf ihrem Platz waren. Alle standen bereit. Juan zog sein rotes Taschentuch heraus.

Eddie sprach weiter.

»Es ist weitaus besser, einen Mann zu haben, der sich seines Volkes so annimmt wie ich, als einen Kongreß voller Leute, die dauernd nur darüber streiten, welche Gesetze für das Volk gut seien oder schlecht. *Ich* entscheide, welche Gesetze gut sind, und ich habe bei allen meinen Entscheidungen immer nur euch im Sinn!«

Juan hob sein rotes Taschentuch und führte es auf seine Stirn zu. Seine in der Menge verteilten Leute beobachteten ihn genau und hatten schon die Hand an ihrer Tasche, um die Waffe zu ziehen.

Das ist doch schrecklich, dachte Eddie oben auf dem Podium. *Das kann ich doch den Leuten nicht zumuten.*

Und er warf sein Redemanuskript weg.

»Andererseits«, sprach er nun frei weiter, »glaube ich gar nicht wirklich, daß es gut ist, wenn ein einziger Mann allein einem ganzen Volk sagt, was gut für es ist.«

Juans Taschentuch hatte fast schon seine Stirn erreicht. Seine Leute waren daran zu ziehen.

»Und deshalb glaube ich«, sagte Eddie auf dem Podium, »daß das Volk Gelegenheit haben sollte, selbst über sein Schicksal zu bestimmen.«

Juans Taschentuch blieb eine Handbreit vor seiner Stirn stehen, als er diese Worte hörte, die er nicht glauben konnte.

»Von jetzt an wird es also keine Diktatur mehr im Lande geben. Wir werden freie Wahlen abhalten.«

Juan konnte es noch immer nicht glauben. Seine Hand mit dem Taschentuch sank wie von selbst nach unten.

Auch Capitán Torres starrte Eddie ungläubig an, und alle Farbe wich aus seinem Gesicht.

Die Menge aber begann zu jubeln.

»Freie Wahlen!« wiederholte Eddie. »Und Wahlrecht für alle!«

Der Jubel schwoll an.

»In diesem Augenblick«, verkündete Eddie, »trete ich als Diktator von Amador zurück und übergebe das Land dem Volk selbst!«

Capitán Torres befürchtete, er werde gleich in Ohnmacht fallen.

Die versammelte Menge aber begann, in Bewegung zu geraten und in einen Freudentaumel zu verfallen. Die Menschen drängten auf das Podium zu, griffen sich Eddie und trugen ihn auf ihren Schultern in einem Triumphzug um den ganzen Platz herum.

»Ich hätte ihn schon längst umbringen sollen«, murmelte Capitán Torres erschüttert. »Er hat uns ruiniert.«

Eddie wurde weiter um den Platz getragen, Capitán Torres verlor ihn aus den Augen. Er sagte zu den Wachtposten: »Folgt ihm! Laßt ihn nicht entkommen!«

Aber die Menge war so dichtgedrängt, daß die Soldaten nicht durchkamen.

Am Ende des Platzes sagte Eddie: »Ihr könnt mich jetzt herunterlassen.«

Er kletterte von ihren Schultern und sah sich um. Capitán Torres war nirgends zu erblicken.

Eddie sagte zu einem Mann in der Menge: »Können Sie mich vielleicht zum Flughafen fahren? Ich habe da eine wichtige Verabredung.«

Capitán Torres glaubte, verrückt zu werden. Mit seinen Wachen hatte er überall nach Eddie gesucht, aber er war nicht zu entdecken. Die Menge war völlig außer Rand und Band. Sie warf Schildermasten um und riß die Bilder des Diktators ab.

»Demokratie!« riefen sie außer sich. »Wir haben eine Demokratie!«

Wir sind ruiniert, dachte Capitán Torres. *Dieser verfluchte Schauspieler hat uns eigenhändig und allein das ganze Land ruiniert.*

Und dann durchfuhr ihn erst der schrecklichste Gedanke von allen. *Wie soll ich denn das nur Colonel Bolivar beibringen?*

Als Eddie am Flughafen ankam, wartete der Pilot auf ihn.

»Wir sind jederzeit startbereit. Colonel«, sagte er.

»Gut«, sagte Eddie.

Ein Jeep fuhr ihn hinaus zu dem Flugzeug, einer großen 727. Eddie stieg hinein. Die Maschine war innen luxuriös ausgestattet und hatte nur dreißig oder vierzig Sitzplätze. Jetzt war Eddie natürlich der einzige Passagier.

»Wann wollen Sie starten, Colonel?«

»Sofort«, sagte Eddie.

Er wollte unbedingt in der Luft sein, bevor Capitán Torres und Colonel Bolivar herausfanden, wo er war.

In eben diesem Augenblick sprach Capitán Torres mit einem der Soldaten aus der versammelten Menge auf dem Platz. Der Soldat deutete auf den Mann, der mit Eddie weggefahren war. Capitán Torres ging zu ihm hin.

»Haben Sie Colonel Bolivar von hier weggefahren?«

Der Mann strahlte. »Jawohl, Capitán! Es war mir eine besondere Ehre. Er ist so ein großer Mann!«

»Wohin haben Sie ihn gefahren?«

»Zum Flughafen.«

»Zum Flughafen?«

Da begriff Capitán Torres, was Eddie vorhatte. Er hatte die Absicht, mit Colonel Bolivars Flugzeug heimzufliegen!

»Das wird ihm nicht gelingen«, murmelte er.

Eddie schnallte sich an und ließ sich in den weichen, bequemen Sessel zurücksinken. Noch nie hatte er so ein Flugzeug wie dieses gesehen. Es hatte einen großen Fernsehapparat an Bord, eine Filmleinwand, und Dutzende Zeitschriften und Videospiele waren vorrätig.

Der Pilot meldete ihm über den Bordlautsprecher: »Wir sind abflugbereit, Colonel. Möchten Sie herkommen und selbst den Start fliegen?«

Eddie dachte darüber nach. »Ach nein, ich glaube nicht«, sagte er. »Machen Sie das ruhig.«

Im nächsten Moment rollte das Flugzeug auf der Startbahn los, hob dann steil nach oben in die Luft ab und nahm Kurs auf New York.

Nur noch ein paar Stunden, dachte Eddie, *und ich bin wieder zu Hause bei Mary und unserem neuen Baby und bei meinem neuen Stück »Der Diktator«.*

Er sah es bereits im Geiste vor sich, wie die Menge ihm zujubelte und dann der Schlußvorhang fiel.

Ja, dachte er, *die Geschichte hat ein Happy-End, und das ist gut so. Ein einfacher Schauspieler hat ein Land, das von einem Tyrannen regiert wurde, übernommen und das Volk befreit. Und jetzt bekomme ich die Belohnung dafür.*

In diesem Moment klingelte vorne im Cockpit der Maschine das Telefon. Der Pilot hob ab und meldete sich. »Luftwaffe Eins.«

»Hören Sie mir gut zu, ganz genau. Sie haben Colonel Bolivar an Bord?«

»Jawohl.«

»Wohin fliegen Sie?«

»Nach New York.«

»Der Mann, den Sie an Bord haben, ist ein Hochstapler und Schwindler. Hier spricht Colonel Bolivar. Kehren Sie sofort um, und fliegen Sie zurück zum Flughafen. Haben Sie das verstanden?«

»Jawohl.«

»Gut.«

Der Pilot saß einen Moment reglos da und ging dann nach hinten in die Kabine.

»Alles in Ordnung?« fragte Eddie.

Der Flugkapitän lächelte. »Ja, ja, alles in Ordnung. Es ist nur eben etwas ganz Komisches passiert. Irgendein Verrückter hat über Radiofunk angerufen und erklärt, er sei Colonel Bolivar, und Sie wären ein Schwindler und Hochstapler. Was den Leuten so alles einfällt, was?«

»Ja, wirklich«, sagte Eddie.

12. Kapitel

Der Heimflug verlief ohne weitere Ereignisse. Eddie schlief die meiste Zeit. Es war ihm nicht bewußt gewesen, wie erschöpft und müde ihn der ganze Streß gemacht hatte, dem er ausgesetzt gewesen war. *Ein Land regieren*, hatte er gelernt, *ist gar nicht so einfach.*

Im Flugzeug mit ihm war eine schöne Stewardeß. Sie trug eine sehr verführerische Uniform.

»Guten Tag, Liebling.«

Liebling? Dieser Diktator mußte ein wahrer Wundermann sein.

»Hungrig?« fragte sie.

Und da merkte Eddie, wie hungrig er war. Wegen seiner Furcht, vergiftet zu werden, hatte er schon seit zwei Tagen keinen Bissen mehr zu sich genommen.

»Ja, doch«, sagte er. »Haben wir denn etwas zu essen da?«

Sie lächelte. »Aber selbstverständlich. Soll ich jetzt servieren?«

»Ja«, sagte Eddie.

Sie lächelte ihn wieder an. »Ich bin gleich wieder da.«

Sie brachte ihm einen Scotch mit Soda. »Hier erst mal der Colonel-Lieblingsdrink.«

Aber Eddie haßte Scotch mit Soda.

»Ich habe auch alle anderen Colonel-Lieblingssachen da«, sagte sie.

»Sehr schön«, erklärte Eddie begeistert. Er konnte es kaum erwarten.

Die Stewardeß brachte ihm eine Mahlzeit und stellte sie auf das Tablett vor ihm.

»Was ist das?« fragte Eddie.

»Nun, Schweinsfüße. Das Colonel-Lieblingsgericht.«

Eddie haßte Schweinsfüße. »Oh«, sagte er nur.

Alles andere war genauso. Lauter Sachen, die er nicht ausstehen konnte. Er brachte kaum einen Bissen hinunter.

Danach hoffte er wenigstens auf eine heiße Tasse Kaffee. Aber sie brachte ihm Tee. Und auch Tee haßte er.

»Der Colonel-Lieblingstee!« sagte sie und kam nahe zu ihm. »Kann ich sonst noch etwas für den Colonel tun?«

Eddie schluckte schwer. »Äh ... nein, vielen Dank.« Nicht mehr lange, und er sah schließlich Mary wieder.

Die Stewardeß sah ehrlich betrübt aus. »Ich bin auf jeden Fall im Cockpit vorne, wenn irgend etwas gewünscht wird.«

Und die Betonung lag auf *irgend etwas.*

»Ich denke daran«, sagte Eddie.

Als er nach Stunden aus dem Fenster sah, konnte er weit unten bereits die Lichter New Yorks erkennen. Es erschien ihm auf einmal, nach allem, was war, ganz unwirklich, heimzukehren.

Das riesige Düsenflugzeug kreiste über dem Kennedy-Airport, und zwanzig Minuten danach waren sie gelandet.

Der Pilot kam zu ihm in die Kabine. »Fliegen Sie wieder zurück nach Amador?« erkundigte er sich.

Das Lächeln auf Eddies Gesicht hätte ausgereicht, ganz New York zu erleuchten. »Nein«, sagte er. »Ich fliege nicht zurück nach Amador.«

»Und was soll ich machen?« wollte der Pilot wissen.

»Ruhen Sie sich erst mal aus«, sagte Eddie, »und dann fliegen Sie zurück nach Hause.«

»Jawohl, Colonel.«

Das ist das letzte Mal, daß mich jemand Colonel nennt, dachte Eddie.

Na ja, immerhin war es eine ganz spannende Zeit gewesen, solange sie gedauert hatte. Jetzt wollte er erst mal zusehen, daß er sein Stück auf die Bühne brachte. Und es zog ihn nach Hause zu Mary.

Er stieg aus dem Flugzeug und dachte, *jetzt muß ich ein Taxi finden.*

Zu seiner Überraschung kam ein großer Wagen an das Flugzeug herangefahren. Ein schönes Mädchen saß am Steuer und öffnete ihm die Tür.

»Wohin möchten Sie gebracht werden, Colonel Bolivar?«

Der Mann weiß, wie man lebt, das muß man ihm lassen, dachte Eddie.

Er wollte schon sagen: nach Hause, als ihm erst wieder einfiel, daß sein »Zuhause« ja der Palast in Amador zu sein hatte.

»Ich werde Freunde besuchen«, sagte er dem Mädchen und gab ihm die Adresse seines eigenen Wohnblocks.

Eine dreiviertel Stunde später fuhren sie vor Eddies Apartmenthaus vor. Mary blickte zufällig gerade aus dem Fenster. Sie sah eine lange, schwarze Limousine, aus der ihr Ehemann stieg, und zwar in einer prächtigen weißen Militäruniform.

Die schöne Chauffeuse flüsterte Eddie noch zu: »Sehe ich den Colonel dann heute abend?«

Großer Gott, dachte Eddie, *der Mann muß aus Stahl sein.*

»Nein, heute nicht«, sagte er.

Er wandte sich ab und ging in das Haus. Er machte die Tür zu seiner Wohnung auf, und Mary kam in seine Arme geflogen.

»Mary«, sagte Eddie, »ich habe dir einiges mitzuteilen.«

Aber da griff sich Mary an den Leib und wurde blaß. »Eddie«, stammelte sie, »zuvor aber habe ich dir etwas mitzuteilen. Unser Baby kommt!«

Zum Glück stand die Limousine noch immer unten vor dem Haus. Sie wollte eben wegfahren, als Eddie rief: »Augenblick, warten Sie!«

Die Fahrerin hielt an.

»Bringen Sie uns zur Klinik«, sagte er. »Schnell.«

Er half Mary hinein, und der Wagen begann durch die Straßen New Yorks zu brausen.

»Ich glaube nicht, daß ich es noch aushalte«, stöhnte Mary. »Das Baby wird jede Minute kommen!«

»Halte durch«, sagte Eddie. »Wir sind schon so gut wie da.«

Die Chauffeuse überfuhr ein Rotlicht, und gleich danach war auch schon die Sirene eines Verkehrspolizisten auf einem Motorrad hinter ihnen und kam neben sie.

»Rechts ran«, sagte der Polizist.

»Wir können jetzt nicht anhalten!« rief Mary.

»Keine Sorge«, sagte Eddie. »Ich rede schon mit ihm.«

Der Wagen hielt an einem Seitenstreifen. Eddie stieg aus. Erst am Abend zuvor waren Bilder des Diktators von Amador überall im Fernsehen gewesen, wegen der Revolution, die dort das ganze Land ergriffen hatte.

Als der Polizist Eddie erblickte, nahm er sofort Haltung an. »Verzeihung, Sir, aber sind Sie nicht Colonel Bolivar?«

Eddie sagte: »Nein, ich bin …« Dann wurde ihm erst klar, was er da tat. »Ja natürlich«, sagte er, »und meine

Frau kriegt ein Kind. Wir müssen sie schnellstens ins Krankenhaus schaffen.«

»Ja, Sir. Ist mir eine Ehre, behilflich zu sein. Folgen Sie mir.«

Er stellte seine Sirene an und sein Blaulicht, fuhr vor ihnen her und machte ihnen den Weg durch die Straßen frei. Wie durch Zauberei öffnete sich überall eine Gasse für sie.

Schon nach fünf Minuten hatten sie die Klinik erreicht und fuhren vor dem Eingang für Notfälle vor.

»Kann ich sonst noch etwas für Sie tun?« fragte der Polizist.

»Nein, danke«, sagte Eddie. »Sie haben schon viel geholfen. Vielen Dank. Sobald ich wieder zu Hause bin, veranlasse ich, daß Sie einen Orden bekommen.«

»Oh, vielen Dank auch, Sir«, sagte der Polizist.

Mary wurde eiligst ins Krankenhaus hineingebracht, und nach drei Stunden war ein gesundes Kind geboren.

»Er sieht genauso aus wie du«, sagte Mary glücklich und stolz.

Aber das Baby war noch runzlig und häßlich.

»Danke«, sagte Eddie.

»Sag mal, Darling, was ist das eigentlich für eine Uniform, die du anhast?«

»Umform? Ach so, das da«, stammelte Eddie. »Ja, weißt du, das … die gehört … zu dem Stück gehört die, ja. Die habe ich in *My Fair Lady* getragen.«

»Wieso?« fragte Mary. »In *My Fair Lady* kommt doch gar keine Uniform vor?«

»Na ja, das ist die Inszenierung, verstehst du. In diesen südamerikanischen Ländern da unten, du weißt doch, wie die sind. Die wollten das eben ein wenig umgeschrieben haben.«

Mary nahm seine Hand. »Es muß doch ziemlich langweilig gewesen sein, wie? So tagsüber, wenn ihr nicht spieltet, und abends immer wieder derselbe Text? War es sehr, sehr langweilig, mein Darling? Was hast du denn die ganze Zeit gemacht? Und wieso hast du übrigens deinen Schnurrbart abrasiert?«

Eddie grinste. »Das ist eine lange Geschichte, weißt du. Ich erzähle sie dir, ganz von vorne.«

Und das tat er dann in den nächsten zwei Stunden. Er berichtete ihr alle seine Abenteuer in Amador.

»Zuvor konnte ich kein Wort darüber reden«, sagte er, »weißt du, weil ich Geheimhaltung schwören mußte.«

Als er ihr den Stierkampf erzählte, erschauderte Mary. »Du hättest getötet werden können, Darling!«

»Nein«, sagte Eddie. »Ich war einfach zu schnell für den Stier, weißt du.«

»Und was hast du gemacht«, wollte sie wissen, »als man dir dann sagte, daß du in Wirklichkeit mit *El Negro* gekämpft hast?«

»Ach, da habe ich nur gelacht«, sagte Eddie.

Warum sollte er ihr noch nachträglich Sorgen machen und eingestehen, daß er in Ohnmacht gefallen war?

»Wann triffst du dich mit deinem Agenten?«

»Morgen früh habe ich einen Termin bei Johnson.«

»Und er ist wirklich begeistert von deinem Stück?«

»Du machst dir keinen Begriff, wie sehr!« sagte Eddie. »Tom Burke will es inszenieren.«

»Das ist ja wundervoll!« rief Mary. »Und wer soll die Hauptrolle spielen?«

»Das ist meine große Überraschung«, sagte Eddie und strahlte. »Ich selbst!«

»Darling!«

»Denn wer könnte sie schließlich besser spielen als ich selbst?« fragte Eddie. »Ich habe die Geschichte doch in

Wirklichkeit erlebt. Ich bin selbst die Hauptperson. Glaube mir, Mary, wenn sie mich erst mal auf der Bühne sehen und wie großartig ich da bin, werde ich ein größerer Star als Arnold Schwarzenegger!«

Am nächsten Morgen begab Eddie sich zu seinem Agenten Johnson. Wenn er früher in dessen Büro erschienen war, ließ man ihn oft stundenlang warten. Diesmal war alles anders.

Kaum hatte Johnsons Sekretärin Eddie gemeldet, als Johnson auch schon herausgestürzt kam und Eddie freudig umarmte.

»Eddie, mein Junge, wie freue ich mich. Sie zu sehen. Kommen Sie herein, kommen Sie!«

Er führte Eddie in sein Büro.

»Mein Telefon steht überhaupt nicht mehr still«, sagte er. »Ich habe Ihr Stück einem halben Dutzend Leute geschickt, und alle wollen sie sich daran beteiligen. Sie wissen ja, wie schnell in New York etwas die Runde macht. Alle Welt ist sich bereits darin einig, daß es ein Spitzenerfolg werden wird. Wir haben bereits die gesamte Finanzierung zusammen und auch schon ein Theater gebucht. In all den Jahren, in denen ich jetzt in dem Geschäft bin, habe ich noch nichts erlebt, das dermaßen schnell ging. Morgen früh hält Tom Burke die ersten Auditions für die Hauptrolle.«

Eddie lächelte. »Sagen Sie ihm, das kann er sich sparen.«

»Wieso?«

»Es gibt nur einen einzigen Schauspieler«, sagte Eddie, »der ideal für die Rolle ist.«

»Wer denn?«

»Na, ich selbst«, sagte Eddie.

»Sie?«

»Genau. Wer weiß schließlich mehr über das ganze Stück als ich?«

Johnson betrachtete ihn eine Weile. Dann nickte er. »Da könnten Sie sogar recht haben.«

»Selbstverständlich habe ich recht.«

Am Nachmittag fuhr Eddie ins Krankenhaus und besuchte Mary. Sie hielt ihr Baby im Arm.

»Er sieht wirklich ein wenig aus wie ich«, sagte er.

»Warte ab, bis er herausfindet, wie berühmt sein Vater ist«, sagte Mary. »Stell dir nur mal vor, ein ganzes Land allein regieren …!«

»Das habe ich gar nicht schlecht gemacht, wenn ich das mal selbst feststellen darf«, erklärte Eddie. »Ich habe mich um die Waisenkinder gekümmert, ich habe den Bauern ihr Land zurückgegeben, ich habe die Steuern gesenkt und dem Land die Demokratie gebracht.«

Mary sah ihren Mann voller Bewunderung an. »Sag mal, Eddie, hast du je daran gedacht, für das Weiße Haus zu kandidieren?«

Eddie schüttelte den Kopf. »Das ginge nicht. Ich sehe doch überhaupt nicht aus wie unser Präsident.«

Eine Schwester kam und holte das Baby ah.

»Es ist Zeit, daß Mrs. Davis sich ausruht«, erklärte sie Eddie.

»O ja, selbstverständlich«, sagte Eddie und stand auf. »Da will ich mal wieder.«

»Bis morgen früh dann«, sagte Mary.

»Es könnte etwas später werden«, sagte Eddie.

»Wieso das?«

»Ich muß ins Theater wegen der Besetzung. Ich muß Tom Burke sagen, daß ich selbst die Hauptrolle spiele.«

»Oh, das wird ihn aber sehr freuen«, meinte Mary.

Eddie nickte. »Ja.«

Am nächsten Vormittag um zehn Uhr betrat Eddie das Theater, wo sich Tom Burke verschiedene Schauspieler für die Hauptrolle ansah. Burke war ein großgewachsener Mann mit enorm viel Energie.

Eddies Agent Johnson saß hinten in einer der letzten Reihen des Zuschauerraums und verfolgte das Vorsprechen der verschiedenen Schauspieler. Als er Eddie erblickte, sprang er auf und schüttelte ihm die Hand. »Es hat gerade erst angefangen«, erklärte er ihm. »Setzen Sie sich her und schauen Sie zu.«

Eddie setzte sich und beobachtete, wie eine Anzahl Schauspieler versuchte, seine Texte zu sprechen. Sie waren alle so schlecht, daß er fast laut herauslachte.

»Burke verschwendet seine Zeit damit«, sagte er schließlich. »Kommen Sie, wir teilen ihm die große Neuigkeit jetzt mit.«

Sie gingen nach vorne bis zur Bühne.

Johnson stellte Eddie vor: »Tom, ich möchte Ihnen hier den Autor vorstellen, Eddie Davis.«

Sie gaben sich die Hand.

»Freut mich, den Autor des besten Stücks kennenzulernen, das ich gelesen habe«, sagte Tom Burke.

»Oh, danke«, sagte Eddie bescheiden.

»Es ist ein brillantes Stück. Alles daran gefällt mir, die Personen, die Szenen, die Dialoge. Wir finden Ihnen schon einen erstklassigen Hauptdarsteller.«

»Sie haben ihn schon«, sagte Eddie.

Tom Burke besah sich der Reihe nach die Schauspieler, die er bisher angehört hatte. »Welchen meinen Sie?« fragte er.

»Mich.«

»Sie?«

»Ja. Ich spiele selbst die Hauptrolle. Ich hin schließlich Schauspieler von Beruf, nicht?«

Tom Burkes Gesicht hellte sich auf. »Ja, natürlich. Richtig. Habe ich Sie nicht in einigen Stücken gesehen, mit kleinen Rollen allerdings nur?«

»Richtig«, sagte Eddie. *Und »natürlich« wird sich das jetzt grundlegend ändern*, dachte er dazu.

»Warum gehen Sie nicht gleich mal hinauf auf die Bühne, Eddie, und lesen aus der Rolle?«

Eddie mußte selbstverständlich nicht eigens lesen. Aber er sagte nichts. Immerhin war Tom Burke derzeit der bedeutendste Regisseur am Broadway.

»Gewiß«, sagte er also nur, »warum nicht?«

Er ging hinauf und stellte sich mitten auf die Bühne.

»Soll ich Ihnen mein Skript leihen?« rief ihm Burke zu.

»Nein, nein.« Eddie kannte schließlich sein eigenes Stück Wort für Wort auswendig. Jedes dieser Worte hatte er auch in der Wirklichkeit gesagt.

»Also gut«, sagte Tom Burke. »Dann mal erster Akt, erste Szene. Sie kommen von links auf die Bühne.«

Eddie begann mit seinem Text. Er spielte die ganze Szene durch. Manche Stellen sprach er leise, manche laut, einmal mit der Stimme des Schauspielers, dann wieder mit der des Diktators. Die Szene ließ alles wieder vor ihm auferstehen und weckte die Erinnerungen an die aufregenden Dinge, die er getan hatte.

Als er zu Ende war, hatte er keinen Zweifel mehr, daß ihm die Rolle gewiß war. Er ging bis zur Rampe vor und lächelte zu dem Regisseur hinab.

»Nun?«

Tom Burke sah zu ihm empor und sagte: »Nein.«

Eddie glaubte nicht richtig zu hören. »Wie war das? Nein?«

»Nein, Sie sind nicht der Richtige für die Rolle.«

»Was bin ich nicht?« schrie Eddie. »Das ist wohl nicht Ihr Ernst! Ich *bin* schließlich die Rolle … ich meine; *ich* bin Colonel Bolivar!«

»Nein, sind Sie nicht!« beharrte der Regisseur. »Sie haben das Stück geschrieben, aber Sie sind nicht der Charakter der Hauptrolle. Ich meine, es ist ja schließlich nur ein Stück und nicht das wirkliche Leben.«

»Aber –«

»Tut mir leid«, sagte Tom Burke. »Wenn Sie wollen, daß ich das Stück inszeniere, brauche ich einen anderen Hauptdarsteller.«

Eddie stand da und dachte nach. Die Rolle nicht zu bekommen, gefiel ihm gar nicht. Andererseits wurde er reich, wenn das Stück gespielt wurde. Und Tom Burke war nun einmal der beste Regisseur, den es gab.

»Also gut«, sagte er schließlich. »Dann besetzen Sie die Rolle eben anders.«

»Sie werden das nicht bereuen«, sagte Tom Burke. »Ich verspreche Ihnen einen Sensationserfolg.«

Als Eddie im Krankenhaus Mary die Neuigkeit mitteilte, sagte sie: »Ach weißt du, es ist doch egal, ob ein anderer Schauspieler die Rolle spielt, Darling. Hauptsache ist doch, daß dein Stück ein großer Erfolg wird. Damit verdienst du eine Menge Geld, und wir haben alles, was wir uns schon immer gewünscht haben.«

»Ja, aber denke doch mal nur, was der Mann für Nerven hat. Mir zu sagen, ich sei nicht der Richtige für die Rolle! Ich meine, die Rolle ist doch, bin doch, ich selbst!«

»Schau«, sagte Mary begütigend, »du weißt es, und ich weiß es. Aber wir können doch nicht der ganzen Welt sagen, daß es in Wirklichkeit so war. Man würde dich für verrückt halten!«

»Vermutlich hast du recht«, sagte Eddie, nachdem er darüber nachgedacht hatte. »Es muß wohl unser Geheimnis bleiben. Die einzigen, die es noch wissen, sind Colonel Bolivar und Capitán Torres.«

Colonel Bolivar und Capitán Torres saßen im gleichen Augenblick im Gefängnis und wußten nicht, was ihr weiteres Schicksal sein würde. In Amador war alles auf den Kopf gestellt. Es hatte eine Revolution gegeben, und das Volk hatte Senatoren gewählt und sich eine Verfassung gegeben.

Das erste, was der neue Senat beschlossen hatte, war, Colonel Bolivar für seine Verbrechen in der Vergangenheit zur Rechenschaft zu ziehen und vor Gericht zu stellen. Auch wenn seine überraschenden Reformen in den letzten Wochen seiner Herrschaft anerkannt wurden, so standen dem doch jahrelange Untaten gegenüber.

»Sie werden sehen«, sagte Colonel Bolivar verbittert zu Capitán Torres, »sie werden uns alle beide erschießen. Und das alles wegen Ihnen und Ihrem verdammten Schauspieler.«

Als Eddie Mary vom Krankenhaus nach Hause brachte, wartete ein blitzender Rolls-Royce auf sie.

»Was ist das denn für ein Auto?« fragte Mary.

»Deines«, sagte Eddie. »Ein Weihnachtsgeschenk.«

»Ja, können wir uns das denn leisten?«

»Wir können uns von jetzt ab alles leisten. Warte nur, bis du unsere neue Wohnung siehst.«

Die neue Wohnung war ein wunderschönes zweistöckiges Apartment mit Blick über den Central Park.

»Das ist alles wie ein Traum«, sagte Mary.

»Es ist erst der Anfang!« erklärte Eddie. »Und wenn erst das Stück Premiere hat und nur ein halb so großer Erfolg wird, wie Tom Burke voraussagte, dann schwimmen wir im Geld.«

Der Abend der Uraufführung des Stücks *Der Diktator* war gekommen. Das Theater war der *Winter Garden*, das größte in ganz Manhattan, und es war bis auf den letzten Platz ausverkauft. Es gab nur noch Stehplätze. Es hatte sich wie ein Lauffeuer herumgesprochen, daß es sich um ein ganz ungewöhnliches Stück handle, und alle Welt drängte sich also danach.

Eddie, Mary und Johnson wurden auf ihre Plätze geleitet. Eddie war nervös. Er begann an seinen Fingernägeln zu kauen.

»Und wenn es den Leuten nun doch nicht gefällt?«

»Aber selbstverständlich wird es allen gefallen, Darling.«

Die Lichter erloschen, und der Vorhang ging auf. Ein Raunen ging durch das Publikum. Einer der ganz großen Broadwaystars war als Hauptdarsteller angekündigt, und als er die Bühne betrat, prasselte Begrüßungsbeifall auf.

Dann begann das Stück. Es dauerte zwei Stunden, und schon nach dem Ende des ersten Aktes war jedermann im

Publikum klar, daß der Broadway einen neuen Superhit hatte. Die Erregung war in der Luft spürbar.

Johnson griff aufgeregt nach Eddies Hand und sagte. »Sie haben es geschafft, Junge. Dieses Stück wird endlos laufen.«

Der zweite Akt verlief noch aufregender als der erste: Die Waisenkinderszene fand Beifall auf offener Bühne, ebenso die mit den Bauern. Und als dem Schauspieler am Ende die Flucht gelang, jubelte das Publikum erneut.

Es gab zwanzig Vorhänge.

Eddie, Mary und Johnson gingen hinter die Bühne, um dem Ensemble zu gratulieren.

»Sie waren großartig«, sagte Eddie dem Hauptdarsteller.

Aber insgeheim war er dennoch überzeugt davon, daß er selbst die Rolle noch viel besser gespielt hätte.

»Nein, Sie waren großartig«, gab der Hauptdarsteller das Kompliment zurück. »Wir müssen Ihnen für ein wundervolles Stück danken.«

Dann begaben sie sich alle zu Sardi's Restaurant, um dort die ersten Kritiken abzuwarten. Und die Kritiken waren überwältigend.

»Gratuliere«, sagte Johnson zu Eddie. »Das Stück läuft hier in New York unter Garantie erst schon mal mindestens zwei Jahre lang. Doch inzwischen ruhen wir uns nicht auf unseren Lorbeeren aus. Schon von morgen an schicken wir Gastspieltruppen damit in die ganze Welt.«

Eddie sah ihn an und sagte: »Ja, und tun Sie mir einen Gefallen.«

»Selbstverständlich. Was denn?«

Und Eddie sagte: »Schicken Sie auf jeden Fall auch eine nach Amador.«